돌아온 여기사

돌아온 여기사 5

초판 1쇄 인쇄 2019년 9월 5일
초판 1쇄 발행 2019년 9월 30일

지은이 이하린
발행인 오영배
편집 편집부
디자인 디자인그룹 헌드레드
본문 디자인 오정인
제작 조하늬

펴낸 곳 (주)삼양출판사 · 피오렛
주소 서울시 강북구 도봉로 173
대표 전화 02-980-2112 / **팩스** 02-983-0660
편집부 전화 02-987-9393 / **팩스** 02-980-2115
블로그 blog.naver.com/dan_gul
출판등록 1999년 3월 11일 제9-00046호

ISBN 979-11-283-9700-4 (04810) / 979-11-283-9695-3 (세트)

+ 이 도서의 국립중앙도서관 출판시도서목록(CIP)은 서지정보유통지원시스템홈페이지(http://seoji.nl.go.kr)와
+ 국가자료공동목록시스템(http://www.nl.go.kr/kolisnet)에서 이용하실 수 있습니다. (CIP제어번호: CIP2019034103)

fio ret 은 (주)삼양출판사의 로맨스 판타지 문학 브랜드입니다.

돌아온 여기사

이하린 장편소설

V

fiore t

목차

35
아직 못한 말

이레나는 며칠을 고민했다.

어쩌다 보니 칼라일에게 확실한 고백을 들은 반면, 이레나는 아직 좋아한다는 말을 정확하게 표현하지 못한 상황이었다.

물론 먼저 입을 맞추고 도망치지 않겠다는 말도 했으니, 칼라일도 이미 이레나의 마음을 어느 정도 눈치채고 있을 것이다.

하지만 그걸 이레나가 직접적으로 말로 표현하는 것과 칼라일이 대충 어림짐작하고 있는 건 하늘과 땅 차이였다.

아무리 쑥스러워도 이대로 어영부영 넘어가고 싶진 않았다. 오래전부터 자신을 좋아해 왔다고 말해 준 칼라일에게 이레나도 그에 못지않은 근사한 고백을 들려주고 싶었다.

'장소는 어디가 좋을까?'

가능하다면 평소보다 조금 더 분위기 있는 곳으로 가서 칼라일을 조금이라도 감동시켜 주고 싶었다.

문득 자신에게 사랑한다는 고백을 받고 난 후, 그가 어떤 표정을 지을지 궁금해졌다.

이레나는 과거로 돌아온 뒤 지금까지 단 한 번도 모든 일이 끝나고 난 후에 대해 생각해 본 적이 없었다. 언제나 모든 건 가족들을 지키고, 파벨루크를 물리치고 난 뒤에 고민해 보자고 미뤄 왔다.

하지만 지금은 아니었다.

저도 모르게 칼라일이 황제가 되고 모든 위험이 사라지면, 그의 곁에서 행복한 삶을 사는 모습을 꿈꾸고 있었다.

처음엔 그저 계약된 관계였고, 그다음에는 괜찮은 파트너라고 생각했다. 나중에 자신의 마음을 온전히 깨달았을 땐 칼라일이 필요로 할 때까지만 곁에 있자고 다짐했었다.

하지만 이제 서로의 마음이 똑같다는 걸 확인한 이상, 더는 엇갈릴 필요가 없었다.

'이 정도는…… 욕심부려도 되겠지?'

지금은 아무것도 정리가 되지 않은 상황이었다. 계획

대로 황태자비가 되긴 했지만, 여전히 황후 오펠리아와 파벨루크가 건재하게 살아서 황위를 노리고 있었으니까.

그래도 더는 미루고 싶지 않았다.

언제나 자신에게 먼저 다가와 준 칼라일에게 이번만큼은 이레나도 솔직하게 마음을 전하고 싶었다. 사랑한다고, 자신도 같은 감정으로 그를 사랑하고 있다고 말이다.

잠시 망설이던 이레나는 용기를 내어 입을 열었다.

"카릴……."

이레나의 부름에 맞은편에서 조용히 식사를 하고 있던 칼라일의 시선이 그녀를 향했다.

그 시리도록 푸른 눈동자에 맺힌 열기가 무엇인지 얼마 전까진 알지 못했다.

하지만 이제는 안다.

지금껏 의미를 모르겠다고 생각한 그 열기는 이레나를 향한 것이었다. 뜨거울 만큼 애틋한, 숨기지 못한 그의 마음이었다.

이레나가 나지막이 말을 이었다.

"오늘 저녁에 시간 돼요?"

"무슨 일이지?"

"저번에 바람 쐬러 나가자고 하셨잖아요. 오랜만에 같이…… 외출이나 할까 싶어서요."

"좋아. 특별히 뭐 하고 싶은 거라도 있나?"

"아니요. 딱히 하고 싶은 건 없지만, 오늘의 일정은 제가 한 번 짜 볼 테니 카릴은 딱히 신경 쓰지 않아도 괜찮아요."

이레나의 적극적인 발언에 칼라일이 의외라는 듯이 눈을 빛냈다.

"부인이 직접?"

"네. 카릴만 좋다면요."

"나야 그대가 원하는 일을 반대할 리 없지."

그 말과 동시에 칼라일이 눈가를 휘면서 부드럽게 웃었다.

예전에는 이 미소가 자신만을 향한 건 아닐 거라고 생각했다. 괜히 쓸데없는 착각하지 말자고 스스로를 다독거렸지만, 이건 정말로 이레나에게만 보여 주는 모습이었다.

그걸 알아서일까. 잠잠하던 이레나의 심장이 다시금 두근두근 뛰기 시작했다.

요즘 칼라일만 보고 있으면 심장이 아주 고장이 난 것처럼 뛰었다. 마치 주체하지 못하는 자신의 감정을 나타내는 것 같아서 괜히 민망했다.

이레나는 혹시라도 얼굴이 달아오를까 봐 재빨리 고개를 돌렸다. 그리곤 눈앞에 있는 음식을 먹기 좋게 잘라서 입 안에 넣었다.

그 모습을 빤히 쳐다보던 칼라일이 나지막한 목소리로 말을 건넸다.

"부인을 어쩌면 좋지?"

"네?"

"먹는 모습조차 이렇게나 예쁘니까. 내가 한시라도 곁에서 떼어 놓고 싶지가 않잖아."

"……콜록."

칼라일은 자신의 감정을 솔직하게 드러낸 이후에 더욱 거침이 없어졌다.

그리고 이레나 또한 이런 모습들이 이제는 연기가 아니라는 걸 알기에 어떻게 반응해야 할지 오히려 막막했다.

예전이었으면 자연스럽게 넘겼을 대화도, 이젠 저도 모르게 주변에 있는 사람들의 표정을 한 번씩 살피게 됐다. 너무 대놓고 애정 표현을 받는 게 부끄러웠기 때문이다.

이레나가 살짝 붉어진 얼굴로 자그맣게 입을 열었다.

"이제부터 예쁘다는 말 금지예요."

"왜지?"

칼라일이 도무지 영문을 모르겠다는 듯이 되묻자, 이레나는 저도 모르게 솔직한 심정을 털어놓을 뻔했다.

'당신이 자꾸 그러면…… 내 심장이 남아나질 않을 것 같으니까요.'

이레나는 입술을 꾹 깨물며 목구멍까지 차오른 말을 삼켰다. 그리곤 퉁명스러운 목소리로 대꾸했다.

"어쨌든 하지 마세요."

붉게 달아오른 이레나의 얼굴을 보며 칼라일이 픽 웃었다.

"대륙에서 제일 아름다운 나의 부인."

"……!"

이레나의 요구대로 예쁘다는 말을 뺐지만, 칼라일은 그보다 더한 낯부끄러운 표현으로 찬양을 하고 있었다.

순간 잔뜩 당황한 이레나의 표정을 쳐다보며, 칼라일이 나지막이 말을 이었다.

"그럼 오늘의 데이트를 기대하고 있지."

그는 예나 지금이나 짓궂었다. 이렇게 보란 듯이 정반대의 행동하는 그를 보면 이따금 얄미울 정도였다.

하지만 그의 이런 모습조차 좋아서……

더욱 큰일이었다.

칼라일과 저녁 약속을 잡고 난 이후, 이레나는 무척이나 분주했다.

칼라일은 흔쾌히 오늘 저녁 시간을 비워 주었지만, 그가 바쁜 일정 속에서 아무 때나 이렇게 바깥 외출을 할 수 없다는 걸 이레나가 누구보다 잘 알고 있었다.

오늘만큼 좋은 기회를 잡기도 쉽지 않을 터.

그러므로…… 오늘 밤, 그에 대한 마음을 솔직하게 고

백해야 했다.

이레나는 이번에도 메리를 통해 네이 상회에 있는 아이작을 황태자궁으로 불러들였다.

아이작은 처음 만남과 마찬가지로 쓸데없는 인사치레는 생략한 채, 곧바로 이레나가 주문한 물건을 앞으로 내밀었다.

그건 심플한 반지가 들어있는 자그마한 상자였다.

"확인해 보십시오. 비전하께서 주문하신 대로 최고급 루비로 만들어진 반지입니다."

이레나는 살짝 고개를 끄덕거리며, 상자 안에 담긴 반지를 가까이 살펴보았다.

남자가 낄 반지라 일부러 화려함보단 모던함을 더 중시했다.

중앙에 박혀있는 붉은색의 루비 이외에 다른 보석 장식은 없었지만, 백금으로 만들어진 링의 각인은 고급스러우면서도 독특한 모양을 하고 있었다.

"제가 원하던 그대로군요. 만족스러워요."

오래전 칼라일에게 푸른 구슬 반지를 선물 받은 것처럼, 이번엔 이레나가 그에게 마음을 담은 선물을 건네주고 싶었다.

칼라일의 손은 남성스러웠지만 그럼에도 무척이나 길고 예뻤다.

그의 손가락 중 한 곳에 이 반지가 있다면 굉장히 기분이 좋을 것 같았다. 마치 이 남자는 내 것이라고 표시를 해 두는 느낌이었다.

'결혼식을 치렀을 때만 해도 이런 걸 건네주게 될 줄은 꿈에도 몰랐는데…….'

딱히 황실의 결혼식은 서민들처럼 반지를 교환하지 않았다. 왜냐면 수없이 많은 보석들이 오고 가기 때문이었다.

애정의 증표를 단 하나의 액세서리로 만들 순 없었다.

사교계의 모임마다 다른 보석을 착용하고 가야 했고, 더욱이 여성들은 그 보석의 숫자가 많을수록 자랑이 되었으니까.

물론 사랑하는 부부끼리 따로 증표를 주고받는 경우도 있었지만, 칼라일과 이레나는 계약 결혼이었기 때문에 굳이 그렇게까지 할 필요성을 느끼지 못했었다.

그렇지 않아도 이미 충분히 서로에 대한 사랑을 대내외적으로 보여 줬는데, 아무도 모르는 증표를 나눠 가질 이유가 없었던 것이다.

그런데 이제는 달라졌다.

그저 표면적이었던 관계에 진심으로 애정이 생겼으니까.

이레나가 흡족하게 반지를 쳐다보고 있는 모습을 보면서 아이작이 궁금하다는 듯이 물었다.

"마음에 드신다니 다행입니다만, 이런 반지는 비전하께서 직접 황실을 통해 주문하시는 게 더 빨랐을 텐데 굳이 저희를 이용하신 이유가 뭔지 여쭤봐도 되겠습니까?"

저번에도 그랬지만 아이작은 유난히 이레나의 행동에 대해 궁금증이 많은 것 같았다.

하나하나 시시콜콜 설명할 생각은 없었지만, 이번엔 굳이 감출 이유가 없었기에 이레나도 망설임 없이 대답했다.

"깜짝 선물이거든요. 황실을 통해서 주문하면 당사자가 알게 될 가능성도 있으니까요."

"아…… 황태자 전하께 드릴 선물입니까?"

"네. 남편한테 줄 선물이에요."

이레나는 왠지 스스로가 대답하고도 묘한 기분에 휩싸였다.

남편…… 지금까지는 그저 계약된 관계라고만 여겼는데, 이제는 그 단어가 갖는 의미가 많이 다르게 느껴졌다.

이레나는 저도 모르게 작게 웃음 짓고는 반지가 담겨 있는 상자를 닫았다.

"수고했어요, 아이작."

"아닙니다. 언제든 필요하시면 불러 주십시오."

임무를 마친 아이작이 자리에서 일어났다. 그리고 마지막으로 인사를 건네려는 듯한 자세를 취할 때였다.

어느 순간 동작을 멈춘 아이작이 이레나를 물끄러미 쳐다보면서 입을 열었다.

"참, 비전하."

갑작스런 아이작의 부름에 이레나가 의아한 표정으로 응시했다. 그러자 아이작이 묘한 눈빛으로 이레나를 바라보며 말을 이었다.

"제너 영애에게 보낸 편지가 무슨 내용인지 나중에 보면 알게 될 거라고 하셨죠?"

"네. 그런 말을 했었죠."

"비전하의 말대로 상황이 흘러간 걸 보니, 대충 무슨 내용을 적어 보내셨을지 유추할 수 있겠더군요."

이레나의 입장에선 아직까지 아이작이 그 부분을 궁금해하고 있었다는 게 조금 의외였다.

과연 무슨 말을 꺼내려고 하는 걸까?

이레나가 흥미로운 눈빛으로 아이작을 쳐다보았다.

그가 평소보다 더 깊숙이 허리를 숙이면서 나지막이 말했다.

"탄복했습니다. 개인적으로 그 상황에서 할 수 있는 가장 최선의 선택을 하셨다고 생각합니다."

적을 해치울 수 있는 기회라는 게 아무 때나 찾아오는 것이 아니었다. 그런데 이레나는 사라를 처리할 수 있는 기회를 포기하고, 오히려 자신의 편으로 만들었다.

그동안 두 사람의 사이가 썩 좋지 않았음에도 불구하고 말이다.

가장 냉정한 판단으로 이레나는 본인에게 유리한 상황을 만든 것이다.

말은 쉬워 보여도 아무나 그런 결정을 내릴 수 있는 게 아니었다. 적을 물리치는 것보다 더 어려운 게 바로 누구를 아군으로 받아들이냐 하는 것이었으니까.

아이작은 상사인 로그가 사람 보는 눈이 좋다는 걸 인정해야만 했다.

이젠 아이작 또한 이레나의 행보가 무척이나 궁금해졌으니까.

'현 루퍼드 제국은 크게 황제파와 황후파로 나눠지지. 그들을 제외한다고 해도 모두 루넨 대공이나 칼라일 황태자를 주목할 거야. 하지만 나는…… 이상하게 비전하에게 마음이 가.'

오늘까지 단 두 번밖에 만나지 않은 상대였다. 그럼에도 아이작은 왠지 이레나라는 인물에게 한층 더 호감이 갔다.

사람이 사람을 끌어당긴다는 것은 말로 표현할 수 없는 인력이었다.

이레나는 그런 매력이 있었다. 왠인지 신뢰가 가서 자꾸만 믿고 따르게 되는 그런 지도자 같은 부분이 말이다.

이레나가 피식 웃으며 말했다.

"칭찬은 기분 좋게 듣겠습니다. 그럼 앞으로 제가 부탁할 일도 잘 맡아 주세요."

"네. 비전하."

아이작은 다시 한 번 깊게 고개를 숙였다.

지금처럼 이레나가 총명함을 잃지 않는다면 나중에 아스타 상단은 생각했던 것보다 더한 이득을 얻을지도 모르겠다.

왠지 그런 예감이 들었다.

*　　*　　*

칼라일과 이레나의 외출이 결정되는 순간이었다.

궁 안에 심어 놓은 첩자는 곧바로 그 소식을 셀비 후작가로 전달했다.

[황태자와 황태자비, 오늘 밤 외출 예정.]

오스왈드는 서늘한 눈동자로 그 글자를 바라보다가 나지막이 말했다.

"오늘 밤, 우리는 황태자를 죽인다."

오랫동안 셀비 후작가에 몸을 담아 왔던 늙은 집사는

그 말을 듣고 표정이 어둡게 변했다.

자칫 잘못하면 셀비 후작가가 완전히 멸문을 당할 수도 있는 결정이었기 때문이다.

"주인님, 정말로 실행하실 생각입니까?"

"그래. 이미 마음 정했다."

황족살인죄라는 엘렌의 죄목은 너무나도 무거웠다.

설령 그에 대한 처벌을 온전히 엘렌 혼자서만 짊어진다고 하더라도 결국 셀비 후작가에 영향을 미치게 되어 있었다.

지금만 해도 황태자를 지지하는 세력들이 점점 셀비 후작가를 멀리하려는 낌새가 보이고 있는 중이었다.

간신히 셀비 후작 가문의 명맥을 유지해서 직계인 엘렌이 아닌 다른 친척들 중에 후계자를 찾는다고 해도, 오스왈드는 자신의 가문을 이렇게 만든 황태자의 편에 서고 싶지 않았다.

이미 넘을 수 없는 강을 건너 버린 것이다.

결국 오스왈드가 지지해야 될 사람은 황후밖에 없다.

지금까지는 중립적인 입장이었지만, 이제는 누구보다 레드필드가 황제로 등극하기를 바라는 상황이 되어버렸다.

그렇다면…… 더 늦기 전에 황후의 제안을 받아들이는 것도 방법이었다. 칼라일의 목을 벤다면 셀비 후작 가문은 모두를 제치고 일등공신이 되는 것이었으니까.

더구나 성공만 한다면 감옥에 갇혀 있는 엘렌도 구해낼 수 있었다.

집사가 걱정스레 말했다.

"자칫 잘못하면 아가씨가 저지른 일보다 더한 결과를 가져올 수도 있습니다. 주인님."

그 말에도 오스왈드는 확신에 찬 목소리로 대답했다.

"그럴 일은 없어."

어쨌든 현재 오스왈드가 이끄는 셀비 후작 가문은 건재했고, 그들이 몰래 움직일 수 있는 사병들의 수는 많았다.

사병들 중에서도 가장 실력이 좋은 이들만 뽑아서 비밀 부대를 만들고, 거기다 원래는 황후에게 건네려고 준비한 자금으로 뛰어난 암살자들까지 추가로 고용한 상황이었다.

그렇게 구성된 수십 명의 암살자들이 오로지 칼라일의 목을 베기 위해 오스왈드의 명령만을 기다리고 있는 중이다.

오스왈드가 광기 어린 눈을 빛내며 읊조렸다.

"절대로 실패하지 않을 테니까."

집사는 여전히 그 모습을 걱정스레 쳐다보았지만, 그렇다고 오스왈드가 결정한 일에 토를 달 수 있는 입장이 아니었다.

집사가 깊숙이 고개를 수그리며 나지막이 대답했다.

"알겠습니다. 주인님께서 그리 결정하셨다면 준비하겠습니다."

* * *

아이작이 황태자궁에 다녀간 후에도 이레나는 무척이나 바빴다.

오늘 칼라일과 어떤 데이트를 할지 세세하게 일정을 짜야 했을 뿐만 아니라, 과연 어떤 드레스를 입고 나갈지도 무척이나 고민이 되었기 때문이다.

지금까지 그 어떤 파티나, 행사보다 더더욱 신경이 쓰였다.

이레나는 드레스 룸에서 벌써 다섯 번째 드레스를 갈아입으며 메리에게 물었다.

"이건 어때? 괜찮아?"

"그럼요. 지금까지 입으신 드레스들 전부 다 너무 아름다우세요."

"모두 예쁘다니 다행이지만……."

이레나는 거울 속에 비친 자신의 모습을 뚫어지게 보면서 나지막이 말을 이었다.

"……오늘은 정말로 기억에서 쉽게 잊히지 않을 정도로 완벽한 모습이면 좋겠어."

칼라일은 매일 이레나에게 예쁘다, 예쁘다, 라고 수도 없이 칭찬을 해 주지만, 오늘만큼은 정말 그가 깜짝 놀랄 정도로 아름다운 모습이었으면 했다.

그래서 나중에 나이가 든 칼라일이 오늘의 고백을 추억했을 때, 이레나의 모습이 눈부시게 남아 있다면 더없이 좋을 것 같았다.

메리가 은근한 미소를 지으며 말했다.

"지금까지 비전하를 모시면서 이렇게 신경 쓰시는 모습 처음 봐요. 오죽하면 결혼식 때보다 더 긴장하신 것 같아요."

"그래 보여?"

"네. 전하와 데이트하러 가시는 게 그렇게나 즐거우세요?"

메리의 말에 이레나의 뺨이 먼저 붉어졌다.

차마 아니라는 말을 할 수는 없었다. 칼라일에 대한 마음을 깨닫고 둘이서 외출을 해 보기는 오늘이 처음이었으니까.

당연히 좋았고, 너무나 당연하게 설레었다.

"많이 티나? 너무 들뜬 모습을 보이면 창피한데……."

이레나의 솔직한 발언에 메리의 미소가 더욱 짙어졌다. 행복한 이레나의 모습이 그녀의 눈에는 너무나도 보기 좋았다.

"뭐 어때서요. 전하께 솔직하게 표현하면 더 좋아하시지 않을까요?"

"안 그래도 오늘 전하께 고백하고 싶은 말이 있어."

이미 두 사람이 사랑하고 있는 사이라고 알고 있는 메리에게 이제 와서 사랑의 고백을 한다고 말할 수는 없었기에, 이레나는 뒷말을 흐린 채 그저 희미한 웃음을 지을 뿐이었다.

이레나는 곧이어 옷걸이에 걸어 놓은 다른 드레스를 가리키며 말을 이었다.

"저것도 한번 입어 볼게."

"네. 비전하."

메리는 조금의 불만스러운 기색도 없이 서둘러 이레나가 손가락으로 짚은 드레스를 가지고 돌아왔다.

그렇게 이레나는 난생처음으로 십여 벌의 드레스를 갈아입고, 그중에서 아주 어렵게 의상을 고를 수 있었다.

이런 유난을 부린 건 정말이지 이레나의 인생에서 처음 있는 일이었다.

이레나는 헤어와 메이크업까지 모든 준비를 끝낸 후에도 이리저리 거울을 돌아보며 다시 한 번 자신의 모습을 체크했다.

'내가 조금 더 예뻤다면 좋았을 텐데…….'

그 속마음을 다른 누군가가 들었다면 기막혀할지도 모

르는 일이었다. 그만큼 오늘의 이레나는 누구라도 한 번 씩 뒤를 돌아볼 정도로 아름다웠으니까.

순금을 녹여 만든 것처럼 매끄러운 금발에 잡티 하나 없는 새하얀 피부, 그리고 보석처럼 박혀 있는 붉은 눈동자까지.

사람이라기보다 마치 인형이 살아서 움직인다고 느껴질 만큼 완벽한 아름다움을 뽐내고 있었다.

이레나는 사실 이런 외모를 가지고 있으면서도 지금껏 단 한 번도 자신의 생김새에 대해서 크게 관심을 가져 본 적이 없었다.

그런데 사랑이라는 게 참으로 신기했다. 칼라일의 눈에는 세상 그 무엇보다 자신이 아름다워 보이기를 바라게 되었으니까.

어느새 뒤편으로 다가온 메리가 나지막이 입을 열었다.

"전하께서 지금 도착하셨다고 합니다."

"그래."

이레나는 칼라일에게 줄 반지를 남몰래 챙기고는 조심스럽게 바깥으로 걸음을 옮겼다.

공식적인 일로 나가는 것이 아니었기에 두 사람은 조용히 외출을 하고 돌아올 예정이었다. 그래서 칼라일은 아무런 무늬가 없는 평범한 마차의 앞에 서서 이레나를 기다리고 있었다.

그런데도 칼라일이란 존재 자체가 너무나도 빛이 나서 그런 평범한 마차조차도 왠지 호화롭게 느껴질 지경이었다.

"카릴."

이레나의 부름에 칼라일이 힐끗 고개를 돌렸다.

곧이어 이레나의 모습을 발견한 칼라일의 푸른 눈동자가 조금 커졌다.

점점 다가오는 이레나를 집요할 정도로 뚫어지게 쳐다보고 있던 칼라일이 이내 나지막한 목소리로 입을 열었다.

"더 이상 예뻐지면 곤란해."

"……?"

"내가 부인을 아무도 못 보게 가둬 버리고 싶어지면 어쩌려고 그래."

진득한 소유욕이 느껴지는 칼라일의 말에 이레나는 희미하게 웃어 보였다.

"다른 사람이 보는 게 뭐가 걱정이에요. 어차피 전 당신 거라고 하셨잖아요."

그 말을 들은 칼라일은 잠시 얼어붙고 말았다. 그리곤 이내 한 손으로 이마를 감싸며 낮게 웃음을 터뜨렸다.

"……부인이 날이 갈수록 날 휘두르는 솜씨가 느는군."

그 말을 정확히 알아듣지 못한 이레나는 다시 한 번 물었다.

"네? 방금 뭐라고 하셨어요?"

"아니야. 오늘의 데이트가 새삼 더 기대가 돼서."

칼라일이 근사하게 웃으면서 이레나를 마차 안으로 에스코트했다.

그의 손길에 따라 걸으며 이레나는 그 어느 때보다 설레는 마음으로 오늘 정한 일정을 다시 한 번 머릿속에 되짚어 보았다.

오늘 칼라일과의 데이트를 무사히 끝마친 후, 그에게 반지를 건네면서 자신의 마음을 솔직하게 고백할 것이다.

그때 반지를 받은 칼라일이 자신을 향해 환하게 웃어 준다면 더 이상 바랄 게 없을 것 같았다.

칼라일은 이레나를 먼저 안전하게 마차에 태운 후 뒤이어 탑승했다. 그리곤 다정한 눈빛으로 이레나를 바라보며 물었다.

"그럼 어디부터 갈까?"

"우선 오페라 극장으로 가요."

·

마차를 타고 황궁을 빠져나온 이레나와 칼라일은 이미 한 번 같이 온 적이 있는 오페라의 박스석에 도착했다.

사람들과 동떨어져서 조용하게 오페라를 관람할 수 있는 이 프라이빗한 공간은 다시 봐도 무척이나 럭셔리했다.

막 시작하는 공연을 물끄러미 바라보던 이레나가 입을 열었다.

"오늘 이 공연은 제가 처음으로 어머니와 함께 오페라 극장에 와서 보았던 거예요."

"그렇군. 그대에겐 의미가 남다르겠어."

"네. 그래서 어렸을 때, 제가 카릴에게 보여 주고 싶었던 것도 바로 이 공연이었어요."

"……!"

그 말에 칼라일의 푸른 눈동자에 이채가 어렸다.

단 하룻밤의 만남이었지만, 이레나와 마주친 그 유년 시절의 기억은 칼라일에게 아직까지도 선명하게 남아 있었다.

오랜 세월 동안 이레나와 만났던 순간, 그리고 그녀와 나눈 대화들을 수도 없이 머릿속에서 되풀이했기 때문이다.

당장 죽어도 이상하지 않을 그 지옥 같은 전장에서 칼라일은 홀로 그때를 생각하고, 또 생각했다.

—그래 그럼. 우리 집으로 가는 거다? 나랑 오페라도 같이 보고, 제과점도 가고…… 음, 그밖에 재밌는 것도 많이 보여 줄게. 약속!

그날 이레나가 했던 말은 오랫동안 칼라일을 갈망하게 만들었다.

언제나 꿈꿔 왔던 망상이었다. 그 시절 이레나와 같이 오페라를 보고 길거리를 자유롭게 돌아다니는 것은.

칼라일이 묘한 표정으로 오페라를 바라보며 입을 열었다.

"그렇군. 그때 말한 게 이 공연이었어."

이레나는 그런 칼라일의 모습을 물끄러미 바라보며 말을 이었다.

"네. 그래서 오늘은 그때 못 지킨 약속들을 한번 해 보려고요."

"그 말은……."

"이 오페라 공연이 끝나면, 같이 찰리 아저씨네 제과점도 들러요."

칼라일이 그답지 않게 조금 놀란 표정을 지어 보였다.

"기대한 건 사실이지만, 정말 그 제과점이 아직도 남아 있었나?"

"네. 현재는 너무 맛있어서 수도뿐만 아니라 지방에도 체인점을 두고 있을 정도예요. 당시에 장사하던 아저씨가 아들에게 대를 물려서 지금은 찰스 아저씨네라고 간판이 바뀌었지만요. 설마 제가 어지간한 빵으로 자랑을 했겠어요?"

이레나가 하는 말을 들으며 칼라일은 그저 흐릿하게 웃어 보였다.

그 미소는 평상시의 자신만만한 칼라일과는 어딘가 달랐다.

이레나도 어렴풋이 짐작은 하고 있었다. 칼라일이 그때 자신과 나눴던 대화를 쉽게 잊지 않고 있다는 사실을 말이다.

'카릴도 나처럼 전장에서 숱한 고생을 했겠지?'

저번 생에서의 이레나도 그랬다. 제대로 실력도 갖추지 못한 채 전쟁터를 누비며 여성이라는 이유로 모진 고생을 해야 했다.

아마 칼라일도 크게 다르지 않을 것이다. 성인도 되기 전에 전장으로 던져져 얼마나 많은 일을 경험했을지 가히 상상조차 되지 않을 정도였다.

이레나는 그때로 돌아갈 수만 있다면 어린 시절의 칼라일을 있는 힘껏 끌어안아 주고 싶었다.

할 수만 있다면 아무런 고생을 하지 않아도 되도록 보호해 주고 싶었다.

하지만 그럴 수는 없었다.

그건 이미 지나가 버린 과거였으니까.

칼라일이 저번 생의 이레나를 만날 수 없듯이, 그녀 또한 어린 시절의 그를 보듬어 안아 줄 수 없는 노릇이었다.

하지만 그렇다고 해서 전혀 위로가 되지 않는 건 아니었다.

지금 이레나에게 칼라일이라는 존재 자체만으로도 커다란 위안이 되듯이 말이다.

그래서 이레나는 다시 원점으로 돌아가고 싶었다. 그런 마음 때문에 일부러 오늘의 데이트 코스를 이렇게 짠 것도 있었다.

처음 만났던 그 시절로 돌아가 그때부터 자신을 좋아했다고 고백한 칼라일에게 늦었지만, 솔직한 마음을 전하고 싶었다.

'……저도 사랑하고 있어요.'

일방적으로 끝나는 감정이 아니었다.

그가 '사랑한다'라고 고백하면 '저도 사랑해요'라고 대답할 수 있는 마음이었다.

이레나는 처음 같이 오페라 극장을 왔을 때보다 더욱 흥미로운 시선으로 관람을 하는 칼라일을 물끄러미 바라보았다. 그러다가 방해가 되지 않을 정도로 작은 목소리로 말을 건넸다.

"어깨에 기대도 될까요?"

그 말에 순간 칼라일의 푸른 눈동자가 의외라는 듯 이레나를 쳐다보았다. 그리곤 이내 눈가를 누그러트리며 나지막이 대꾸했다.

"당연한 걸 굳이 물을 필요 없어."

이레나는 지금처럼 칼라일의 푸른 눈동자 안에 맺히는

불꽃 같은 열기가 좋았다. 그 뜨거운 감정은 오롯이 이레나만을 향한 것이었으니까.

허락을 받은 이레나는 조심스레 칼라일의 어깨에 살포시 머리를 기댔다.

무척이나 단단하고 넓은 어깨였지만, 이레나에게는 세상 그 무엇보다 포근하게 느껴지는 품이었다.

이레나가 칼라일에게 기댄 채 다시 오페라 공연을 관람하고 있을 때였다.

스윽—

어느 순간 칼라일의 커다란 손이 다가오더니 이레나의 얼굴을 쥐고, 곧이어 그녀의 이마에다가 가볍게 입술을 맞췄다.

그 갑작스러운 행동에 이레나가 깜짝 놀란 표정으로 고개를 들어 칼라일의 얼굴을 쳐다보았다.

그러자 칼라일이 부드럽게 웃으며 입을 열었다.

"오늘 밤이 내게 최고의 선물 같군."

말로 표현하지 않았을 뿐 그건 이레나 역시 같은 감정이었다.

이레나는 저도 모르게 손가락 끝으로 칼라일에게 주려고 준비한 반지 케이스를 만지작거렸다.

아직 그를 위해 준비한 것이 끝난 게 아니었다.

*　*　*

같은 시각.

칼라일과 이레나의 외출 소식은 셀비 후작 가문에 있는 오스왈드에게만 전달된 것이 아니었다.

황후궁에 있는 오펠리아는 그 누구보다 빠르게 그 소식을 접했다. 그리고 오스왈드의 움직임 또한 완전히 꿰뚫고 있었다.

시녀장인 카사나가 목소리를 낮춘 채 속삭였다.

"황후 폐하, 황태자의 마차가 출발하자 셀비 후작도 움직였다고 합니다."

"그래?"

"네. 과연 셀비 후작이 성공할까요?"

"성공하면 좋은 거고, 실패해도 상관없다."

오펠리아는 알 수 없는 미소를 입가에 지으며 나지막이 말을 이었다.

"어차피 엘렌이 황족살인죄로 휘말린 이상, 셀비 후작 가문도 점점 힘이 쇠약해지게 되어 있어. 그렇다면 써먹을 수 있을 때 마지막까지 이용해 먹어야지."

오펠리아의 힘으로도 현재 엘렌을 쉽게 구제해 주지 못하는 건 사실이었다.

파티장에서 칼라일에게 최음제를 먹이려 했던 엘렌의

정황이 너무나도 명백하기 때문이다.

물론 오펠리아가 나선다면 형량 정도는 충분히 깎아 줄 수 있었지만, 완전히 죄를 피하게 만들 순 없다는 소리였다.

그런 상황에서 굳이 오펠리아가 나서서 도움을 줄 필요는 없었다.

오히려 그것을 이용해 지금처럼 엘렌의 부친인 오스왈드를 움직이는 게 오펠리아에겐 훨씬 더 큰 이득이었으니까.

어차피 이런 방패막이 용도로 사용하려고 처음부터 엘렌을 황궁 시녀로 들인 것이었다. 이 정도면 나름 그 쓸모를 다 했다고 볼 수도 있었기에 오펠리아는 흡족했다.

시녀장 카사나는 그제야 깊은 뜻을 알겠다는 듯이 고개를 끄덕거렸다.

"알겠습니다. 폐하. 그렇다면 저희는 그저 구경이나 하고 있으면 되겠군요."

"아니지. 실패하면 어차피 셀비 후작 가문이 모든 책임을 지겠지만, 그래도 오늘 밤 칼라일이 죽어 주는 게 우리에게 가장 큰 이득이다."

"그 말씀은……."

"셀비 후작도 모르게 우리 쪽 병력을 추가로 더 보내거라. 그래서 혹시라도 황태자를 놓칠 것 같은 상황이 오면 도우라고 전해."

"아, 알겠습니다."

오스왈드가 준비한 인원도 상당했기에 오펠리아의 병력까지 합쳐지면 꽤나 많은 숫자가 모일 것이 분명했다.

오펠리아는 지금도 여전히 칼라일이 괴로움에 처절하게 울부짖는 모습이 보고 싶었지만, 괜히 후환을 남기는 것보다 기회가 왔을 때 안전하게 없애 버리는 것도 나쁘지 않았다.

오펠리아가 교활하게 웃으며 중얼거렸다.

"오늘에야말로 내 눈앞에 칼라일의 목이 떨어졌으면 좋겠구나."

* * *

오페라 공연이 끝나자 이레나와 칼라일은 도심으로 자리를 옮겼다.

이레나가 지시하는 방향에 따라 달린 마차는 '찰스네 아저씨'라고 적혀진 간판 앞에 섰다.

언제나 사람들이 북적거리는 인기 만점 제과점이었지만, 오늘만큼은 휑하다 싶을 정도로 아무도 보이지 않았다.

이유는 바로 이레나가 저녁 시간을 통째로 빌렸기 때문이었다.

매출이 워낙 높은 제과점이라 몇 배의 돈을 얹어 주고도 아주 어렵게 저녁 시간을 독점하는 걸 승낙받을 수 있었다.

뚜벅뚜벅.

마차에서 내린 이레나와 칼라일은 찰스네 제과점을 향해 같이 걸었다.

점점 가까워지는 한산한 제과점을 들여다보며, 칼라일이 궁금하다는 듯이 물었다.

"설마 부인이 나를 위해 준비한 건가?"

"네. 사람들이 많은 걸 싫어하진 않지만, 아무래도 카릴과 함께 여유롭게 즐기기엔 이게 더 편할 것 같아서요."

귀족들은 대부분 시종을 시켜서 유명한 제과점의 빵을 사고 본인들은 저택 안에서 여유롭게 즐기는 편이었다.

그런데 갑자기 황태자인 칼라일이 제과점 앞에 나타나면 크게 이슈가 생길 수도 있었다. 또한 예상치 못한 인파들이 몰려서 방해를 받을 가능성도 염두에 두어야 했다.

그렇게 여러 가지 부분들을 고민하다가 내린 결정이었다.

칼라일이 어쩔 줄 모르겠다는 듯이 미간을 찡그리면서도 한편으로 올라가는 입가를 감추지 못한 채 웃었다.

"부인이 이렇게나 신경 써 줄 줄은 몰랐는데."

"카릴도 저번에 오페라를 보여 주면서 레스토랑을 통째로 빌렸었잖아요."

"그거야, 난 부인에게 언제나 제일 좋은 것만 해 주고 싶었으니까."

아무렇지 않게 흘러나오는 칼라일의 고백에 이레나는 순간 얼굴로 확 열기가 몰리는 것을 느낄 수 있었다.

마치 아무런 준비도 되어 있지 않은 상태에서 크게 한 방 먹은 기분이었다.

이레나는 술렁거리는 가슴을 진정시키려고 노력하며, 서둘러 칼라일의 손을 잡고서 제과점 안으로 이끌었다.

"일단 들어가요. 빵을 맛보기도 전에 감탄하면 어떡해요."

칼라일은 한 박자 늦게 이레나의 손길에 따라가면서, 시선은 뚫어지게 자신을 붙잡고 있는 그녀의 손을 쳐다보았다.

그리곤 더는 못 참겠다는 듯이, 그가 다른 손으로 얼굴을 가린 채 입가에 진득한 미소를 지었다.

딸랑, 제과점의 문을 열자 듣기 좋은 종소리가 울렸다.

가게 안에는 이곳에서 파는 온갖 종류의 빵들을 종류별로 맛볼 수 있게 쭈욱 진열이 되어 있었다.

이레나는 칼라일에게 쟁반에 집게를 얹어 건네며 입을 열었다.

"먹고 싶은 걸 마음껏 담으세요. 개인적으로 제가 좋아하는 건 크루아상이랑 슈크림 빵, 그리고 저기 보이는 치즈케이크예요."

칼라일은 알겠다는 듯이 가볍게 고개를 끄덕였다.

하지만 그는 그 후로도 개별 행동은 하지 않은 채, 이레나의 뒤만 쫓아다니며 그녀가 집은 빵을 그대로 쟁반 위에 올려 담을 뿐이었다.

적당히 빵을 담은 이레나는 준비된 테이블 자리에 앉으며 칼라일을 향해 물었다.

"너무 제 입맛을 따라 고르신 거 아니에요?"

"난 그대가 맛있게 먹는 게 어떤 맛인지 제일 궁금하거든."

이레나는 그 말에 아무런 대꾸도 못 한 채 고개만 끄덕거렸다.

우습게도 이게 뭐라고……

가슴이 떨렸다.

이레나는 괜스레 눈앞에 있는 치즈케이크를 포크로 한 번 휘적거리고는 입 안으로 가져갔다.

한입 먹자마자 진득하게 퍼지는 치즈의 맛이 역시 일품이었다.

이레나가 저도 모르게 흡족한 웃음을 짓자, 칼라일 또한 그 모습을 바라보면서 기분 좋은 미소를 지었다.

그렇게 이레나는 오랜만에 찾아온 찰스네 아저씨의 치즈케이크에 흠뻑 빠져 순식간에 한 조각을 다 비워 냈다.

그리곤 곧바로 다른 생크림케이크까지 맛있게 먹고 있는 찰나였다.

그때였다.

갑자기 칼라일의 손이 다가오더니 이레나의 입가에 묻은 생크림을 훔쳤다.

그리곤 아무렇지 않게 손가락으로 옮긴 생크림을 날름 핥았다.

"……!"

이레나가 당황스러운 표정으로 그 모습을 쳐다보며 굳어 버렸다. 칼라일의 붉은 혀가 자신에게 닿은 것도 아닌데도 왠지 움직일 수가 없었다.

칼라일은 그런 그녀를 바라보며 마치 만족스러운 포식자처럼 웃었다.

"여기서는 이 생크림이 제일 맛있네."

화르륵, 그 말 한마디에 이레나의 얼굴이 새빨갛게 달아올랐다.

* * *

미리 계획한 예정대로 찰스네 제과점까지 들른 이레나와 칼라일이 다음 장소로 향한 곳은 바로 한적한 호숫가였다.

그곳은 이레나가 미리 사람들을 시켜 호수의 위로 수십 개의 촛불을 띄워 놓은 상태였다. 하지만 직접 눈으로 확인한 경치는 상상했던 것보다 더욱 아름다웠다.

별이 가득한 밤하늘에 그 모습을 그대로 비출 만큼 투명한 호숫가, 그리고 그 위에 은은히 떠다니는 촛불까지.

오늘의 마지막을 장식하기에는 조금도 부족함이 없었다.

칼라일이 놀랍다는 표정을 감추지 않은 채 호숫가를 바라보며 말했다.

"오늘 부인이 날 감동시키려고 작정한 모양이군."

"카릴의 마음에 든다니 다행이에요. 음…… 잠시 걸을까요?"

이레나의 말에 칼라일은 흔쾌히 고개를 끄덕이며 걸음을 옮겼다.

그렇게 두 사람은 산책하듯이 시원한 밤공기를 맡으며 거닐었다. 바람결에 호수가 일렁거리는 물소리가 간간이 들려왔다.

이레나는 슬슬 준비했던 순간이 다가오자, 절로 가슴이 콩닥콩닥 뛰었다.

긴장 때문인지 저도 모르게 자꾸만 반지 케이스를 만지작거리게 되었다.

'……어디서부터 말을 해야 하지?'

과연 무슨 말부터 시작해야 될지 고민이 될 수밖에 없었다.

언제부터 그가 좋았는지 말을 할까? 아니면 단도직입적으로 계약 없이도 그와 함께하고 싶다는 말부터 꺼내는 게 맞을까?

정리되지 않은 생각들이 머릿속을 복잡하게 돌아다녔다.

심장은 심장대로 너무 세차게 뛰어서 이러다 바깥으로 툭 튀어나올지도 모르겠다는 걱정이 들 정도였다.

잠시 망설이던 이레나가 용기를 내어 입을 열었다.

"카릴……."

칼라일도 자꾸만 머뭇거리는 이레나를 눈치챈 건지 궁금해하는 기색이 비쳤다.

"말해, 부인."

이레나 눈을 질끈 감은 채 말했다.

"사실은 저도……!"

하지만 그 말은 끝까지 이어질 수 없었다.

쎄에에엑!

날카로운 바람 소리와 함께 그들에게 화살이 비처럼 쏟아졌다.

그 짧은 찰나.

먼저 이상함을 눈치챈 칼라일이 재빠르게 이레나를 품

에 안고 옆으로 몸을 날렸다.

쉭! 쉭! 쉭!

순식간에 방금 전까지 그들이 서 있던 자리에 수십 개의 화살이 박혀 왔다.

그 자리에 가만히 피하지 않고 서 있었다면, 저 화살을 맞은 건 두 사람이었을 거라는 건 자명한 사실이었다.

말하지 않아도 칼라일과 이레나의 시선이 동시에 화살이 날아온 방향으로 향했다.

그러자 거기엔 어둠 속에서 다가오는 수십여 명의 시커먼 무리들이 보였다.

이레나는 그들을 눈으로 확인한 순간 직감적으로 알 수 있었다.

'위험해!'

심상치 않은 상황이란 걸 감지한 이레나는 재빨리 풍성한 드레스 자락을 치우고 발목에 묶어 놓은 단검을 꺼내 들었다.

옆에 있던 칼라일의 행동도 무척이나 빨랐다. 그는 손을 동그랗게 말아서 크게 휘파람을 불었다.

"휘익!"

그러자 그 소리를 들은 커다란 말이 칼라일이 있는 곳을 향해 먼지를 휘날리며 달려오는 모습이 보였다.

그 순간이었다.

위급한 상황을 알아차린 칼라일의 수호 기사들도 어둠 속에서 모습을 드러냈다.

언제나 칼라일의 신변을 숨어서 보호하고 있는 수호 기사들이었기에 그들의 움직임은 무척이나 숙달되어 있었다.

하지만 수적으로 무척이나 불리한 상황이었다. 저쪽은 어림잡아 칠십여 명쯤 되어 보이는 인원이었는데, 칼라일의 수호 기사들은 고작 열 명이 조금 넘는 수준이었다.

창! 차앙!

그럼에도 칼라일의 수호 기사들은 조금도 망설이지 않고 자신들의 병장기를 뽑아 다가오는 적들을 향해 달려 나갔다.

순식간에 어둠 속의 암살자들과 칼라일의 수호 기사들이 격돌했다.

그 수호 기사들 중에서 한 명이 크게 소리쳤다.

"전하, 피하십시오!"

칼라일은 못마땅하다는 듯이 미간을 찌푸렸지만, 그대로 있기엔 자신을 노리고 온 암살자들의 수가 너무 많았다.

사실 쉽게 납득할 수가 없는 상황이었다. 이렇게 대놓고 공격을 가하면 결국 이 일을 사주한 배후가 누구인지 공식적으로 밝혀지게 된다.

그랬기에 칼라일은 전쟁터에 있을 때와 달리, 수도 안

에서 이처럼 대대적인 기습을 받은 적이 없었다.

그렇지 않았다면 칼라일 또한 고작 열 명 남짓한 수호 기사들을 데리고 외출을 감행하진 않았을 것이다.

칼라일의 머릿속에 의문이 차올랐지만, 그보다 이 상황을 피하는 게 더 중요했다. 지금은 이레나까지 함께 있는 상태였으니까.

칼라일은 더 이상의 머뭇거림 없이 자신의 부름에 달려온 말 위로 올라탔다. 그리곤 곧바로 이레나를 향해 손을 내밀었다.

"서둘러, 부인."

더 이상의 설명은 없었지만, 이레나는 재빨리 칼라일의 손을 잡고 말 위로 몸을 실었다.

수호 기사들이 시간을 벌어 주고 있을 때 가능한 한 멀리 도주를 해야 했다.

어차피 수호 기사들 중 누군가는 황태자궁에 습격 소식을 알리러 갔을 터.

상황이 불리할수록 지원 병력이 도착할 때까지 조금이라도 더 시간을 끄는 게 유리했다.

그렇게 두 사람을 태운 말은 쏜살같이 앞을 향해 뛰어나갔다.

타닥, 타닥, 타닥!

빠른 말발굽 소리 뒤로 적들의 커다란 외침이 들렸다.

“잡아라! 황태자가 도주한다!”

수호 기사들이 최대한 그들의 앞길을 막으려 노력하겠지만, 사실상 그 많은 인원의 발목을 전부 다 붙잡아 놓기란 어려웠다.

분명 얼마 안 있어 칼라일의 뒤를 쫓아오는 이들이 생길 것이다.

머릿속으로 생각을 정리한 칼라일이 최대한 빨리 말을 몰면서 뒤편에 앉아 있는 이레나를 향해 나직이 말했다.

“저들이 노리고 있는 건 나일 확률이 커. 눈에 띄지 않는 장소에 내려 줄 테니 부인은 황태자궁으로 가서 지원 병력을 데리고 돌아와.”

“말도 안 되는 소리 하지 말아요.”

이레나는 단박에 거절하며, 무척이나 고심해서 골랐던 드레스의 치맛자락을 일말의 망설임도 없이 쭈욱 찢어냈다. 치렁치렁한 드레스를 입고 몸을 움직이기가 너무 불편했기 때문이다.

이런 상황에 제대로 된 무기라도 있었다면 좋았겠지만, 언제나 그렇듯 위험이란 건 예고도 없이 찾아왔다.

칼라일이 힐끔 이레나의 매끈한 종아리가 드러난 것을 보며 눈살을 찌푸렸다.

“말을 좀 듣지?”

이레나는 유일한 무기인 손바닥만 한 단검을 고쳐 잡

으면서 나지막이 대답했다.

"난 당신을 두고, 아무 데도 안 가요."

이레나는 왠지 불길한 기분이 들었다. 그런 생각을 하면 안 되는데 불현듯 지금 이 상황이 칼라일을 처음 구해냈을 때와 비슷하다는 느낌을 받았다.

그리고 그 장소에서 칼라일은 원래 죽었어야 했다는 사실도 떠올랐다.

갑자기 무서웠다.

만에 하나라도 이 자리에서 칼라일을 잃게 된다면 이레나는 감당할 수가 없을 것 같았다.

벌써 그만큼이나 마음이 깊어졌다. 꼭 그가 자신의 가족들을 구해 낼 수단이 아니더라도 이젠 살려야만 했다.

아니, 기필코 지켜 낼 것이다.

이레나는 예리하게 눈을 빛내며 칼라일의 커다란 등을 부여잡았다.

"아직 당신한테 말하지 않은 이야기가 있어요. 그러니 제 말을 들을 때까지 절대로 다치지 말아요."

"지금은 내 안전보다 그대부터 신경 써."

칼라일의 걱정 어린 목소리에 이레나는 저도 모르게 픽 웃고 말았다.

"벌써 잊었어요? 나는 당신의 가장 날카로운 검이라는 걸."

타다다다다!

어느새 뒤쫓아 온 암살자들의 말발굽 소리가 들려왔다.

이레나는 힐끔 그들이 따라붙은 걸 바라보며, 앞에 타고 있는 칼라일을 향해 나지막이 속삭였다.

"최악의 상황이 되면 날 두고 카릴이 먼저 떠나요. 내가 방금 전의 기사들보다 더 오래 버틸 수 있다는 거 당신도 알잖아요."

"……말도 안 되는 소리."

칼라일은 더 이상 대꾸할 가치가 없다는 듯 그저 말을 빠르게 몰 뿐이었다.

뒤쫓아 온 암살자들은 칼라일의 말을 쉽게 따라잡지 못했으나, 그들에게는 이레나의 손에 없는 무기가 쥐어져 있었다.

"제길! 카릴, 화살이에요!"

이레나의 다급한 외침에 칼라일은 직선으로 가던 방향을 꺾어 재빨리 좌측으로 틀었다.

쉬이이이익!

방금 전까지 그들이 달리던 방향으로 몇 개의 화살이 날아오는 것이 보였다.

이레나에게 활만 있었더라면 매섭게 반격을 해 주었겠지만, 지금 손에 들고 있는 건 자그마한 단검 하나뿐이었다.

이걸 던져서 암기처럼 맞출 순 있었지만, 성공해 봤자

고작 한 명의 숨통밖에 끊어 놓을 수 없는 상황이었다.

그럴 바엔 만약의 상황을 대비해 이 단검은 가지고 있는 게 더 나았다.

이레나는 계속해서 쫓아오는 암살자들을 주시하며 칼라일을 향해 말했다.

"이 상황에선 당신의 승마 솜씨에 의존하는 수밖에 없겠어요."

"최선을 다해 보지."

그 말을 끝으로 이레나가 뒤에서 화살이 날아오는 방향을 알려 주면, 칼라일이 즉각 방향을 틀어서 그것을 피해 냈다.

둘 중에 누구 하나라도 제대로 하지 못하면 화살을 그대로 맞는 상황이었는데, 마치 그동안 훈련이라도 해 온 것처럼 손발이 척척 맞았다.

이레나의 예리한 눈썰미와 칼라일의 승마 솜씨가 훌륭했기에 가능한 일이었다.

두 사람은 생각보다 오랜 시간을 아무런 방해 없이 도주할 수 있었다.

쉬익! 쉭!

하지만 점차 따라붙는 암살자들의 숫자가 많아졌다.

어느새 칼라일과 이레나를 뒤쫓아 오던 인원은 처음보다 몇 배나 더 늘어 있었다.

이젠 단순히 방향을 바꾸는 것만으로 피해 내기엔 너무나 많은 화살이 사방에서 날아왔다.

"카릴, 위험……!"

칼라일이 왼쪽으로 말을 몰자마자 기다렸다는 듯이 곧바로 화살이 쏘아졌다.

히이이잉!

피하지 못하고 맞은 화살에 칼라일의 말이 곧바로 앞발을 들면서 몸을 크게 비틀었다.

그러자 말 위에 올라타고 있던 칼라일과 이레나의 몸이 순식간에 바닥으로 곤두박질쳐졌다.

칼라일이 재빨리 이레나의 몸을 감싸며 바닥을 굴렀다.

쿠당탕탕—

두 사람은 바닥으로 떨어지자마자 서로 약속이라도 한 듯, 그 자리에서 멈추지 않고 몸을 더 움직여 뒤이어 날아올 화살을 피해 냈다.

탁탁탁탁탁!

여러 개의 화살이 두 사람이 움직이는 방향을 따라 꽂혀 왔다.

모든 공격을 안전하게 피해 낸 이레나가 먼저 작은 단검을 쥐고 몸을 일으켰다.

지금 이레나는 찢어진 드레스에 엉망으로 바닥을 구르

는 바람에 잔뜩 더러워진 상태였다. 하지만 아무도 그런 그녀의 모습을 보고 비웃지 못했다.

그만큼 지금 이레나에게서 뿜어져 나오는 기세가 어마어마했다.

"카릴, 말을 타고 있는 놈들부터 해치우죠. 여기서 시간을 끌면 더 많은 놈들이 추격해 올 거예요."

곧이어 이레나와 마찬가지로 바닥에서 몸을 일으킨 칼라일이 허리춤에 차고 있던 검을 뽑아 들며 나지막이 대꾸했다.

"부인의 명령대로."

더 이상의 말은 필요 없었다.

칼라일과 이레나가 동시에 눈앞에 있는 암살자들을 향해 돌진했다.

칼라일은 불필요한 동작을 전부 생략한 군더더기 없는 자세로 순식간에 적들의 급소를 노리고 들어갔다.

이레나 또한 날렵하게 몸을 움직여 눈 깜짝할 사이에 적들에게 다가가 손바닥만 한 단검으로 목덜미를 그어 버렸다.

그렇게 찰나의 순간 서너 명을 해치운 두 사람이 남아 있는 다른 암살자들을 스윽 돌아보았다.

그 눈빛이 무척이나 오싹했기에 다른 암살자들은 저도 모르게 주춤할 수밖에 없었다.

그때였다.

타다다다다다!

정체불명의 무리가 이쪽을 향해 다가오는 말발굽 소리가 들렸다.

하지만 벌써 지원군이 도착했다고 생각하기엔 너무 일렀다. 더구나 소리가 들려오는 방향은 황궁에서부터 오는 길이 아니었다.

그렇다는 건, 다른 암살자들이 추가적으로 이곳을 향해 오고 있다는 뜻이었다.

칼라일은 서둘러 죽은 암살자를 치우고 그가 타고 있던 말 위에 올라탔다. 그리곤 이레나를 향해 크게 소리쳤다.

"이레나!"

이레나 역시 그가 부르지 않아도 지금 자신이 해야 할 일을 잘 알고 있었다.

재빨리 방금 전 해치운 암살자를 말에서 밀어내고 이레나도 그 자리를 선점했다. 그리곤 강하게 말의 몸통을 발로 찼다.

"이랏!"

이레나의 외침과 함께 두 사람을 태운 말이 쏜살같이 앞으로 질주하기 시작했다.

말 한 마리가 두 사람의 무게를 지탱하게 되면 상대적

으로 속도가 느려질 수밖에 없었다.

처음에 칼라일과 이레나를 태운 말은 명마였기에 크게 지친 기색 없이 잘 달렸지만, 암살자들의 말은 그렇지 못했다. 그랬기에 두 사람은 서로 말하지 않아도 각자 한 마리씩 말을 모는 것으로 바꾼 것이다.

하지만 새롭게 쫓아오는 이들은 방금 전의 암살자들과 어딘가 달랐다. 그들이 입고 있는 의상에는 황금색의 꽃이 어깨에 수놓아져 있어서 더 눈에 튀었다.

이상하게 불길했다.

딱 꼬집어 말할 순 없었지만, 처음에 마주친 암살자들보다 더욱 정교하게 훈련을 받은 느낌이 들었다.

그리고 그건 이레나만 그렇게 느낀 것이 아닌 모양이었다.

칼라일이 가라앉은 표정으로 뒤쫓아 오는 이들을 확인하며 말했다.

"말을 바꿔 탄 김에 이대로 각자 흩어지지."

"그게 무슨 소리예요?"

"어차피 같이 있어 봤자 병력이 한곳에 집중되기만 할 뿐이야. 그러니 따로 도주하다 나중에 다시 만나도록 하지."

지금 칼라일과 이레나가 떨어져도 그들은 병력을 나누기보단 황태자인 그에게만 집중 공격을 가할 게 뻔했다.

어차피 두 사람 사이에 낳은 후계자가 있는 것도 아니

었기에, 칼라일만 없어지면 황태자비라는 이레나의 위치 또한 무용지물이었다.

이레나는 상황이 점점 급박하게 돌아가자 칼라일이 자신을 보호하기 위해 따돌리려 한다는 사실을 간파했다.

"한 번만 더 그런 소리 하면 정말 화낼 거예요."

처음 만났을 때부터 말했었다. 칼라일은 자신이 지켜 주겠다고.

그 말을 어길 생각은 눈곱만큼도 없었다.

"카릴, 저는 죽었다 깨나도 당신을 버리고 가지 않아요."

칼라일은 정말 못 말리겠다는 듯이 인상을 찡그렸지만, 그와 반대로 입술은 희미한 웃음을 머금고 있었다.

"그런 로맨틱한 말은 이런 상황이 아닌 다른 곳에서 듣고 싶은데."

"명심해요. 만에 하나 우리 둘 중에 먼저 몸을 피해야 할 사람이 있다면 그건 당신이에요."

"……하여간 말 참 안 들어."

두 사람은 그런 대화의 주제에 맞지 않게 서로를 마주보며 웃었다.

신기하게도 당장 죽을지도 모르는 이 상황에서 서로의 마음이 마치 거울을 들여다보듯이 선명히 보이는 것만 같았다. 서로가 서로를 누구보다 걱정하고 있는 그 마음이 말이다.

그렇게 칼라일과 이레나가 재빠르게 말을 타고 달리고 있을 때였다.

갑자기 커다란 나무 기둥 사이에서 빳빳한 밧줄이 나타났다.

누군가 미리 두 사람이 이곳으로 도망칠 것을 계산하고 설치해 둔 함정 같았다.

'대체 언제!'

이레나의 머릿속에 강한 의문이 들었지만, 그보다 먼저 밧줄을 피하지 못하고 타고 있던 말이 그대로 넘어졌다.

콰당!

거친 소리를 내며 칼라일과 이레나를 태운 말이 동시에 바닥을 뒹굴었다.

이레나는 재빨리 허공에서 몸을 회전시켰지만, 다급하게 착지해야 되는 상황에서 어깨가 바닥에 부딪히는 것을 피하지 못했다.

"윽!"

약간의 통증이 느껴졌지만, 전혀 그런 내색을 하지 않은 채 재빨리 몸을 일으켰다.

눈앞에는 마치 이곳에서 두 사람을 기다리고 있었다는 듯, 어깨에 황금색의 꽃이 수놓은 이들이 나타났다.

이레나가 먼저 입을 열었다.

"너희들은 누구지?"

모두 얼굴을 복면으로 가리고 있어 정체를 알 수는 없었지만, 그들 중에 가장 선두에 서 있던 남자가 기꺼운 목소리로 말했다.

"여기까지 못 오면 어쩌나 했는데 다행히도 왔네."

그 말에 이번엔 칼라일이 서늘하게 푸른 눈동자를 빛내며 대꾸했다.

"여기서 우리가 도망쳐 오기를 기다리고 있었다는 건가?"

"그렇지. 더 도망가면 죽이기 어려워지니까. 혹시 모를 상황을 대비해서 황궁으로 가는 길목을 통제하고 있었는데 운 좋게도 우리 부대가 있는 곳으로 걸렸군."

이레나의 붉은 눈동자가 어둡게 변했다.

그렇다면 여기 있는 인원이 끝이 아니라는 소리였다.

눈에 보이는 것보다 더 많은 암살자들이 이레나와 칼라일을 잡기 위해 숨어 있었다. 그것도 두 사람이 도주할 경로를 미리 예상해서 말이다.

대체 이자들을 사주한 배후가 누구일지 궁금해졌다.

황후 오펠리아일까? 아니면 파벨루크?

하지만 지금 당장 그 궁금증을 해결할 수 있는 방법은 없었다.

잠시 시간이 지나자, 뒤편에서 지금까지 두 사람을 쫓아오던 다른 암살자들도 속속들이 도착해서 말에서 내리는 모습이 보였다.

처음 호숫가에서부터 공격해 왔던 암살자들과 어깨에 황금색의 꽃이 새겨진 정체불명의 이들이 함께 섞여 있는 상태였다.

'더 많은 이들이 몰리기 전에 서둘러 이곳을 뚫고 나가야 해.'

이레나가 힐끗 시선을 보내자, 칼라일의 생각도 같은지 허공에서 눈이 마주쳤다.

그 순간이었다.

두 사람이 각자 다른 방향으로 뛰어나갔다.

더 이상의 시간을 지체할 수 없었기에 속전속결로 방법을 정한 것이다.

챙! 챙! 챙!

일대 다수의 싸움이었지만, 병장기가 부딪치는 소리가 끊이지 않고 들려왔다.

그만큼 두 사람이 치열하게 전투를 벌이고 있다는 의미이기도 했다. 칼라일 혼자였으면 버거웠을지 모르겠지만, 지금은 이레나가 곁에 있었기에 어렵지 않게 버텨 낼 수 있었다.

반대로 암살자들은 계획에 없던 이레나의 등장으로 인해 고전을 면치 못하는 상황이었다.

그렇게 양측 다 조금도 밀리지 않는 전투가 벌어지고 있을 때였다.

방금 전 칼라일과 이레나와 말을 섞었던 남자에게 누군가가 다가와 속삭였다.

"벌써 황태자의 지원 부대가 가까이 다가왔다고 합니다."

"쳇, 예상보다 빠르군."

"어떻게 할까요?"

남자는 순간 내키지 않는다는 듯 미간을 좁혔지만, 무슨 수를 써서라도 이 자리에서 칼라일을 없애야만 했다.

"……지금부터 화살로 공격한다."

"그렇게 되면 지금 황태자와 싸우고 있는 우리 아군들도 맞을 텐데요?"

"상관없어. 희생을 감수하더라도 여기서 황태자를 죽여야 해."

"아, 알겠습니다."

명령을 받은 수하는 재빨리 활을 들고 있는 이들을 따로 불러 모았다.

그렇게 적당한 인원이 모이자 그들은 일제히 전장을 누비고 있는 칼라일을 향해 소리 없이 활을 겨누었다.

스스스―

활시위가 당겨지는 미약한 소리를 감지한 이레나가 고개를 돌렸다. 그리곤 멀지 않은 곳에서 적들이 칼라일을 노리고 있다는 사실을 알아차렸다.

'……막아야 돼!'

이레나는 재빨리 손에 들고 있던 단도를 던져서 활을 겨냥하고 있는 이들 중 한 명을 맞췄다. 그리고 거기서 멈추지 않고 곧바로 눈앞에 있는 암살자의 무기를 빼앗아 다시 한 명을 쓰러뜨렸다.

하지만 그 짧은 사이에 모두를 제압할 수는 없는 노릇이었다.

칼라일을 향해 화살이 쏘아지는 걸 눈으로 확인한 순간!

이레나는 온 힘을 다해서 칼라일이 있는 곳으로 달려나갔다.

그를 구해야 한다는 생각보다도 먼저 본능적으로 몸이 움직인 느낌이었다.

더 이상 가족들을 구하기 위해 칼라일이 필요하다는 계산적인 생각은 들지 않았다. 그런 게 아니더라도 이젠 그를 위해 목숨을 걸 수 있었다.

다다다다다다닥!

마음이 다급했다.

숨이 차오르고, 두 발을 그 어느 때보다 빠르게 움직였다.

하지만 그 순간 이상하게도 이레나는 시간이 느리게 흘러가는 것 같다는 착각이 들었다.

푸숙!

칼라일을 노리고 날아들던 화살을 이레나가 대신해 맞았다.

화살은 곧바로 이레나의 등을 뚫고 들어왔고, 이레나는 그 자리에서 떨어지는 꽃잎처럼 바닥으로 허물어졌다.

뒤늦게 쓰러지는 이레나와 칼라일의 시선이 맞닿았다.

"……이레나."

칼라일의 푸른 홍채가 놀란 듯 커다랗게 뜨여졌다. 그가 지금처럼 놀라는 모습을 본 건 처음인 것 같았다.

그대로 이레나의 몸이 털썩, 바닥으로 완전히 고꾸라졌다.

화살을 맞은 등이 타들어 가는 것처럼 아팠다. 저번 생에서 몇 번 화살을 맞은 경험이 있었지만 지금처럼 고통스러운 적은 처음이었다.

이레나가 고개를 돌려 뚝뚝 떨어지는 핏방울을 확인했다. 그러자 한눈에도 피의 색깔이 검붉다는 걸 알아볼 수 있었다.

'……독화살인가.'

곧 이레나의 입에서 울컥하고 검붉은 피가 토해져 나왔다.

그때였다. 바닥을 울릴 정도로 수많은 말발굽 소리가 이곳을 향해 다가오고 있었다.

동시에 멀리서 칼라일을 애타게 찾는 목소리가 들려왔다.

"황태자 전하! 무사하십니까!"

그 목소리만 들어도 지원 병력을 이끌고 온 이가 제너드라는 사실을 알아차릴 수 있었다.

'다행이다…….'

이레나가 여기서 쓰러지면 혼자 남겨진 칼라일이 위험해질까 봐 걱정이 태산 같았는데, 다행히도 지원군이 늦지 않게 도착한 모양이었다.

순식간에 몰려들어 온 지원군과 칼라일에게 화살을 쏘아대려고 했던 암살자들이 서로 뒤엉켜 싸움터가 혼란스럽게 변했다.

칼라일은 자신의 앞길을 막는 암살자들을 미친 듯이 베어 버리고 쓰러져 있는 이레나를 향해 황급히 다가왔다.

그가 서둘러 이레나를 품 안에 안으며 소리쳤다.

"정신 차려! 부인, 기절하면 안 돼!"

점점 흐릿해져 가는 이레나의 시야로 칼라일의 일그러진 얼굴이 들어왔다.

그가 이런 표정을 지을 줄 몰랐다. 마치 당장이라도 발밑이 무너질 것만 같은 그런 모습이었다.

"카릴……."

이레나가 입을 열자 검붉은 피가 입가에서 주르륵 흘러나왔다.

"쉬— 괜찮아. 말하지 마."

"그런 표정, 짓지 말아요. 전 아무렇지, 쿨럭, 않아요."

하지만 안심시키려고 꺼낸 말과는 달리 칼라일의 얼굴은 더욱더 어둡게 변해 갔다.

이레나는 지금 그의 표정만 봐도 마음이 아팠다.

'이제야 겨우…… 닿았는데.'

칼라일의 진심을 확인하고, 오늘에서야 솔직하게 자신의 마음을 전하려던 찰나였다.

그런데 제대로 된 고백도 해 보기 전에 이런 상황에 처했다는 게 참으로 얄궂었다.

운명은, 언제나 이레나에게 조금 더 가혹한 것만 같았다.

이레나는 만에 하나의 상황에 대비해 힘겹게 입을 열었다.

"그럴 리 없겠지만, 카릴. 혹시라도 제가 잘못되면 제 가족들을…… 부탁할게요. 꼭 무탈하게 지켜 주세요."

"알았어. 알았으니까. 아무 말도 하지 말라고."

당장이라도 폭주할 것 같은 칼라일의 얼굴을 바라보다가 이레나는 손을 들어서 그의 뺨을 조심스레 쓰다듬었다.

의도치 않게 이레나의 손에 묻어 있던 검붉은 피가 그의 얼굴에 번졌다.

"아직 못한 말이 있어요. 꼭 하고 싶었는데……."

"나중에, 나중에 들려줘."

하지만 칼라일의 말처럼 다음이라는 기회는 없을지도 몰랐다.

혹시라도 이게 마지막이라면 꼭 전해 주고 싶었다.

그 감정은 칼라일 혼자만의 것이 아니었다고. 그와 똑같은 주체할 수 없을 정도로 뜨거운 마음을 이레나 역시도 갖게 되었다고 말이다.

이레나는 거센 기침과 함께 피를 한 움큼 토해 냈다. 그러면서도 끊어질 것 같은 목소리를 억지로 쥐어짜 내어 말했다.

"사랑…… 해요."

어떤 말부터 꺼내야 할지 모를 정도로 그에게 하고 싶은 말이 많았는데, 결국 이 마음을 표현할 수 있는 건 이 말밖에 없었다.

갑작스러운 이레나의 고백에 칼라일은 무척이나 놀란 표정을 지어 보였다.

지금까진 이 고백을 들은 그가 환한 웃음을 지어 주길 바랐지만, 이레나의 기대와 달리 칼라일의 시리도록 푸른 눈동자에는 깊은 절망만이 가득했다.

완전히 눈이 감기기 전에 언뜻 칼라일의 얼굴에 검은색의 비늘이 군데군데 돋아난 것이 보인 듯했다.

마치 처음 칼라일과 만났을 때 그의 오른손을 완전히 덮고 있던 비늘이 다시 나타난 것만 같았다. 이번엔 얼굴까지 번질 정도로 말이다.

하지만 이레나는 그것이 환상인지, 현실인지 구별이 가지 않았다.

그렇게 칼라일의 뺨을 어루만지던 이레나의 손이 툭 떨어지는 것과 동시에, 그녀의 시야는 완전히 암전되었다.

"으아아아아!"

마지막으로 정신을 잃기 전 칼라일의 처절한 절규가 귓가에 들린 것 같았다.

그야말로 비명에 가까운 통곡이었다.

36

무슨 짓을 해서라도

황궁 안에서 칼라일의 사망 소식을 기다리고 있던 오펠리아의 기분은 시간이 갈수록 점점 더 저조하게 변했다.

무언가 일이 벌어졌을 만한 시간이 한참 지났는데도 이렇다 할 보고가 아무것도 올라오지 않았기 때문이다.

언짢은 듯한 오펠리아의 눈치를 살피며 시녀장 카사나가 조심스럽게 입을 열었다.

"폐하, 상황을 알아보라고 사람을 보냈으니, 금방 소식을 가지고 올 겁니다."

"……."

그럼에도 오펠리아는 아무런 대답을 하지 않았다.

지금처럼 소식이 늦어진다는 건 그만큼 안 좋은 일이

벌어졌을 확률이 높다는 소리였다.

하지만 도무지 그럴 만한 일이 무엇인지 짐작이 가지 않았다.

셀비 후작 가문에서 준비한 사병은 상당했고, 거기다 오펠리아가 확실히 마무리하기 위해 추가로 병력까지 보낸 상태였다.

그만큼 실패할 가능성은 없다고 봐도 무방했지만, 만에 하나 그런 일이 벌어졌다 하더라도 이처럼 결과가 늦게 보고될 이유가 없었다.

'대체 거기서 무슨 일이 벌어진 거지?'

칼라일의 검술 실력이 어느 정도인지, 그의 곁을 지키는 수호 기사의 숫자가 몇 명인지 이미 조사가 끝난 상태였다.

오랜 세월 그를 죽이기 위해 암살자를 보내다 보니, 자연스럽게 칼라일의 능력에 대한 데이터가 쌓일 수밖에 없었다. 사전에 정보가 새어 나간 게 아니라면 이번에 준비한 함정에서 칼라일이 살아 돌아오기란 불가능에 가까웠다.

'……내가 예상하지 못한 누군가가 개입한 게 아니라면 말이지.'

칼라일의 생명력은 벌레처럼 끈질겼지만, 지금처럼 완전히 끝났다고 생각한 상태에서 살아 돌아온 적이 딱 한 번 있었다.

바로 칼라일이 전장에서 수도로 돌아오는 걸 막기 위해 가장 대대적으로 총력을 기울였을 때다.

그때도 과연 그가 어떻게 살아서 돌아온 건지 끝내 알아내지 못했는데…….

이번에도 왠지 그때와 같은 불길한 기운이 스멀스멀 올라오고 있었다.

오펠리아가 뱀처럼 눈을 빛내며 생각에 잠겨 있을 때였다.

벌컥!

거칠게 문이 열리며 오펠리아의 남동생이자, 아니타 가문의 수장인 체자레가 안으로 들어왔다.

붉은 머리카락을 휘날리며 성난 사자처럼 걸어오는 체자레의 분위기는 한눈에 봐도 심상치 않았다.

"누님."

체자레의 부름에 오펠리아가 궁금하단 표정을 감추지 않은 채 대꾸했다.

"말해 봐. 전령이 아닌 네가 직접 여기까지 온 걸 보니 무언가 일이 벌어졌나 보구나. 대체 무슨 일이 벌어진 거지?"

"그게……."

체자레는 그답지 않게 곤란한 표정으로 잠시 할 말을 골랐다. 그리곤 이내 화가 난다는 듯이 버럭 소리를 질렀다.

"전부 다 죽었소이다!"

"……뭐?"

"방금 두 눈으로 직접 모두 전멸한 것을 확인하고 돌아오는 길입니다."

"그 많은 인원이 다 말이냐?"

"그렇소. 누님."

오펠리아는 체자레의 말을 듣고도 이 상황이 믿기지 않았다.

실패는 할 수 있다.

하지만 전원이 사망할 수는 없었다.

그 정도로 적은 인원이 아니었으니까.

아무리 칼라일의 지원 병력이 빨리 도착한다고 해도 말이 되지 않는 상황이었다.

하지만 오펠리아의 생각과 달리, 체자레가 내놓은 답변은 변하지 않았다.

"저도 전령의 말이 믿기지 않아서 가 봤더니, 거기에 우리 애들의 시체가 산처럼 쌓여 있습니다."

콰앙, 언제나 침착하던 오펠리아가 참지 못하고 의자의 모퉁이를 내리쳤다.

"어떻게 그럴 수가 있단 말이냐!"

"짐승의 발톱에 찢겨 죽은 것처럼 보이는 시체들이 있다고 하니, 아마도…… 폭주를 한 모양입니다."

체자레가 힐끗 오펠리아의 곁에 서 있는 카사나를 쳐다보며 말을 아꼈다. 이건 아무리 최측근이라고 해도 아무에게나 발설할 수 있는 사항이 아니었기 때문이다.

상황을 눈치챈 카사나가 재빨리 두 사람을 향해 허리를 수그리며 입을 열었다.

"두 분이서 편하게 말씀 나누십시오. 저는 바깥에서 기다리고 있겠습니다."

카사나는 그 말과 함께 바깥에서 일하고 있던 하녀들까지 전부 다 데리고 멀찌감치 거리를 벌렸다.

삽시간에 주위가 적막할 정도로 고요하게 변했다.

혹시나 하는 마음에 체자레가 다시 한 번 주변을 살펴보았지만, 일정한 반경 안에 들어온 사람은 아무도 없었다.

그렇게 단 두 사람만 남게 되자, 오펠리아가 먼저 딱딱한 표정으로 입을 열었다.

"칼라일이 폭주한다고 해도 이 정도의 힘을 내지는 못할 텐데?"

"저도 그게 궁금합니다. 젠장, 드래곤의 피가 좋긴 좋은 모양입니다. 빌어먹을 놈의 명줄이 아주 끈질깁니다."

"그가 마음대로 조정할 수 있는 능력도 아닌데…… 하필이면 이럴 때에 그런 힘이 발현될 게 뭐란 말이냐."

오펠리아는 분하다는 표정으로 나지막이 읊조렸다.

칼라일이 드래곤의 피를 이었다는 건 오펠리아도 이미

알고 있는 사실이었다. 황가의 비밀을 황후인 그녀가 지금까지 모르고 있을 리 없었다.

그 특별한 힘 때문에 칼라일은 황태자가 되었고, 이제껏 죽었어야 할 고비에서 몇 번이나 목숨을 부지할 수 있었다.

하지만 오펠리아도 그런 점까지 전부 다 계산을 해서 병력을 배치한 상태였다. 괴물같이 뛰어난 능력을 보이긴 했지만 그렇다고 칼라일이 불사신은 아니었으니까.

그런데 또 실패를 하다니 쉽게 납득이 가지 않았다.

"……무언가 이상해."

칼라일이 수도로 귀환하려 했을 때와 이번에 벌어진 사건까지.

뭔가 심상치 않았다. 마치 오펠리아가 모르는 무언가가 더 있는 듯한 느낌이 들었다.

"생존자가 한 명도 없어?"

"그렇습니다. 누님."

"어떻게든 목격자를 찾아내. 정 안 되면 칼라일 측의 사람이라도 매수해 봐. 분명 뭔가 있어. 내가 모르는 뭔가가……."

"알겠습니다. 맡겨 주십시오."

오펠리아는 점점 흥분을 가라앉히고 이성적으로 머리를 굴렸다.

어찌 됐든 계획했던 일이 실패한 이상, 이번 암살 사건의 주범은 잡히게 되어 있었다. 그렇다면 이제 방패막이로 마련해 놓은 셀비 후작 가문을 먹이로 던져 줄 차례였다.

"일단 우리 측과 셀비 후작 가문이 연관된 모든 증거부터 없애. 절대로 이번 일에 우리가 연루되었다는 사실이 밝혀지지 않게 해."

"네, 누님."

체자레의 대답을 듣고도 오펠리아는 머리가 아프다는 듯이 관자놀이를 눌렀다.

"다시 칼라일에 대한 정보를 더 모아 봐야겠구나."

그렇게 찡그린 표정으로 다시 눈을 뜬 오펠리아의 눈빛은 살벌했다.

"두 번은 실패하지 않도록 말이야."

그 말에 체자레가 깊게 허리를 수그리며 대답했다.

"제가 계획을 한번 세워 보겠습니다. 누님."

* * *

이레나가 저번 생에서 가장 많이 들었던 말은 바로 이것이었다.

—단장, 그렇게 살다간 언젠가 죽겠소.

어느 순간부터 죽음을 무서워하지 않았다.

악착같이 살아남았던 이유는 오로지 가족들의 피맺힌 원한을 갚기 위해서였다.

눈을 감으면 미라벨의 비명 소리가 떠올랐고, 밥을 먹으면 데릭 오라버니와 아버지의 시체가 눈앞에서 어른거렸다.

한시도 마음이 편한 적이 없었다.

살아도 사는 게 아니었다.

죽기 살기로 미친 듯이 전쟁터에 참가하다 보니, 언젠가부터 여검사 이레나라는 이름이 유명해지기 시작했다.

그래서 나중에 기회가 찾아왔을 때, 루퍼드 제국과 적대시하는 국가에서 공을 세우고 정식으로 기사 작위를 받았다. 수년간 뛰어난 용병으로 활약했지만 고작 그 정도로는 파벨루크의 목에 검을 겨눌 수 없었기 때문이다.

말단 기사에서 최고의 기사단장까지 이레나의 승진은 초고속이었다.

그만큼 노력했다. 노력이라는 짧은 단어로 다 표현할 수 없을 만큼, 죽도록 노력하고, 노력하고, 또 노력해서 이루어 낸 성과였다.

—단장, 오늘도 밤을 샜소?

언제나 훈련장에서만 지냈기 때문에 이레나는 나중에 자신의 숙소가 어디인지도 까먹었다.

거의 모든 밤을 누워서 잠들지 못했다. 너무 깊이 자면 검을 수련할 시간이 모자랐으니까.

그렇게 몸을 혹사시켜도 불면증은 한시도 떨어질 줄을 몰랐다.

언제나 눈을 감으면 다시 블레이즈 백작가의 영애였던 시절로 돌아갔다. 성안에 붉은 횃불들이 일사불란하게 들어오고, 사람들이 살려 달라 비명을 지르는 소리가 들려왔다.

상상 속의 미라벨은 언제나 피맺힌 목소리로 울부짖었다.

—언니! 이레나 언니이이! 도와줘! 살려 줘어!

그리고 이레나는 꿈속에서조차 그런 미라벨을 구해 내지 못했다.

아무리 발버둥을 쳐도 이레나는 미라벨을 혼자 내버려 두고, 데릭 오라버니의 손에 이끌려 성 바깥으로 나가야만 했다.

데릭 오라버니의 마지막 말은 언제나 이것이었다.

—가라. 가서 살아남거라, 동생아.

그래서 살아야 했다. 혼자 살아남은 게 사무치게 원망스러워도 버텨야 했다.

미라벨을 홀로 내버려 두고, 데릭 오라버니를 희생시켜서 얻게 된 목숨이었으니까.

슬픔, 원망, 후회.

그 감정들은 끊임없이 되풀이되었다.

시간이 아무리 지나도 조금도 퇴색되지 않은 그런 기억이었다.

—단장은 웃을 줄 모르오? 내 한 번도 단장이 웃는 모습을 본 적이 없는 것 같소.

웃지 않았다. 아니, 웃을 수 없었다.

모두 죽었는데 혼자서만 살아남은 이레나가 무슨 자격으로 웃을 수 있을까?

오로지 파벨루크를 죽이겠다는 일념 하나로 이루어진 지옥 속에 갇혀 있었다. 그저 살아서 숨을 쉰다는 게 이레나에겐 또 하나의 지옥일 뿐이었다.

이제 와서 돌이켜보면 그런 생각이 들었다.

'나는 혼자서 살아남았다는 죄책감에서 벗어나고 싶었

던 건가?'

뒤늦게 과거로 돌아온 뒤 깨달았다. 그때 만약 파벨루크를 죽였다고 해도 자신은 그 뒤를 따라갔을지도 모른다고 말이다.

사실 이레나는 이번 생에서 가족들을 구해 낼 수만 있다면 목숨을 잃어도 상관없었다. 자신이 희생해서 가족들을 살려 낼 수만 있다면, 수천수만 번을 물어도 망설임 없이 그 선택을 했을 것이다.

가장 싫었던 건…….

'또다시 나만 남겨지게 되는 것.'

되풀이되는 상황 속에서 이레나 혼자만 또다시 살아남는 건 끔찍했다.

그 지옥을 두 번 경험할 수는 없었다. 그래서 이번만큼은 무슨 일이 있어도 가족들보다 먼저 죽겠노라 다짐했다.

어쩌면 칼라일 대신 독화살을 맞아 죽게 되는 건 그동안 이레나가 간절히 바랐던 엔딩 중 하나였는지도 모르겠다. 가족들을 위한 일에 목숨을 걸었고, 이레나의 뜻대로 가장 먼저 죽을 수 있었으니까.

'그런데…….'

자신을 바라보면서 일그러지는 푸른색의 눈동자가 마음에 걸렸다.

이레나 하나를 잃었을 뿐인데, 마치 세상 전부를 잃은 것처럼 절망하던 칼라일의 표정이 계속 기억에 남았다.

그의 절규에 찬 비명이 가슴에 박혔다.

—으아아아아!

무엇 하나 모자랄 것 없어 보이던 칼라일이 자신의 죽음으로 인해 무너질지도 모른다.

혹시라도 이레나가 사라지고 난 뒤에 남은 생을 슬프게 보낼지도 몰랐다.

그게 싫었다.

'……죽고 싶지 않아.'

할 수만 있다면 칼라일의 곁에서 조금 더 머물고 싶었다.

그를 행복하게 해 주고 싶었다. 그리고 그의 곁에서 자신도 행복해지고 싶었다.

이대로 그와 헤어지고 싶지 않았다.

그렇게 이레나의 마음이 간절해질수록 점차 등 뒤에서 불로 지지는 듯한 끔찍한 고통이 느껴졌다.

너무나도 커다란 통증에 이레나의 입가에서 가느다란 신음 소리가 새어 나왔다.

"……으윽."

눈을 떴지만 시야가 흐려서 사물을 구별할 수가 없었다. 귓가에 여러 사람들의 다급한 목소리가 한꺼번에 들려왔다.

하지만 그중에 귓가에 박히는 목소리는 단 하나뿐이었다.

"빌어먹을! 부인이 아파하잖아! 이렇게 하는 게 맞는 거야?"

바로 칼라일이었다. 그의 섬뜩하리만큼 낮아진 목소리가 똑똑히 들렸다.

"저, 전하. 방법은 이것뿐입니다."

"이대로 부인이 못 일어나면 모두 다 죽여 버릴 테니 그렇게 알아. 무조건 살려. 무슨 일이 있어도 살려 내!"

칼라일의 고함 뒤로 그것을 만류하는 제너드의 목소리도 들려왔다.

"전하, 진정하십시오. 지금 의사들도 최선을 다하고 있습니다."

"최선? 하, 내게 노력했다는 말을 지껄이는 자가 있다면 그놈부터 목을 베겠다. 과정은 필요 없으니 결과를 가져와!"

당장 칼부림이 나도 이상하지 않을 정도로 현재의 상황은 무척이나 살벌했다.

하지만 그 살얼음판을 걷는 것처럼 냉랭하던 분위기가

또다시 흘러나온 이레나의 작은 신음 소리에 완전히 묻혔다.

"……아으……."

그 미약한 소리를 들은 건지 누군가 이레나의 손을 덥석 붙잡았다.

시야가 제대로 확인되지 않았지만, 그 뜨거운 감촉만으로도 그 손의 주인이 칼라일이란 사실을 알 수 있었다.

"……이레나, 멋대로 내 곁을 떠나면 용서하지 않을 거야."

칼라일의 말투는 강압적이었지만 이상하게도 무척이나 간절하게 느껴졌다.

"조금만 더 버텨."

이레나는 눈을 떠서 그의 얼굴을 바라보고 싶었지만, 곧이어 찾아오는 엄청난 고통에 정신없이 소리를 지르는 수밖에 없었다.

"아아악!"

이레나의 고통스러운 비명 소리가 높아질수록 바로 앞에서 칼라일이 이를 꽉 다물다 못해 가는 소리가 들려왔다.

통증을 느끼는 건 이레나인 데도 마치 칼라일이 더 아파하는 것처럼 느껴졌다.

그렇게 이레나는 또다시 의식을 잃었다.

*　　*　　*

이레나는 그 후로도 몇 번이나 등 뒤에서 느껴지는 고통 때문에 정신을 차렸다가 다시 기절하기를 반복했다.

눈을 뜬 것보다 감은 시간이 더 많다 보니, 화살에 맞고 얼마나 지났는지 가늠조차 되지 않는 상황이었다.

그런데 그 긴 시간 동안 정신을 차릴 때마다 자신을 강하게 붙잡아 주는 칼라일의 굳센 손길이 느껴졌다.

의식이 가물가물한 상황에서도 자연스레 알 수밖에 없었다. 칼라일이 한시도 떨어지지 않은 채 자신의 곁을 지키고 있다는 걸.

그게 얼마나 큰 위안이 됐는지 모른다. 마치 조금만 더 힘내라고 응원을 받는 기분이었다.

그렇게 이레나가 기절했다가 일어나기를 몇 차례나 반복했을까?

"……음."

이레나가 힘없는 눈꺼풀을 조심스럽게 들어 올렸다.

다행히 처음으로 등 뒤에서 느껴지는 아픔이 참을 만하다고 생각되었다.

곧이어 안개 낀 것처럼 뿌옇던 시야도 몇 번 눈을 깜빡거리자, 초점이 잡혀서 눈앞의 사물을 구별할 수 있었다.

시야 안에 가장 먼저 들어온 것은…….

침대에 엎드린 채 잠들어 있는 칼라일의 옆모습이었다.

칼라일은 잠이 든 와중에도 이레나의 작은 손을 절대로 놓지 않겠다는 듯 꽉 쥐고 있는 상태였다.

'……이렇게 계속 내 옆에 있었구나.'

이레나는 지독한 고통으로 몸부림칠 때마다 한순간도 자신을 놓지 않고 잡아 준 칼라일의 듬직한 손을 두 눈으로 직접 볼 수 있었다.

그새 칼라일은 마지막으로 보았을 때보다 많이 수척하게 변해 있었다.

하지만 그럼에도…… 변함없이 사랑스러운 자신의 남자였다.

스윽, 이레나가 조심스럽게 손을 들어 올려 칼라일의 머리카락을 쓰다듬어 주려고 할 때였다.

자그마한 기척에도 자고 있던 칼라일의 눈이 귀신같이 떠졌다.

그렇게 두 사람의 시선이 허공에서 마주쳤다. 칼라일은 의식을 차린 이레나가 믿기지 않는다는 듯 순간 멍하니 바라보았다.

이레나가 먼저 흐린 웃음을 머금은 채 입을 열었다.

"잘 잤어요?"

마치 아무 일도 없었다는 듯이 평범한 인사를 건네는 이레나의 모습을 칼라일은 잠시 꿈을 꾸는 것 같은 표정으로 쳐다보았다.

칼라일 그답지 않게 떨리는 목소리로 말했다.

"이…… 레나?"

"걱정 많이 했어요?"

그제야 정신을 차린 칼라일이 다급하게 자리에서 벌떡 일어났다. 그리곤 서둘러 양손으로 이레나의 얼굴을 만지며 안색을 살폈다.

"괜찮아? 이제 많이 아프지는 않나?"

"네, 버틸 만해요."

하지만 칼라일은 자신의 대답이 전혀 믿음직스럽지 않은 모양이었다.

"기다려."

그 말을 끝으로 칼라일은 서둘러 입구로 걸어가서 거칠게 문을 열어젖혔다.

콰앙, 그 소리에 복도에서 쪽잠을 자고 있던 사람들이 화들짝 놀라며 자리에서 일어나는 인기척이 여기까지 느껴졌다.

칼라일은 개의치 않은 채 큰 목소리로 말했다.

"부인이 깨어났다. 빨리 들어와 상태를 확인해 보도록 해."

그의 명령을 받은 사람들이 동시에 군기가 바짝 든 목소리로 대답했다.

"네에! 전하!"

눈 깜짝할 사이에 여러 명의 의사들이 이레나가 누워 있는 침대로 다가와서 진료를 보기 시작했다.

이레나는 왜인지 자신이 정신을 잃었을 때 이곳의 상황이 어땠을지 눈앞에 그려지는 기분이었다.

* * *

이레나가 의식을 차린 지 며칠이 지났다.

다행히도 상태는 날이 갈수록 호전이 되었다. 처음에는 강한 약 기운 때문인지 오랫동안 깨어 있지 못했는데, 오늘은 머리가 맑아서 의사들이 상처 부위에 약을 바르는 모습을 지켜보고 있었다.

언제나 상태를 확인하러 오는 의사가 밝은 표정으로 물었다.

"비전하, 통증은 좀 어떠십니까?"

"괜찮아요."

"정말 하늘이 도왔습니다. 천만다행이에요. 비전하께서 당하신 독의 해독제를 구할 수가 없어서 큰일이 나는 줄 알았습니다."

그건 이레나 역시 궁금해하던 부분이었다.

적들이 칼라일의 목숨을 노리고 쏜 화살이었는데, 해

독약을 구하기가 쉽지만은 않았을 터. 대체 어떤 약으로 자신을 구해 낸 건지 궁금했다.

"해독약을 구하지 못했다면 대체 어떻게 치료를 한 거죠?"

"그게 비전하께서 당하신 독의 성분과 정반대되는 치명적인 독을 구해서 사용했습니다. 혹시 이독제독이라는 말을 아십니까? 동양에서 건너온 방법인데 독을 없애는 데 다른 독을 사용한다는 뜻이죠."

"그래서 그렇게 아팠던 건가요?"

의사는 당시의 상황이 기억나는지 침울한 표정으로 고개를 끄덕였다.

"맞습니다. 독끼리 몸에서 싸우니 고통스럽지 않을 리 없지요. 살아날 확률이 낮은 시술이었는데 그래도 비전하께서 잘 버텨 주셔서……."

휘장 밖에서 그 의사의 말을 자르는 목소리가 들려왔다.

"언제까지 주절거릴 생각이지? 치료를 다 끝냈으면 이것부터 걷어."

바로 칼라일의 목소리였다.

현재 이레나의 등이 노출된 상태라 휘장으로 침대를 가리고 있는 중이었다. 그래서 침대 안에서도 바깥이 보이지 않았고, 바깥에서도 안을 들여다볼 수가 없는 상황이었다.

이레나의 몸은 점차 안정되었지만 칼라일은 여전히 그녀의 곁에서 단 한시도 떨어지지 않으려 하지 않았다. 아까까지만 해도 잠깐 자리를 비웠었는데, 그새를 못 참고 다시 돌아온 모양이었다.

갑자기 끼어든 칼라일의 말소리에 의사는 화들짝 놀란 듯했다.

의사의 얼굴이 순식간에 새파랗게 변하며 손끝을 덜덜 떨기 시작했다. 마치 엄청 무서운 협박을 듣기라도 한 것처럼 말이다.

이레나가 의아한 표정으로 물었다.

"괜찮으세요?"

"아, 네, 비전하. 서, 서둘러 마무리하겠습니다."

이상하게도 이레나를 치료해 주는 의사들은 전부 칼라일을 무서워했다.

모두 그를 보면 슬슬 눈치만 살피는 게 아무래도 이레나가 의식을 잃은 사이에 무슨 일이 있었던 듯싶었다.

'대체 무슨 일이 있었던 거지?'

무척 궁금했지만 정신을 잃고 있었던 이레나가 당시의 일을 알 방법은 없었다. 어차피 물어본다고 해서 누구 하나 제대로 알려 줄 리 없었으니까.

의사는 재빨리 바르던 약을 마무리하고 이레나의 상처 부위에 다시 붕대를 감아 주었다.

그렇게 치료가 끝나자 원래대로 이레나의 잠옷을 추슬러 주고는, 곧바로 칼라일이 명령한 대로 침대 주위에 쳐 놓은 휘장을 걷어 냈다.

차르르륵—

바로 앞에는 칼라일이 무표정한 얼굴로 서서 이쪽을 바라보고 있었다.

의사는 겁에 질린 표정으로 서둘러 칼라일을 향해 보고했다.

"치, 치료가 끝났습니다. 전하."

"부인의 상태는 어떻지?"

"위험한 고비를 다 넘기셔서 이제는 걱정할 일이 없으실 것 같습니다. 드, 등에는 어쩔 수 없이 흉터 자국이 남으시겠지만요."

그 말에 칼라일의 미간이 인정사정없이 구겨졌다.

칼라일의 불쾌한 기분을 눈치챈 의사는 조금 전보다 더 심하게 덜덜덜 떨기 시작했다.

"……알겠으니 가 봐."

"감사합니다!"

허락이 떨어지자마자 의사는 깊게 허리를 숙이며, 누가 붙잡을세라 부리나케 방을 빠져나갔다.

이레나는 그 의사의 뒷모습을 빤히 쳐다보다가 이내 칼라일을 향해 입을 열었다.

"바쁜 일이 생긴 거 아니었어요?"

"그런 거 없어."

하지만 칼라일의 주장과는 달리, 곧바로 다급한 발소리와 함께 제너드의 목소리가 들려왔다.

"전하, 제너드입니다."

칼라일이 못마땅한 표정으로 눈가를 찌푸렸지만, 이내 하는 수 없다는 듯 나지막이 대꾸했다.

"들어와."

"제국의 황태자 전하와 비전하를 뵙습니다. 루퍼드 제국에 무한한 영광을—"

언제나처럼 깍듯하게 인사를 마친 제너드가 서둘러 가지고 있던 서류를 칼라일에게 건네며 다시 입을 열었다.

"전하, 이건 오늘까지 승인을 해 주셔야 하는 것이니 확인해 주십시오."

이레나는 지금까지 이런 장면을 몇 번이나 보아야 했다.

칼라일이 의식을 차린 이레나의 곁에서 떨어지지 않으려 하니, 자연스레 그의 수하들이 여기까지 찾아오는 일이 발생하는 것이다.

칼라일이 힐끗 이레나의 눈치를 살피곤, 제너드가 건네는 서류를 받아들었다. 그리곤 빠르게 서류의 내용을 확인한 칼라일이 다시 제너드에게 서류를 넘기며 짤막하게 말했다.

"그대로 진행해."

"네, 알겠습니다."

이레나가 침대에 누워 그 모습을 빤히 쳐다보다가 말했다.

"저는 이제 많이 괜찮아졌으니, 나가서 일을 보셔도 돼요."

그 말에 제너드의 안색이 눈에 띄게 환해졌지만, 칼라일은 재고할 가치도 없다는 듯 딱 잘라 대답했다.

"안 돼."

"이미 의식을 차리고 며칠이나 지났는걸요. 그리고 의사들도 이젠 괜찮을 거라고 하잖아요."

이레나의 말에 칼라일의 푸른 눈동자가 한순간 사나운 기색을 띠었다.

"그건 부인이 의식을 잃은 사흘 동안 내가 어떠한 지옥 속에서 살았는지 모르니까 하는 말이야. 아직은 안 돼. 완전히 걷게 될 때까지는 얌전히 내 병간호를 받아."

절절한 걱정이 느껴지는 칼라일의 말에 이레나는 순간 말문이 막혔다.

그는 그동안 자신들을 습격한 세력이 누구인지, 어떻게 처벌을 할 생각인지 아무런 것도 이레나에게 알려 주지 않았다. 다친 환자는 오로지 안정을 하라는 의미에서였다.

하지만 이레나는 지금 상황이 어떻게 돌아가는지 궁금했다. 아니, 정확히는 칼라일이 지금처럼 이레나의 곁에 오래 머무를 수 있는 상황인지 걱정이 되었다.

그때였다.

똑똑, 하고 문을 두들기는 소리가 들려왔다.

제너드보다 먼저 칼라일이 걸음을 옮겨 직접 방문을 열었다. 그러자 문 앞까지 죽을 가지고 온 하녀가 송구하다는 듯 허리를 숙였다.

"비, 비전하께서 식사를 하실 시간이 되어서……."

"줘."

칼라일은 하녀가 들고 있던 쟁반을 건네받고, 다시 이레나의 곁으로 돌아왔다.

그는 사람들이 많이 드나들면 이레나가 휴식을 취하는 데 방해가 된다고 웬만한 건 직접 하려고 했다. 그리고 이레나는 그런 칼라일의 행동에 몸 둘 바를 모를 지경이었다.

칼라일이 뜨거운 죽을 숟가락으로 휘저으며 후— 입김을 불었다. 그리곤 제너드 쪽은 쳐다보지도 않은 채 나지막이 입을 열었다.

"가 봐."

그 말에 퍼뜩 정신을 차린 제너드가 재빨리 정중하게 인사를 올렸다.

"아, 네. 전하. 그럼 나중에 다시 찾아뵙겠습니다."

거기서 그치지 않고 제너드는 침대에 누워 있는 이레나를 향해서도 안부의 인사말을 건넸다.

"얼른 쾌차하시길 바랍니다. 비전하."

"고마워요."

그렇게 제너드는 예의 바른 인사를 마치고 방에서 나갔다.

칼라일은 그릇 안에 뜨거운 죽이 식었는지 면밀하게 살피다가 한 숟가락을 떠서 이레나에게 내밀었다.

"혹시 뜨거울 수도 있으니 조심해서 먹어."

"이런 건 이제 안 해 주셔도 괜찮아요."

이레나는 얼마 전까지 제대로 앉지도 못하는 상태였지만, 이제는 그래도 침대에서 혼자 몸을 일으킬 수 있었다. 손을 못 움직이는 것도 아닌데 언제까지 칼라일이 떠 준 죽을 받아먹을 순 없었다.

하지만 칼라일은 픽 하고 낮게 웃음 지을 뿐이었다.

"그대가 못 먹을까 봐 이러는 게 아니야. 내가 해 주고 싶어서 하는 거지."

"……!"

지금까지 그런 생각은 한 번도 해 본 적이 없었다.

잠시 굳어 있는 이레나를 향해, 칼라일이 떠 주는 죽이 가까이 다가왔다.

이레나는 그것을 바라보다가 이내 조심스럽게 입을 벌려 받아먹었다.

왜인지 어린아이가 된 것 같아서 조금 부끄러웠다. 어렸을 때부터 이레나는 몸이 약한 미라벨을 간병하는 쪽이었지, 이렇게 누워서 누군가의 간호를 받는 쪽이 아니었다.

칼라일이 이레나가 먹는 모습을 빤히 바라보다가 말했다.

"얼른 먹고 나아."

"그럴게요."

막힘없이 흘러나오는 이레나의 대답에 칼라일이 희미하게 웃으면서 대꾸했다.

"하여간 말은 잘해."

그렇게 죽 그릇이 다 비워질 때까지 칼라일은 손수 이레나에게 죽을 떠먹여 주었다.

제대로 먹지 않으면 그가 걱정할 것을 알기에 이레나 또한 최대한 남기지 않으려고 애쓰는 중이었다.

잠시 후 칼라일은 다 먹은 죽 그릇을 한편으로 치워 놓으며, 냅킨으로 이레나의 입가를 조심스럽게 닦아 주었다.

그 손길이 무척이나 섬세해서 이레나는 왠지 피식 웃음이 새어 나올 것 같았다.

행복했다.

이 별거 아닌 일상조차 이레나에겐 무척이나 소중해졌다.

하지만 그런 기분과 달리, 칼라일의 얼굴은 점점 더 어두워졌다.

"……이번엔 정말 그대를 잃는 줄 알았어."

"걱정 말아요. 사람 목숨이 그렇게 쉽게 끊어질 리가 없잖아요."

이레나는 무거운 분위기가 싫어서 더욱 장난스럽게 받아쳤다. 하지만 칼라일의 표정은 반대로 진지하게 변했다.

"날 위해 목숨을 걸지 마. 부인."

"그럴 순 없어요. 전 당신의……."

"알아. 그대가 능력이 뛰어난 기사라는 거. 하지만 더 이상은 안 돼. 난 이런 상황을 다시 겪을 자신이 없어."

사실 이레나 또한 말하지 않았을 뿐, 그의 기분이 좋지 않으리라는 사실을 어렴풋이 짐작하고 있었다.

칼라일은 언제나 이레나가 위험에 처하는 상황을 싫어했다. 지금까지 이런 말을 참고 있었다는 것 자체도 많이 달라진 부분이었다.

이레나가 스윽, 손을 내밀어서 칼라일의 얼굴을 양손으로 움켜쥐었다. 그러자 두 사람의 시선이 허공에서 마주쳤다.

이레나는 칼라일을 똑바로 마주한 채 흔들림 없는 목소리로 말했다.

"제가 기사라서 당신을 위해 목숨을 거는 게 아니에요. 카릴은 반대로 제가 화살에 맞을 뻔한 상황에 놓이면 몸을 던지지 않을 자신 있어요?"

"그건……."

"전 눈으로 보자마자 몸이 먼저 나갔어요. 예전에 한 계약 때문에 당신을 지키려고 하는 게 아니에요. 이젠 당신을……."

이레나는 저도 모르게 한 번 심호흡을 하게 되었다.

이건 화살을 맞고 마지막일지도 모른다고 생각했을 때 내뱉은 고백이었다.

"……사랑하니까 지켜 주고 싶은 거예요."

그 말에 칼라일의 푸른 눈동자가 미미하게 흔들렸다.

여태까지 이레나는 언제나 그에게 황제가 되라고 말을 했었다. 그런데 지금은 굳이 그런 이유가 아니더라도 그를 지키고 싶다 말하고 있었다.

"그때의 상황으로 다시 돌아간다고 해도 전 당신을 대신해 화살을 맞을 거예요. 앞으로도 마찬가지예요. 수천 수만 번의 위험이 찾아와도 전 당신을 외면하지 않아요."

이레나의 말을 듣는 칼라일의 표정은 복잡했다. 기쁜 듯하면서도 화가 난 것 같았고, 슬픈 듯하면서도 행복해 보이는 그런 얼굴이었다.

이레나는 곧이어 말없이 자신보다 커다란 칼라일의 몸

을 끌어안았다. 등 뒤에서 미약하게 고통이 느껴졌지만 그 정도는 참을 만했다.

"……사랑해요."

다시 한 번 내뱉는 진심 어린 이레나의 고백이었다.

칼라일은 더 이상 못 참겠다는 듯 미간을 찡그리며 자신을 안고 있는 이레나의 몸을 더욱 깊숙이 품 안에 가뒀다.

"그대가 나 때문에 위험에 빠지는 상황이 진저리치게 싫으면서도, 이렇게 날 위해 주는 그대가 미치도록 좋으니 어쩌면 좋지?"

"그동안 제 걱정 많이 했어요?"

"……돌아 버리는 줄 알았어."

그 한마디 말로도 지금까지 칼라일의 심정이 충분히 전해지는 것 같았다.

이레나가 토닥토닥, 칼라일의 등을 미약하게 두들기며 말했다.

"고생했어요."

그 말에 칼라일은 말없이 이레나의 어깨에 고개를 파묻었다.

이레나가 죽을지도 모른다고 생각하는 순간 세상 전부를 다 파괴해 버리고 싶을 정도로 진득한 분노가 치밀었다. 다시 이레나가 눈을 뜬다면 무슨 수를 써서라도 위험한 상황에 놓이지 않게 하리라, 다짐하고 또 다짐했다.

그런데 우습게도 이레나의 고백을 듣게 되자 바보처럼 행복해졌다.

이레나가 칼라일이 없으면 아무것도 하지 못하는 여자였다면 좋았겠지만…….

이레나는 그런 여자가 아니었다.

누구도 그녀를 위협하지 못하도록 소중히 품 안에만 가둬 두고 싶은데, 한편으론 이런 여자라서 더욱 마음을 빼앗긴다.

칼라일이 사랑에 빠진 여자가 지나치게 멋있다는 게 문제였다.

자신을 절대로 혼자 내버려 두지 않겠다는 이레나의 사랑 고백은 미치도록 달았다. 하지만…….

'지금과 같은 상황을 또다시 반복할 수는 없어.'

칼라일이 꽉 감고 있던 눈을 슬그머니 떴다. 시리도록 푸른 눈동자는 지금까지와 달리 잔혹한 빛을 띠고 있었다.

'……하루빨리 황제가 되어야겠어.'

방법은 하나뿐이었다. 칼라일을 지키기 위해 목숨을 거는 이레나를 보호하려면…….

자신을 위협하는 모든 위험 요소를 제거하는 수밖에 없었다.

무슨 짓을 해서라도 말이다.

*　*　*

이레나의 친정 하인으로 아무도 모르게 황실에 잠입해서 생활을 하고 있는 바토리에게 오랜만에 지령이 하나 떨어졌다.

[칼라일이 습격을 받은 날, 무슨 일이 있었는지 알아낼 것.]

바토리는 그 내용을 확인하자마자 아무렇지 않게 입 안에 종이를 넣고 삼켜 버렸다. 그리곤 자신의 턱을 한 손으로 쓸면서 나지막이 중얼거렸다.

"……흐음. 나도 이해가 안 되네."

꼭 지령이 아니더라도 바토리의 원래 임무 자체가 이레나를 감시하는 일이었다.

그래서 이레나와 칼라일이 외출을 하는 날, 습격을 받을 거라는 사실을 진즉에 알고 있었다.

현재 황후 오펠리아와 파벨루크는 친밀한 사이를 유지하고 있었기에 바토리는 이미 얼마만큼의 병력이 움직이는지조차 파악하고 있던 상태였다.

'그런데 어떻게 살아 돌아왔지?'

당연히 죽을 거라 생각했다.

최소한 이레나는 목숨을 건질지 몰라도 타깃인 칼라일은 무조건 사망할 거라고 여겼다.

그런데 반대로 이레나는 부상을 당했고, 칼라일은 털끝 하나 다치지 않고 무사히 황궁으로 복귀를 했다.

이게 대체 무슨 뜻일까?

바토리는 곰곰이 생각에 잠길 수밖에 없었다.

"뭔가 마음에 걸리는데 말이야."

바토리는 자신의 직감을 믿는 편이었다. 그리고 이번엔 그 직감이 무언가 놓치고 있다고 말해 주고 있었다. 아주 기본적으로 생각할 수 있는 무언가를 말이다.

하지만 그게 도무지 무엇인지 짐작이 가지 않았기에 바토리는 뒷머리를 벅벅 긁으면서 자리에서 일어났다.

일단 칼라일을 지원하러 갔던 부대에서 목격자가 없는지 살펴봐야 했다.

'얼마 전 황후 측에서도 사람이 움직이던데, 그들보다 늦을 순 없지.'

대내외적으로 황후 오펠리아와 파벨루크는 우호적인 관계를 유지하고 있었으나, 실상은 꼭 그렇지만은 않았다.

정보는 또 하나의 힘이었다. 그리고 바토리는 자신이 맡은 일인 이상, 아무에게도 지고 싶지 않았다.

서둘러 기사들이 머무는 숙소로 이동하던 바토리의 눈에 마침 얼마 전에 친해진 기사 한 명이 들어왔다.

바토리는 언제나처럼 가면같이 웃으며 말을 건넸다.
"안녕? 어디 가는 길이야?"

*　　　*　　　*

미라벨은 병석에서 일어나 오랜만에 황궁으로 외출을 했다.

한 번 아프고 난 뒤라 아버지나, 데릭 오라버니의 걱정이 이만저만이 아니었지만 그래도 집 안에만 있기엔 답답했다. 또한 이레나의 얼굴을 오랫동안 보지 못한 터라 보고 싶은 마음이 컸다.

"에? 언니를 지금 만날 수가 없다고?"

부푼 기대를 안고 황궁으로 찾아온 미라벨에게 유모가 송구스럽단 얼굴로 대답했다.

"네. 그게 몸이 좀 안 좋으셔서……."

"어디가 안 좋은데? 많이 아픈 거야?"

"아니요. 그게…… 감기에 걸리셨는데 혹시 작은 아가씨께 옮을까 봐 다음에 보자고 하신 거예요."

유모는 다른 사람도 아닌 미라벨을 속이는 일이었기에 더욱 진땀을 흘릴 수밖에 없었다. 미라벨에게 과한 병명으로 둘러댈 수도, 그렇다고 단호하게 거절을 할 수도 없었으니 유모의 입장에선 어려운 게 당연했다.

이미 황실의 정보가 빠른 사람들은 이레나가 현재 기습을 당해 부상을 입었다는 사실을 알고 있었지만, 그래도 그 내용이 대외적으로 널리 알려진 이야기는 아니었다.

그래서 블레이즈 가문의 사람들은 이 소식을 까맣게 모르고 있었다.

어지간해선 이레나도 미라벨을 피하지 않을 텐데, 침대에서 쉽사리 움직일 수 없는 상태라 괜한 걱정을 끼칠까 봐 다음으로 만남을 미뤄 달라고 유모한테 부탁을 한 것이다.

미라벨이 의아한 표정으로 말했다.

"날씨가 이렇게나 따뜻한데 감기에 걸렸단 말이야?"

"네, 가끔 감기라는 게 여름에 걸리기도 하잖아요."

"그래, 뭐. 그렇기도 하지만……."

미라벨은 시무룩한 심정을 감출 수 없었다. 오늘 이레나를 만나면 하고 싶은 말이 꽤나 많았다.

미라벨의 시선이 저도 모르게 멀찌감치 떨어져서 서 있는 쿤을 향했다.

이젠 쿤에 대한 마음을 확실하게 자각하고 난 뒤라, 이레나한테 솔직한 심정을 털어놓고 한 번 고민 상담을 받아 보고 싶었다.

하지만 아쉽게도 다음을 기약한 채 발걸음을 옮길 수밖에 없었다.

"알겠어, 유모. 그럼 언니한테 다음에 찾아오겠다고, 몸조리 잘하라고 전해 줘."

"네, 작은 아가씨. 비전하께서도 많이 아쉬워하셨어요. 쾌차하시면 조만간 사람을 보내서 모시겠습니다."

"그래…… 수고해, 유모."

"살펴 가세요."

미라벨이 터벅터벅, 쿤이 있는 뒤편을 향해 다시금 걸어갔다.

그러자 쿤이 의외라는 듯이 물었다.

"비전하를 만난다고 하지 않으셨습니까?"

"아, 언니가 감기에 걸려서 오늘은 만날 수가 없다고 하네요."

"……감기요?"

"네."

미라벨의 말에 쿤은 의문이 들었다.

지금이 쉽게 감기에 걸릴 날씨가 아니기도 했지만, 설령 그렇다고 하더라도 이레나는 황궁까지 찾아온 미라벨을 쉽게 돌려보낼 리가 없었다.

잠시 생각에 잠긴 쿤의 잿빛 눈동자가 낮게 가라앉았다.

'설마 무슨 일이 생긴 건 아니겠지?'

현재 쿤은 휴가라는 명목으로 쉬고 있는 중이라, 황궁

에서의 소식은 그날 이후로 아무것도 전해 듣지 못한 상황이었다.

원래는 미라벨을 남부 지방으로 돌려보내고 복귀를 할 예정이었는데, 그녀가 갑자기 몸이 아픈 바람에 일정이 뒤로 미뤄졌다.

물론 그게 아니더라도 미라벨은 딱히 남부 지방으로 내려가고 싶은 눈치가 아니었다.

'설마…… 나 때문이려나?'

쿤은 얼마 전에 미라벨에게 열렬한 사랑의 고백을 받았다.

아직 미라벨이 어려서 세상 물정을 모르는 것이겠지만, 그래도 귀족의 직위를 포기하면서까지 쿤과 만나고 싶다는 말은 절대로 쉽게 내뱉을 수 있는 소리가 아니었다.

그후로 쿤은 대놓고 블레이즈 저택에서 미라벨을 피해 다녔다.

아마 오늘도 황궁으로 가는 일정이 아니었다면, 결단코 미라벨을 따라 함께 외출을 나오지는 않았을 것이다.

이러는 이유는 단 하나였다. 쿤은 미라벨의 마음을 받아 줄 수가 없었으니까.

칼라일은 그가 모시는 주군이었다. 그리고 미라벨은 그런 칼라일의 단 하나뿐인 처제가 되는 귀하디귀한 아가씨였다.

쿤과 미라벨 사이에는 절대로 넘을 수 없는 신분의 벽이 존재했다. 분명 그 누구도 축복해 주지 않는 관계가 될 게 뻔했다.

그렇다면 미라벨이 상처를 입거나, 쿤이 버림받기 전에…….

처음부터 확실히 미라벨을 단념시키는 게 옳았다.

미라벨은 묵묵히 걷고 있는 쿤을 가만히 바라보다가 물었다.

"쿤, 무슨 생각해요?"

"……아무 생각도 안 합니다."

쿤은 저도 모르게 떠오른 미라벨에 관한 생각들을 지웠다. 그리곤 방금 전에 들었던 이레나에 대한 이야기를 찬찬히 돌이켜 보았다.

아무리 생각해 봐도 수상하기 짝이 없었다.

"작은 아가씨, 먼저 저택으로 돌아가시겠습니까?"

"네? 저 먼저요?"

오늘은 단둘이 피크닉을 나왔을 때와 달리, 마차를 끌어 줄 마부와 여러 명의 하인들이 바깥에서 대기하고 있는 중이었다. 그래서 쿤이 잠시 이 자리를 비운다고 하더라도 문제가 될 일은 없었다.

그때처럼 단둘이서만 외출을 하는 건 집사가 결사반대를 하기도 했고, 다른 가족들의 눈치도 살펴야 했기에 이젠 쉽지 않은 일이었다.

물론 이제는 가장 먼저 쿤이 거부를 하겠지만 말이다.

"오랜만에 나온 김에 예전에 알던 지인들을 만나 뭣 좀 확인하고 싶은 게 있습니다."

그 말에 미라벨이 의아하다는 표정을 감추지 않은 채 입을 열었다.

"갑자기 무슨 일인데요?"

"작은 아가씨께 자세히 설명 드리기가 어렵군요. 개인적인 일입니다."

딱 잘라 선을 긋는 쿤의 대답에 미라벨은 더 이상 아무런 질문도 할 수가 없었다.

잠시 머뭇거리던 미라벨이 버림받은 강아지 같은 눈동자를 하고 물었다.

"다시 저택으로…… 돌아오는 거죠?"

왜인지 그 질문에 쿤은 잠시 멈칫할 수밖에 없었다.

한 번도 그런 뉘앙스를 풍긴 적이 없었는데, 미라벨은 마치 쿤이 원하면 언제든 떠날 수 있다는 걸 아는 눈치였다.

어쩌면 여자의 촉인지도 모르겠다.

"……네, 돌아갈 겁니다."

"약속할 수 있어요?"

"약속드리죠."

미라벨은 금방이라도 새끼손가락을 걸 것처럼 물어보다가, 쿤이 '약속'이라는 단어를 꺼내자 금세 고개를 끄덕이며 말갛게 웃었다.

"알겠어요. 그럼 볼일이 끝나면 조심해서 돌아오세요."

속을 알기 쉬운 미라벨의 태도에 쿤의 심정이 복잡해졌다. 고작 이런 말 몇 마디로 자신을 믿는 미라벨에게 묘한 감정이 느껴졌기 때문이다.

딱히 저택으로 돌아간다는 약속을 어길 생각은 없었지만, 쿤은 언제든 거짓말을 할 수 있는 사람이었다.

누군가를 속이는 것에 한 번도 양심의 가책을 느껴 본 적이 없었다. 그랬기에 첩자로서도 활동할 수 있었던 거다.

그런데 처음으로……

죄책감이라는 단어가 떠올랐다.

쿤의 묘한 시선을 느낀 미라벨이 의아한 표정으로 입을 열었다.

"……쿤?"

하지만 쿤은 아무런 대꾸도 하지 않았다.

그는 언제나처럼 반듯한 자세로 미라벨을 향해 인사를 올렸다.

"그럼 조심히 들어가십시오."

그렇게 쿤은 어딘가를 향해 걸어가기 시작했다.

미라벨은 그 자리에 서서 점점 멀어져 가는 쿤의 뒷모습을 지켜보았다.

그가 뒤돌아서 가는 모습을 바라본 게 한두 번이 아니었기에 이제는 꽤나 익숙해진 장면이었다.

"……이런 거에 적응하면 안 되는데."

그만큼 이별이 많았다는 소리 같아서 괜히 마음이 울적해졌다.

그래서일까. 이유를 알 수 없는 불안함이 밀려들었다.

* * *

쿤은 미라벨과 헤어진 후, 어렵지 않게 이레나가 현재 화살을 맞아 위독한 상태라는 걸 알아낼 수 있었다. 잠시 휴가로 인해 자리를 비우긴 했지만 황태자궁 안에서 일하고 있는 쿤의 정보원들은 여전히 존재했기 때문이다.

하지만 칼라일과 이레나가 외출을 했다가 습격을 당했고, 현재 그녀가 부상을 당한 상태라는 것 이외엔 아무런 정보도 얻을 수 없었다.

'기습한 적들의 숫자가 얼마나 되었는지, 그리고 장군은 어떻게 무사히 빠져나온 건지 왜 아무것도 알려지지 않은 거지?'

그건 누군가 소문이 나지 않도록 막은 거라는 소리밖

에 되지 않았다. 그리고 칼라일에 관한 정보를 그의 수하인 쿤이 확인할 수 없다면, 정답은 단 하나밖에 없는 것이나 다름없었다.

바로 칼라일이 직접 그날의 일이 퍼지지 않도록 손을 썼다는 것이다.

'……대체 왜?'

궁금증이 들 수밖에 없었다.

그래서 쿤은 내키지 않았지만, 자신 이외에 칼라일에게 가장 가까운 수하를 찾아갔다.

'이걸 자세히 설명해 줄 수 있는 건, 아무래도 그자밖에 없겠지.'

다른 누구도 아닌 제너드라면 분명 이 사건에 대한 진실을 알고 있을 테니까.

똑똑—

쿤의 노크 소리에 안에서 나지막한 목소리가 들려왔다.

"들어와."

문을 열고 들어가자 방안에는 은색 머리의 제너드가 책상 가득 올라가 있는 서류를 뒤적거리고 있는 모습이 보였다.

아무런 말도 없는 상대를 향해 제너드는 의아한 표정으로 고개를 들었다. 그리곤 예상치 못한 쿤의 등장을 확인하고 딱딱하게 표정을 굳혔다.

"네가…… 여긴 어쩐 일이지?"

"비전하가 다쳤다는 소식을 들었습니다. 어떻게 된 일입니까?"

둘은 평상시에 서로 전할 말이 있어도 얼굴을 보지 않고, 가능한 서신으로만 이야기를 주고받는 사이였다.

그만큼 서로를 불편해했다. 아니, 정확히는 제너드가 쿤을 무척이나 못마땅하게 생각했다.

제너드는 처음부터 쿤이라는 존재를 탐탁지 않게 여겼다. 이유는 너무나도 간단했다. 그의 출신이 미천했으니까.

제너드의 입장에선 신분이 다른 두 사람이 이렇게 동등하게 대화를 나누고 있다는 사실 자체가 불쾌하게 느껴졌다.

귀족 출신이 대다수인 기사들에게 쿤은 배척의 대상이 될 수밖에 없었고, 그 선두에는 가장 고지식한 성격을 가진 제너드가 있었다.

제너드는 내키지 않는다는 듯 눈살을 찌푸렸지만, 이번만큼은 사적인 감정을 배제했다. 그만큼 칼라일과 연관된 사안이 중요했기 때문이다.

"여기까지 왔다면 너도 알겠지만 얼마 전 비전하가 독화살에 맞아 쓰러지셨고, 그 모습을 칼라일 전하가 바로 옆에서 지켜보셨다. 그 때문인지…… 전하의 제어하지 못하는 힘이 외부로 드러났어."

두 사람밖에 없는 공간이었지만, 제너드는 정확히 지칭하지 않고 에둘러서 표현했다. 딱히 그 모습을 뭐라고 불러야 할지 어려웠기 때문이다. 하지만 그렇게 말한다고 해서 쿤이 못 알아듣지는 않았기에 상관없었다.

칼라일의 수하들 중에서 몇몇은 그의 숨겨진 능력에 대해 알고 있었고, 그게 바로 쿤과 제너드였다.

칼라일이 가능한 감추고 싶어 했기에 많은 이들이 그 능력에 대해 알지는 못했으나, 쿤과 제너드 같은 경우엔 이따금 전장에서 목격한 적이 있었기 때문에 모를 수가 없었다.

칼라일의 오른팔 전체에 검은색의 비늘이 돋아나며 무시무시한 파괴력을 갖는 걸 말이다.

그런데 그건 이미 쿤도 알고 있는 사실이었다. 도대체 여기서 감춰야 할 게 무엇인지 도통 이해가 되지 않았다.

"그게 끝입니까?"

쿤의 질문에 제너드의 표정이 어둡게 가라앉았다. 당시의 상황이 눈앞에 그려지듯 떠올랐기 때문이다.

칼라일은 수십의 암살자들을 아무런 거리낌 없이 잡아 죽였다.

너무나도 압도적인 힘의 차이에 암살자들 모두가 도망치려 했지만, 칼라일은 그중 단 한 명도 놓치지 않았다. 오히려 살육을 즐기는 사람처럼 모두를 도륙했다.

붉은 피를 뒤집어쓴 칼라일은 소름이 끼칠 만큼 강했고, 경이로울 정도로 완벽한 존재처럼 느껴졌다. 마치 인간이 아닌 것처럼 말이다.

지금까지 칼라일이 그렇게 두렵게 느껴진 적은 처음이었다.

만약 죽은 줄만 알았던 이레나의 신음 소리가 들리지 않았다면…… 그때의 칼라일을 어떻게 막아 냈을지 제너드는 엄두조차 나지 않았다.

“어쨌든 이번엔 평상시와 조금 달랐어. 비전하가 쓰러지시자 충격을 받으신 건지 검은색의 비늘이 오른손뿐만 아니라…….”

제너드가 천천히 자신의 손가락으로 본인의 턱을 가리키며 다시 말을 이었다.

“여기까지 돋아났지. 얼굴에도 군데군데 생기셨고 말이야.”

지금까지 칼라일의 변이는 오른팔에 국한되어 있었다. 그렇게 많이 비늘이 돋아난 모습을 본 적이 없었기에 이야기를 듣는 쿤도 조금은 놀랄 수밖에 없었다.

그런데 제너드의 말을 거기서 끝이 아니었다.

“나도 처음 알았는데 변이가 많이 될수록 전하의 힘도 강해지더군. 거기에 있던 대다수의 암살자들이 전하의 손에 찢겨 죽었어. 혹시라도 목격자를 남기면 소문이 날까 봐 나머지는 내가 직접 죽였고."

쿤은 무슨 말인지 알겠다는 듯 고개를 끄덕거렸다.

그러자 제너드가 사납게 표정을 구기면서 재차 입을 열었다.

"내가 이런 말은 안 하려고 했는데 대체 언제까지 블레이즈 저택에서 노닥거릴 셈이지? 너 따위와 함께 일하는 건 역겹지만, 빨리 돌아와."

"……알겠습니다."

"만약 비전하가 한 번만 더 이런 상황에 놓이시면 어떻게 될지 몰라."

"……?"

"칼라일 전하께서 완전 이성을 잃으시고 아군까지 공격하실 뻔했거든."

"아군까지요?"

"그래. 전하의 능력이 밝혀지는 게 싫어서 비밀로 한 것도 있지만, 혹시나 폭주하면 이성을 상실해서 아군까지 공격할 수 있다는 게 약점이 될까 봐 입조심을 시킨 게 더 커."

칼라일이 가진 괴력으로 적군과 아군을 가리지 않고 공격한다면, 제너드의 입장에서도 반격 없이 방어만 하기가 쉽지 않았다.

그런 만에 하나의 상황을 대비한다면 제너드 혼자서는 힘들었다.

한시라도 빨리 쿤의 합류가 필요했다. 어찌 됐든 쿤은 자타공인 칼라일의 수호 기사 중에 최고라 불리는 남자였으니까.

"알겠습니다. 이제 슬슬…… 휴가를 끝내야겠군요."

그 순간 왜인지 쿤의 머릿속에 미라벨이 떠올랐다.

그녀가 진지한 표정으로 자신에게 부담스러운 고백을 하던 모습이 말이다.

—제가 쿤을 좋아하게 된 것 같다고 말했어요. 좋아해요, 언제부터인지 모르겠지만 좋아하게 됐어요.

쿤이 원하든 원치 않든, 이제 미라벨과의 소꿉놀이를 마칠 시간이었다.

37

황가의 비밀

칼라일은 변함없이 이레나가 부상을 당한 이후로 한시도 곁에서 떨어지지 않았다.

오늘은 오랫동안 침대에만 누워 있던 이레나를 바람 쐬어 주겠다며 두 팔로 번쩍 안아 들고서 인적이 드문 정원으로 향했다.

"카, 카릴, 내려 주세요. 누가 볼지도 몰라요."

이레나는 혹시라도 다른 사람이 그들의 모습을 발견할까 봐 붉게 물든 얼굴로 연신 주위를 두리번거렸다. 하지만 칼라일은 그 말을 들은 척도 하지 않았다.

"누가 보면 어때서?"

"제가 어린아이도 아니고 이렇게 안겨서 가는 게 창피

하잖아요."

"내 아내는 참 쑥스러움이 많기도 하지. 남편이 자신의 부인을 안고 걸어가는 모습을 보고 흉을 볼 사람은 없어."

이 모습을 보고 고용인들이 험담을 하진 않겠지만, 분명 뒤에서 수군거리기는 할 것이다.

황궁에서 생활하는 이들도 사람이다. 주인의 사생활에 대해서 뒷담화를 나누길 좋아하는 건 누구나 마찬가지였다.

"그래도……."

이레나의 계속되는 반박에 칼라일이 짧게 대꾸했다.

"걱정 마. 누구라도 부인의 귀에 거슬리는 말을 한다면 엄벌을 내릴 테니."

칼라일이 말하는 '엄벌'이라는 게 왠지 가볍게 들리지 않았다.

이레나가 못마땅한 눈초리로 칼라일을 쳐다보며 입을 열었다.

"아랫사람을 함부로 벌하면 그들의 충성을 얻을 수 없어요."

"사람의 마음은 간악해서 그들이 진심으로 충성을 하는지 알 수는 없어. 그러니 충성보다 먼저 복종을 얻는 거야."

칼라일의 말은 틀리지 않았다. 아니, 오히려 객관적으로 본다면 더욱 정석에 가까운 말일지도 모른다. 황태자라는 그의 직위가 낮은 게 아니었기에 함부로 사람들을 믿는 것만큼 어리석은 것도 없었으니까.

하지만 이레나는 가끔 보이는 칼라일의 잔혹한 성향이 걱정되었다.

칼라일만큼은 지금까지의 역대 루퍼드 황제들과는 달리, 피에 젖은 정복의 길이 아니라 제국민들에게 이로운 정치를 펼쳐 줬으면 좋겠다.

그건 이레나의 자그마한 바람이기도 했다.

"당신의 말이 맞아요. 하지만 항상 사람들에게 온정을 베풀어 주세요. 그래야 혹시라도 카릴이 곤경에 처했을 때 더 많은 사람들이 곁에 남아 있을 거예요."

그 말에 칼라일이 픽 하고 작게 웃었다.

"날 걱정하는 건가?"

"당연하죠. 언제나 제 걱정 중 대부분은 당신이 차지하고 있는걸요."

"그대가 내 생각을 하고 있다는 건 꽤나 기분이 좋은 일이야. 그게 무엇이 됐든지 간에 말이야."

말과 동시에 칼라일은 정원의 한가운데에 비치된 테이블에 털썩 앉았다. 그리곤 힘 좋게도 품 안에 안고 있던 이레나를 그대로 내려서 본인의 무릎 위에 앉혔다.

"앗!"

이레나가 순간 깜짝 놀란 표정으로 쳐다보았다. 그러자 칼라일이 그 모습을 음미하듯이 즐기며 나지막이 말을 이었다.

"그래서 사실…… 그대에게 사랑을 받지 못할 거면 미움이라도 받고 싶다는 생각을 한 적이 있어."

"정말요?"

"어떤 감정이든 그대의 마음속이 나로 가득 찼으면 좋겠다고 바랐거든."

칼라일의 감정은 무언가 평범한 사람들과 달랐다.

뭐랄까. 한마디로 정의할 수는 없었지만 흔하게 볼 수 있는 애정의 방식이 아니라는 것만은 확실했다.

그래서 요즘 이레나는 새로운 사실 하나를 깨닫고 있는 중이었다.

'가만히 보면 은근히 귀여워.'

객관적으로 칼라일은 전혀 귀엽지 않은 편에 속했지만, 이레나의 눈엔 그런 칼라일의 모습이 너무도 귀여웠다.

지금처럼 자신을 향해 진득하게 욕심을 부리는 칼라일의 모습이 싫지 않았다.

그의 이글이글거리는 듯한 푸른 눈동자가 오롯이 자신만을 향하고 있다는 사실이 되려 무척이나 기분 좋았다.

'이런 나도 조금 이상할지도…….'

이레나는 혼자만의 생각에 잠겨 저도 모르게 흐릿한 미소를 지었다.

오랜만의 외출에 지친 이레나가 칼라일의 넓은 어깨에 머리를 기대며 나른한 목소리로 입을 열었다.

"당신이 바라던 대로 이루어졌네요. 이젠 하루의 대부분을 당신 생각하며 보내고 있으니까요."

칼라일은 찬란한 햇빛을 받아 반짝반짝 빛나는 이레나의 금빛 머리카락을 물끄러미 쳐다보았다. 그녀의 뽀얀 피부와 맞물려 아픈 환자임에도 불구하고 눈이 부실 정도로 아름다웠다.

그가 금방이라도 부서질 것을 만지듯, 조심스러운 손놀림으로 이레나의 머리카락을 쓰다듬었다.

"그래서 지금이 미치도록 좋아. 지금처럼 오랫동안 내 곁에 있어."

이레나는 그 말에 미약하게 담겨 있는 칼라일의 두려움을 읽었다.

칼라일은 이레나가 화살을 맞은 이후로 유독 불안해하는 기색이었다.

어쩔 수 없는 일이기도 했다. 이레나가 입장 바꿔 생각해도 칼라일이 죽을 뻔한 상황에 놓였다면 마찬가지로 무서웠을 테니까.

"걱정 마세요. 오래오래 카릴의 곁에 있을게요."

확고한 이레나의 대답에도 칼라일은 씁쓸한 웃음을 지을 뿐이었다.

사실 아무도 이레나가 더 이상 다치지 않으리라고 보장해 줄 수 없었다. 그만큼 두 사람이 걸어 나가야 할 길은 위험천만했으니까.

"내가 죽지 않는 한, 아마 난 황제가 될 거야. 하지만 어떤 황제가 될지는 순전히 부인에게 달렸어."

"……?"

"그대도 알고 있잖아. 이기적이고 잔혹한 내가 훌륭한 성군이 되긴 힘들 거라는 걸. 그러니 그대가 있어야 해, 내 곁에는."

이레나는 그 말에 다시금 고개를 들어서 칼라일의 얼굴을 빤히 쳐다보았다. 지금까지 이렇게 온몸으로 자신이 필요하다고 말해 주는 사람은 없었다.

생각해 보면 늘 그랬다. 그동안 이레나가 눈치채지 못했을 뿐, 그는 언제나 정면으로 자신에게 부딪쳐 왔다.

그 감정이 과분하다고 느껴질 만큼 커다래서…… 이레나는 무척이나 행복했다.

"달콤하네요."

이레나가 눈꼬리를 접으며 웃었다. 그리곤 천천히 가늘고 고운 손가락으로 칼라일의 얼굴을 소중하게 쓰다듬었다.

"내가 없으면 안 되는 남자라니……."

이레나는 스스로 볼 수 없으니 알 수 없었겠지만, 지금 그녀의 모습은 세상의 어떤 남자라도 홀릴 만큼 매혹적이었다.

칼라일이 순간 못 참겠다는 듯 이레나를 안고 있는 손에 힘이 들어갔다. 하지만 곧 그 힘이 거짓말처럼 사그라졌다.

칼라일이 미간을 좁히며 나직하게 말했다.

"부인은 살을 좀 찌워야겠어. 세게 안으면 부서질 것만 같아."

그 말에 이레나가 자그맣게 웃음을 터뜨렸다. 다친 이후로 살이 조금 빠진 건 사실이었지만, 그의 손길에 망가질 만큼 이레나는 결코 연약한 타입이 아니었다.

하지만 이런 그의 말이 싫지 않았다. 오히려 너무 좋아서 큰일이었다.

정말로 그의 눈에 이레나는 언제까지나 여린 여자이고 싶었다.

"절대 부서지지 않을 테니, 세게 안아 주세요."

"도발하지 마, 부인."

칼라일이 힐끗 이레나의 등에 감겨진 붕대를 쳐다보곤 나지막한 목소리로 말을 이었다.

"……으스러지게 안고 싶은 걸 간신히 참고 있는 중이니까."

그 말뜻을 이해한 이레나가 희미하게 웃었다.

이른 오후 따사로운 햇살이 느껴지는 황태자궁의 정원은 지금까지 보았던 그 어떤 풍경보다 더 아름다워 보였다.

많은 것이 달라진 게 아니었다. 달라진 건 그저 이레나의 곁에 칼라일이 있다는 사실뿐이었다. 그런데도 마치 다른 세상에 온 것처럼 따스했다.

칼라일이 가만히 이레나를 끌어안고 있다가, 불현듯 나지막한 목소리로 입을 열었다.

"그런데 뭐 잊어버린 거 없어?"

"잊어버린 거요?"

그 말에 이레나는 최근에 있었던 일들을 곰곰이 생각해 보았다. 하지만 딱히 머릿속에 떠오르는 게 없었다.

부상을 당한 이후 계속 침대에만 누워 있었기 때문에 별다른 일이 없었던 탓이다.

"글쎄요. 잘 모르겠네요."

이레나의 대답에 칼라일이 말없이 주머니에서 작은 케이스를 꺼냈다.

달칵, 그의 손에서 열린 반지 케이스 안에는 붉은색의 루비로 만들어진 심플한 반지가 들어 있었다.

"아!"

그건 바로 이레나가 칼라일에게 선물하려 준비했던 반지였다.

이레나는 깜짝 놀란 표정으로 다시 반지 케이스를 돌려받았다.

그 모습을 바라보며 칼라일이 나지막이 말했다.

"내 선물을 잊어버린 건가?"

"이걸 어떻게……."

"그때 부인이 입고 있던 옷에서 발견했어. 한눈에 내 것이라는 걸 알았지."

이레나의 뺨이 발그레하게 변했다. 분명 칼라일에게 주려고 준비한 것은 맞았지만, 이걸 이렇게 되찾게 되니 말로 표현할 수 없을 만큼 쑥스러웠다.

"이게 어떻게 카릴 거라고 확신했어요?"

"남자 반지잖아."

"그렇죠."

"그럼 당연히 내 것이지."

한결같은 그의 태도에 이레나는 왠지 웃음이 새어 나왔다.

예전에도 한 번 이와 비슷한 대화를 나눈 적이 있었다.

그때는 칼라일의 마음을 까맣게 몰랐던 시절이었다. 이레나가 만약 정말로 바람을 피우면 어떻게 할 거냐는 질문에 칼라일은 조금의 망설임도 없이 이렇게 대꾸했다.

—……죽일 거야. 그대와 접촉했던 남자들 전부 다.

—한둘이 아니면요?

—말했잖아. 모조리 죽일 거라고. 그대가 멈추지 않으면 나중엔 대륙의 남자들을 전부 죽일지도 모르지.

지금 생각해 보면 참 소름 끼칠 정도로 달콤한 발언이었다.

—이 세상에 남자가 나 하나뿐이면, 그때는 그대가 나를 바라봐 주겠지.

이레나가 사랑스러워서 어쩔 줄 모르겠다는 표정으로 칼라일을 올려다보며 말했다.

"만약 이게 다른 남자의 반지면 선물 받은 상대를 죽이실 거예요?"

"그래, 아주 처참하게 죽일 거야."

순간 이 남자를 어떻게 해야 되나, 그런 생각이 들었다.

이런 말이 미치도록 달달하게 느껴지는 이레나 자신도

정말 큰일이 아닐 수 없었다.

점점 칼라일에게 물들어 가는 것 같았다. 그의 과격한 애정 표현에 행복을 느끼는 것을 보면 말이다.

이레나가 아무런 대답이 없자 칼라일의 눈썹이 꿈틀거렸다. 그가 진심으로 궁금하다는 듯 방금 전보다 가라앉은 목소리로 물었다.

"정말 다른 남자의 반지는 아니겠지?"

이레나는 더 이상 참지 못하고 다시 한 번 그를 와락 끌어안았다. 그리곤 곧바로 상처에 통증이 느껴져서 앓는 소리를 내뱉었다.

"아아—"

칼라일이 딱딱하게 굳은 표정으로 이레나의 안색을 살피며 말했다.

"괜찮아? 조심해야지."

"카릴이 자꾸만 사랑스러운 짓을 하는데 어떻게 해요."

그 말에 칼라일은 영문을 모르겠다는 표정으로 이레나를 쳐다보았다.

"내가 이런 반지를 당신 아니면 누구한테 주겠어요. 당연히 당신한테 주려고 산 거예요. 그날, 멋있게 고백하고 싶었거든요."

"멋있게라니. 그런 고민은 하지 않아도 돼. 부인의 말은 언제나 설레니까."

"그건 나도…… 마찬가지예요."

이레나가 희미하게 웃으면서 케이스 안에 들어있던 반지를 쏙 빼내었다. 그리고 손에 쥔 반지를 조심스럽게 칼라일의 왼손 네 번째 손가락에 끼워 주었다.

칼라일은 물끄러미 자신의 손에 끼워지는 반지를 쳐다보다 이내 흡족한 표정으로 웃었다.

이레나 역시 그의 기뻐하는 표정을 바라보다가 마주웃었다. 그리곤 그대로 고개를 들어 가볍게 칼라일의 입술에 입을 맞추었다.

촉촉, 서로의 입술이 닿았다가 떨어지기를 몇 차례 반복했을 때였다.

뜨거운 불이 옮겨붙듯 두 사람의 키스가 점점 더 농밀해지기 시작했다.

현기증이 날 만큼 행복한 시간이었다.

* * *

이레나의 옆자리를 계속해서 지키던 칼라일은 그녀가 낮잠에 빠지는 걸 보고 나서야 자리를 옮겼다. 오늘은 제너드에게 보고 받은 중요한 일이 있었기 때문이다.

뚜벅뚜벅, 그의 일정한 걸음걸이가 오늘따라 더욱 무게감 있게 느껴졌다. 지금 칼라일이 향하고 있는 곳이 지하 감옥이라서 인지도 몰랐다.

두꺼운 철문으로 이루어진 감옥의 입구에는 제너드가 먼저 도착해서 기다리고 있었다.

"전하, 오셨습니까?"

"내 명령대로 털끝 하나 건드리지 않았겠지?"

"네. 얌전히 잡아 왔습니다."

"그래."

짤막한 대꾸를 끝으로 칼라일은 굳게 닫혀 있는 감옥 안으로 들어갔다.

그곳에는 쇠사슬에 묶여 있는 오스왈드가 자리하고 있었다.

이번 암살 사건의 배후가 셀비 후작 가문이라는 사실이 밝혀지자, 오스왈드는 곧바로 다른 왕국으로 도주를 시도했다. 배를 타고 밀항을 하려던 그를 칼라일의 수하들이 잡아서 황궁으로 다시 끌고 온 것이었다.

오스왈드는 칼라일을 보자마자 최대한 불쌍한 표정을 지으며 입을 열었다.

"저, 전하, 이 모든 일의 주범은 알려진 것과 달리 제가 아닙니다. 저도 지금 돌이켜 보면 딸내미가 위험에 빠진 것에 눈이 멀어 판단이 흐려졌습니다. 제가 모두의 앞에서 증언하겠습니다. 그러니 제발, 제발…… 목숨만 살려 주십시오."

그의 간절한 외침에도 칼라일의 표정에는 일말의 변화조차 없었다.

"전하, 제 말을 믿어 주십시오. 범인은 황후입니다. 그 간교한 것이 저를 속여서 전하를 암살하게 만든 겁니다."

끊임없이 이어지는 오스왈드의 발언에도 칼라일은 딱히 제지를 하지 않은 채 가만히 듣고만 있었다. 그걸 의아하게 여기며 오스왈드가 잠시 말을 멈출 때였다.

그제야 칼라일이 짤막하게 대꾸했다.

"유언은 끝난 건가?"

"저, 전하!"

오스왈드의 눈동자가 두려움으로 물들었다. 하지만 칼라일은 더는 그의 말을 들어줄 생각이 없었다.

"한 가지 알려 줄까? 공식적으로는 그대가 붙잡히지 않고 도주를 했다고 기록될 거야. 나는 경을 법의 심판대에 세우지 않을 거고, 아무도 이 지하 감옥에 경이 잡혀 있다는 사실을 모르는 거지."

"그, 그게 무슨……."

오스왈드는 지금까지 칼라일이 무표정을 짓고 있다고 생각했다. 하지만 자세히 들여다보니 그게 아니었다. 그는 무서울 만큼 분노한 얼굴을 하고 있었다.

칼라일이 느릿한 동작으로 움직이기 시작했다. 하지만 오스왈드에겐 그 작은 행동만으로도 충분히 위협적이라

몸을 움찔할 수밖에 없었다.

본능적으로 위험을 감지한 오스왈드는 누군가에게 도와 달라고 소리를 지르고 싶었지만, 공포에 질려 제대로 목소리조차 나오지 않았다.

"증언? 미리 말하지만 그딴 건 필요 없어."

뚜벅, 칼라일이 한 발자국 더 가까이 다가갔다.

"경이 아니더라도 황후를 잡을 미끼는 충분히 준비되어 있거든."

그리고 다시 한 번 뚜벅, 칼라일의 발이 움직일 때마다 둘 사이의 간격이 좁혀졌다.

"억울해할 필욘 없어. 이 일에 연관된 모든 자들이 그대처럼 죽게 될 테니."

겁에 질린 오스왈드의 얼굴이 흙빛으로 변해 갔다.

"사, 살려……."

"그러니 그냥 죽어. 내가 할 수 있는 한 가장 고통스럽게 보내 주지."

곧이어 지하 감옥 내에서 오스왈드의 커다란 비명 소리가 쩌렁쩌렁하게 울려 퍼졌다.

"으아아아악!"

문 바깥에서 그 소리를 듣고 있던 제너드가 힐끔 안을 쳐다보았다.

제너드는 이미 칼라일이 오스왈드의 털끝 하나 건드리지 말라고 경고했을 때부터 일이 이렇게 될 거라고 예상하고 있었다.

제너드가 나지막한 목소리로 혼잣말을 중얼거렸다.

"나라면 전하가 도착하기 전에 자살을 했을 텐데……."

* * *

방 안에서 낮잠을 자고 있던 이레나는 평상시보다 빨리 잠에서 깼다.

몸이 점점 나아지고 있어서일까. 원래 오랜 시간을 자는 타입이 아니었기에 제 컨디션을 찾을수록 잠드는 시간이 줄어들고 있었다.

하지만 오늘은 평소와 달리 칼라일이 방 안에 보이지 않았기에 이레나가 의아하다는 듯 고개를 기울였다.

'어디 갔지?'

문득 칼라일의 행방이 궁금했지만, 이내 별로 대수롭지 않게 생각했다. 그가 무척이나 바쁜 일정 속에서 자신의 곁에 머무르고 있다는 걸 알기 때문이었다.

그렇게 이레나가 침대에서 천천히 일어나려고 할 때였다.

마침 그녀의 상태를 살피러 온 유모가 잠에서 깨어난

이레나를 발견하고 재빠르게 다가왔다.

"비전하, 일어나셨습니까?"

"응. 잠이 줄어드는 걸 보니, 몸이 점점 나아지고 있나 봐."

"정말 다행이네요. 아! 한 가지 알려 드릴 말씀이 있는데, 주무시는 동안 황제궁에서 사람이 한 명 다녀갔습니다."

"황제궁에서?"

"네. 황제 폐하께서 비전하를 보고 싶어 하신다고, 오늘 괜찮으시면 한 번 들러 주셨으면 좋겠다고 전해 달라더군요."

"아……."

설리반의 부름이라는 걸 듣자마자 이레나의 머릿속에 스치는 기억이 있었다.

바로 다음번에 만나게 되면 칼라일이 준 푸른 구슬 반지에 대한 비밀을 알려 주겠다고 한 약속 말이다.

반지에 대한 황가의 비밀을 듣게 되면, 그동안 미스터리로 남아 있던 칼라일의 몸에 돋아나는 검은색의 비늘들에 대해서도 자연스레 알게 될지 모른다.

그래서 이레나는 오랫동안 설리반과의 만남을 기다렸지만, 지금까지 그의 건강이 좋지 않아 번번이 이루어지지 못했다.

그런데 지금 설리반의 부름이 있다는 건……

바로 오늘 반지에 얽힌 비밀에 관해 알 수 있다는 뜻이었다.

아직 이레나의 몸 상태가 다 나은 것은 아니었지만, 오늘 설리반과 만나지 못하면 다음번의 기회는 언제 찾아올지 알 수가 없는 상황이었다.

이레나는 망설이지 않고 침대에서 몸을 일으켰다.

"유모, 나갈 준비를 하게 나 좀 도와줘."

"전령의 말을 그대로 전해드리긴 했지만, 정말로 가실 생각이십니까? 지금 바로 움직이시기엔 상태가……."

"가서 확인해야 할 일이 있어."

이레나의 대답은 한 치의 흔들림도 없이 확고했다.

푸른 구슬 반지에 대한 설리반과 칼라일의 주장은 서로 달랐다.

칼라일은 그저 소원을 들어주는 반지라는 게 미신일 뿐이라고 했지만, 설리반은 그 반지 때문에 두 사람의 결혼도 승낙할 정도였다.

그때 설리반과 직접 대화를 나눠 본 이레나의 입장에서는 그가 터무니없는 것을 믿고 있다는 생각이 들진 않았다.

예전에 칼라일의 몸에서 돋아난 검은색 비늘도 직접 눈으로 보지 않았다면 믿지 못했을 것이다. 그걸 바꿔 말하자면 푸른 구슬 반지에도 이레나가 생각지 못한 능력이 숨어있을 수 있다는 뜻이었다.

지금으로선 누구의 주장이 진실인지 알 수는 없었지만, 한 가지 확실하게 말할 수 있는 건 있었다.

'그게 위험한 일이라면…… 카릴은 내게 말하지 않을지도 모른다는 거지.'

칼라일을 믿지 않는 건 아니었지만, 그는 이레나가 위험에 빠질 만한 상황을 굉장히 싫어하는 것만은 분명했다. 그래서 이번에 암살자들에게 추격당했을 때도 몇 번이나 이레나를 안전한 곳으로 빼돌리려고 했었으니까.

하지만 이레나는 알아야 했다.

만에 하나 칼라일이 위기에 놓일 수도 있는 문제라면 더더욱 말이다.

'당신은, 내가 지켜요.'

수천수만 번의 위험이 닥쳐도 절대 칼라일을 혼자 내버려 두지 않겠다는 것은 빈말이 아니었다.

독화살을 맞은 부위가 끔찍하게 아팠지만, 그러한 생사의 고비를 수도 없이 반복한다 해도 이 결심만은 변하지 않을 것이다.

이번 생에서만큼은 절대로 사랑하는 사람들을 먼저 떠나보내는 고통을 겪지 않을 생각이었다.

더 이상은……

혼자 남겨지고 싶지 않았으니까.

이레나는 붉은 눈을 고집스럽게 빛내며, 서둘러 유모의 도움을 받아 외출 준비를 하기 시작했다.

*　*　*

황제궁으로 걸어가는 이레나의 겉모습은 전혀 부상을 당한 사람 같아 보이지 않았다.

등에 붕대가 감겨 있어 제대로 코르셋을 조이지 못한 상태였지만, 그럼에도 불구하고 잘록한 허리 덕분에 완벽한 S라인의 몸매를 구사하고 있어 겉으로는 전혀 티가 나지 않았다.

또한 창백한 안색을 감추기 위해 일부러 고른 화사한 색상의 드레스도 한몫했다.

또각또각, 이레나는 상처 부위에서 느껴지는 통증을 감추고 당당한 걸음걸이로 앞을 향해 나아갔다.

황실은 약점을 보이면 득달같이 달려들 적들이 수두룩한 곳이었다.

정보가 빠른 이들이야 이미 이레나가 부상을 당한 사실을 알고 있겠지만, 그게 얼마나 심각한 상처인지까지 굳이 외부에 드러낼 필요는 없었다.

모두에게 변함없이 건재한 모습을 보여 주는 편이 쓸데

없는 잡음이 생기지 않도록 만드는 데 도움이 될 것이다.

그렇게 이레나가 미리 안내받은 장소에서 걸음을 멈출 때였다.

그녀를 확인한 시종장이 큰 목소리로 외쳤다.

"비전하 드셨습니다!"

방 안에서 거센 기침 소리와 함께 설리반의 나지막한 목소리가 흘러나왔다.

"콜록콜록, 들어오라."

설리반의 허락이 떨어지자, 시종장은 손수 이레나에게 문을 열어 주며 공손하게 허리를 숙였다.

"들어가십시오. 비전하."

이레나는 살짝 고개를 끄덕이곤 조심스럽게 안으로 들어갔다.

희한하게도 방 안은 거의 모든 창문이 커튼으로 쳐져 있어서 전체적으로 무척이나 어두운 상태였다.

이레나는 조금 의아하게 생각하며, 침대에 누워 있는 설리반을 향해 더 가까이 다가갔다.

"아……."

오랜만에 마주한 설리반의 얼굴은 무척이나 핼쑥하게 변해 있었다.

아마 누가 보더라도 병색이 만연하다는 것을 알아차릴 정도로 심각했다.

이레나가 걱정스러운 목소리로 입을 열었다.

"아버님, 많이 편찮으신 겁니까?"

"끌끌, 며느리가 왔는데도 침대에 누워 있어야 할 정도이긴 하지만 너무 걱정 말거라. 곧 아무 일 없었다는 듯 자리를 털고 일어날 테니."

"네. 그러셔야지요."

이레나는 긍정적인 말을 하고 있었지만 한편으론 마음이 좋지 못했다. 저번 생에서 설리반이 결국 병환으로 사망한다는 사실을 알고 있었기 때문이다.

원래대로라면 죽었어야 할 칼라일이 살아 돌아왔기에 혹시라도 설리반의 죽음 또한 바뀌진 않을까, 하는 생각이 잠깐 든 적이 있었다.

하지만 안타깝게도 설리반의 병환이 점점 위중해지는 걸 보니 그럴 가능성이 커 보이진 않았다.

"너야말로 부상을 당했다더니 몸은 좀 괜찮은 게냐?"

"네, 아버님. 지금은 많이 나아졌으니 심려하지 않으셔도 됩니다."

아직 화살을 맞은 상처가 다 나은 건 아니었지만, 아픈 설리반에게 괜한 걱정을 끼치기 싫어서 이레나는 내색하지 않았다.

설리반이 다행이라는 듯 고개를 끄덕이며 이레나에게 손을 내밀었다.

"아가, 나를 좀 일으켜다오."

"네. 아버님."

이레나는 조심스레 설리반이 내미는 손을 부축하며, 그가 침대에서 나올 수 있도록 도왔다.

그녀의 도움으로 간신히 자리에서 일어선 설리반은 아무것도 없는 벽면을 향해 천천히 걸어가기 시작했다. 그리곤 중간에 힘이 부치기라도 한 건지 테이블을 짚고 기대서며 말했다.

"지금부터 내가 일러 주는 걸 잊지 말거라."

"네."

"콜록콜록! 저쪽에 있는 액자를 왼쪽으로 세 번, 오른쪽으로 네 번 돌리거라."

"……?"

생뚱맞은 지시에 이레나는 잠시 설리반이 가리킨 액자를 쳐다보았다.

그곳에는 검은색의 용이 하늘로 승천하는 모습을 매우 생생히 표현한 작품이 있었다.

그러고 보면 루퍼드 황실 곳곳에는 용의 형상을 담은 작품들이 많았다. 아마도 드래곤의 피를 이었다는 건국 신화 때문인 듯싶었다.

이레나는 설리반의 뜻 모를 명령에 궁금증이 치밀었지만, 우선은 군말 없이 그가 시키는 대로 움직였다.

끼이익— 끼이익—

액자를 설리반의 요구대로 이동시켰지만, 그럼에도 아무런 변화는 일어나지 않았다.

이레나가 의아한 눈빛으로 쳐다보자, 설리반이 다음 행동을 지시했다.

"마지막으로 벽면에 장식된 촛대를 왼쪽으로 돌리면 된다."

이레나는 순순히 고풍스러운 느낌이 물씬 풍기는 촛대를 왼쪽으로 돌렸다.

그때였다.

쿠르르릉!

거짓말처럼 아무것도 없었던 벽면이 양옆으로 갈라지며 새로운 공간이 열렸다.

방금 전 설리반이 가르쳐주지 않았다면, 황제의 방 안에 이런 비밀 공간이 숨겨져 있을 줄은 상상도 하지 못했을 것이다.

이레나의 놀란 표정을 바라보며 설리반이 흐리게 웃었다.

"이건 황후조차 모르는 장소란다."

"……놀랍네요."

황실 어딘가에 비밀 통로 하나쯤은 있을지 모른다고 생각하긴 했지만, 예상했던 것보다 훨씬 더 정교하게 만들어진 곳이었다.

더군다나 황제의 방과 직접 연결되어 있다는 게 뭔가 더 범상치 않아 보였다.

"원래대로라면 황위를 물려받을 아들에게만 직접 알려주는 것인데, 그놈은 워낙 이런 걸 싫어해서 말이야. 나중에 여기를 발견하면 폐쇄하려고나 들지 않을까 걱정이구나."

"그렇다면 이곳은 아버님 혼자서만 알고 계신 장소입니까?"

"아니다. 정확히는 모르겠지만 아마 루넨 대공도 알고 있을 것이다. 전대 황제이신 아버지께서 처음에는 그에게 황위를 물려줄 생각으로 여러 가지를 가르쳐 줬다고 들었으니."

"……그렇군요."

현재 루넨 공국을 다스리는 이는 바로 파벨루크였다. 그렇다면 그는 이레나가 모르는 황가의 비밀을 오래전부터 이미 알고 있었다는 뜻이다.

이제껏 알아내지 못한 황가의 비밀을 알게 된다고 생각하니 새삼 이레나의 심장이 긴장감으로 두근두근 요동쳤다.

이레나가 물었다.

"아버님, 대체 이 방의 용도가 무엇입니까?"

이레나는 칼라일의 성격을 잘 알았다. 그는 가끔 막무가내이긴 하지만 절대로 아무 생각 없이 움직이는 타입이 아니었다.

그런 그가 이 방의 존재를 알고 폐쇄하려고 든다면 분명 그만한 이유가 있을 것이다.

하지만 설리반은 파리한 얼굴로 의미를 알 수 없는 미소를 지을 뿐이었다.

"자세한 건 들어가서 가르쳐 주마."

"네, 아버님."

이레나도 여기까지 온 이상 뒤로 물러날 생각은 없었다.

그녀는 다시금 설리반을 부축하며 비밀스러운 공간을 향해 발을 내디뎠다. 다행히도 화살을 맞은 상처 부위의 통증이 그리 심하지 않았다.

안으로 들어서자 가장 먼저 나타난 건 계단이었다. 어딘지 모를 지하로 이어지는 입구였지만, 그것이 음침하기보단 굉장히 신비스러운 분위기가 느껴졌다.

저벅저벅, 두 사람은 조용히 계단을 따라 내려갔다.

그렇게 도착한 장소는 작은 박물관 같기도 했고, 또 어떻게 보면 숨겨진 보물 창고처럼 느껴지는 그런 기묘한 공간이었다.

벽면에는 기괴한 그림과 기하학적인 무늬가 잔뜩 그려

져 있었고, 중앙에는 드래곤의 형상이 디테일하게 표현된 조각상이 서 있었다.

이레나가 감탄 어린 시선으로 주변을 둘러보며 말했다.

"여기는……."

설리반이 회한에 젖은 표정으로 대답했다.

"이곳은 루퍼드 황실의 비밀이 보관되어 있는 장소란다."

그 말을 듣자 이레나의 시선이 자연스럽게 자신이 끼고 있는 푸른색의 구슬 반지로 향했다.

대체 이 자그마한 반지에 무슨 비밀이 들어 있는 걸까 진심으로 궁금해졌다.

그런 이레나의 마음을 알아차렸는지 설리반이 재차 입을 열었다.

"지금 네가 끼고 있는 반지가 무엇처럼 보이느냐?"

"예전에 보석상에서…… 굉장히 특이한 구슬이라 들은 적이 있습니다."

"며늘아가, 그건 말이다."

설리반의 눈동자가 진중하게 빛났다. 덩달아 그의 목소리 또한 낮게 가라앉았다.

"단순한 구슬이 아니라…… 드래곤의 여의주라고 하는 것이다."

"……!"

사실 이레나는 지금 설리반의 진지한 말투만 아니었다면, 자신에게 장난을 치는 거라고 생각했을지도 모른다.

이미 한 번 칼라일에게도 들은 적이 있었다.

—아버지는 내가 그대에게 준 푸른색의 구슬 반지가 드래곤 여의주라고 믿고 있어.

그때도 지금처럼 허무맹랑한 말이라고 생각했다. 하지만 이번엔 이상하게도 그 '여의주'라는 말이 가슴 깊숙한 곳에 박혔다.

'이 구슬이 진짜 여의주라고?'

쉽게 체감이 되지 않았다. 더구나 이 구슬 반지는 저번 생에서부터 간직하고 있었던 물건이다.

설령 그게 사실이라고 해도 칼라일이 어린 시절 처음 만난 이레나에게 이토록 귀중한 물건을 건넬 이유가 없었다.

이레나의 불신을 알아차린 건지, 설리반이 다시금 말을 이었다.

"못 믿겠느냐?"

"네. 솔직히 말씀드리자면…… 그렇습니다. 너무 급작스러운 얘기라 어떻게 받아들여야 할지 모르겠네요."

설리반은 이해한다는 듯 고개를 끄덕거렸다.

"그럴 것이다. 이런 이야기를 처음 들었을 테니 당연한 반응이지. 하지만 내 말을 똑똑히 새겨듣거라. 우리 황실은 제국의 건국 신화처럼 대대로 드래곤의 권능을 이어받았다."

이레나는 이미 칼라일의 신체 변화를 목격한 적이 있었기에 자신이 가지고 있던 반지가 여의주라는 것보다 훨씬 신빙성이 있게 느껴졌다.

곰곰이 생각하던 이레나가 의아하다는 듯이 물었다.

"그렇다면 왜 그러한 사실을 공개적으로 알리지 않는 거죠? 다른 왕국들이 안다면 루퍼드 제국을 더욱 두려워하게 될 텐데요."

"그건 모든 이에게 드래곤의 권능이 이어지는 게 아니기 때문이지. 황실의 사내아이 중에서도 특출한 몇 명에게만 전해지는 것이다."

"그 말씀은 혹시 드래곤의 능력이 칼라일 전하에게만 전해졌다는 뜻인가요?"

"그래. 그게 바로 칼라일이 황태자가 될 수 있었던 이유다."

만약 이 말이 사실이라면 아무런 외척도 없는 칼라일이 어떻게 설리반의 눈에 들어 황태자로 책봉되었는지 설명이 되었다.

사람들은 칼라일이 장자라서, 혹은 설리반이 예뻐하는 아들이라서 황태자로 지지하는 거라고 수군거렸지만…….

진실은 그게 아닌 것 같았다.

"아버님, 정확히 드래곤의 권능이란 게 어떤 건가요?"

조금 전 믿지 못하겠다고 한 대답과 달리 이레나는 이 이야기에 대해 궁금증을 내비치고 있었다. 그만큼 생각할수록 마음에 걸리는 부분이 많았기 때문이다.

설리반은 그럴 줄 알았다는 듯한 표정으로 천천히 입을 열었다.

"신체의 일부가 드래곤화 되며 강력해지지. 그중에서도 여의주까지 만들 수 있는 건 무척이나 희귀한 능력이란다. 지금까지 그걸 해낸 이가 많지 않았으니까."

그 말에 이레나는 자연스레 칼라일의 오른팔 전체를 뒤덮던 검은색의 비늘을 떠올렸다.

처음 그 모습을 보았을 때도 가장 먼저 드래곤이라는 단어가 생각났었다. 그만큼 흡사하게 느껴지는 부분이 많았으니까.

이레나가 혼란스러운 표정으로 자신의 반지를 내려다보며 말했다.

"정말 이 반지가…… 소원을 하나 들어준다는 말씀이세요?"

"그래."

설리반의 말에 믿음이 가기 시작하자 이레나의 머리가 무척이나 복잡해졌다.

설리반은 여의주 반지에 칼라일이 빈 소원을 잘못 알고 있었다. 당시에 칼라일은 이레나에게 이렇게 말을 하라고 시켰었으니까.

—내가 그대에게 청혼의 증표로 푸른색의 구슬 반지를 주면서 이렇게 말했다고 해. 그대와 결혼하는 남자가 루퍼드 제국의 황제가 될 것이며, 이 제국의 부흥을 가지고 올 거라고.

하지만 실제로 칼라일은 이레나에게 그런 말을 한 적이 없었다.

설리반의 말대로 이 구슬이 정말 여의주라면, 이레나는 칼라일이 여기다 무슨 소원을 빌었는지 알지 못했다. 이레나에게 여의주 반지를 줬다는 건 그녀에 관한 소원을 빌었을 확률이 높다는 뜻인데도 불구하고 말이다.

'그 어린 시절에 대체 무슨 소원을 빌었다는 거지?'

이레나의 머릿속은 무척이나 혼란스러웠지만 그걸 있는 그대로 설리반에게 말할 수는 없었다. 어찌 됐든 설리반은 예전에 칼라일이 시킨 거짓말을 철석같이 믿고 있는 상황이었으니까.

우선은 설리반의 이야기가 진실인지, 거짓인지를 떠나서 새롭게 궁금해진 것이 있었다.

"지금까지 아버님이 해 주신 말씀대로라면 외부인에게 이러한 사실이 알려지는 걸 꺼려하시는 것 같은데, 어째서 제게 직접 설명해 주시는 거죠?"

핵심을 짚는 이레나의 질문에 설리반이 희미하게 웃었다.

"역시 우리 며늘아가는 눈치도 빠르구나. 좋은 질문이야. 사실 식구들 중 몇몇은 지금까지 한 이야기를 이미 알고 있을 것이다. 하지만 이제부터 내가 해 줄 이야기에 관해선 아무도 알지 못하지."

이레나는 더더욱 궁금해질 수밖에 없었다. 왜 하필 자신에게 이런 말을 하는 걸까?

"내가 다른 누구도 아닌 네게 이 사실을 알려 주는 이유는 단 하나다. 앞으로 드래곤의 피를 잇게 될 아이에게 해 줘야 할 일이 있기 때문이지."

"해 줘야 할…… 일이요?"

이레나는 설리반의 말을 듣자마자 왠지 모를 불길한 예감이 들었다.

그때 불현듯 이레나의 눈에 사방에 그려져 있는 기괴한 그림들이 들어왔다.

검은색의 용은 바닥에 쓰러져 있었고, 한 남자가 그 앞에서 시뻘건 무언가를 먹고 있는 모습이 담긴 그림이었다.

그림 속 남자의 입가에서 줄줄 흐르는 핏물이 묘하게 소름 끼쳤다.

'대체 뭘 먹는 거지?'

그러고 보면 그림 속의 장면들은 공개적으로 알려진 황가의 전설과는 완전히 달랐다.

드래곤과 인간의 사이에서 태어난 존재가 루퍼드 제국의 황제가 되니, 그들은 대대로 절대적인 힘을 갖게 될 것이다.

알려진 내용대로라면 드래곤과 인간이 서로 사랑해서 낳은 축복받은 아이가 루퍼드 제국의 황제여야만 했다. 그런데 눈에 보이는 그림들은 무척이나 기괴했다.

이레나가 잠시 혼자만의 생각에 빠져 있을 때였다.

설리반이 사뭇 진지한 표정으로 천천히 입을 열었다.

"잘 듣거라. 드래곤의 권능을 얻으려면 바로 인간의 피가 필요하단다."

이레나는 그 말을 듣고도 바로 이해가 되지 않았다.

'인간의…… 피?'

이레나는 납득이 가지 않는다는 표정으로 설리반을 쳐

다보았다. 그러자 설리반이 그럴 줄 알았다는 듯 다시금 말을 이었다.

"아직은 이게 무슨 뜻인지 이해가 되지 않을 테지."

"……네."

사실이었다. 이레나는 갑자기 설리반이 무슨 이야기를 하는 것인지 도무지 이해가 되지 않았다.

설리반이 말했다.

"이제부터 설명해 주마. 드래곤의 피를 많이 이어받은 사내아이는 열 살 전후로 몸에 이상 현상이 일어난다. 모두 조금씩 다르지만 칼라일의 경우에는 온몸이 새까맣게 변했다가 다시 하얘지는 과정을 반복했지."

설리반의 말을 들을수록 이레나는 칼라일이 정말 드래곤의 피를 이어받았을지도 모른다는 사실이 더욱 실감났다.

아직까지 설리반의 말을 백 퍼센트 신뢰하는 건 아니었지만, 그의 말대로 생각해 보면 지금까지 궁금했던 모든 게 다 맞아떨어졌다.

칼라일의 오른팔에 돋아난 검은색 비늘도, 처음엔 탐탁지 않아 했던 설리반이 갑자기 두 사람의 결혼을 승낙한 것도 말이다.

이레나는 일단 설리반이 해 주는 설명을 경청하기로 했다. 판단은 모든 것을 다 듣고 난 후에 하면 된다. 지금은 설리반에게 자세한 이야기를 듣는 것이 더 중요했다.

"대체 왜 인간의 피가 필요한 거죠?"

"아, 걱정 말거라. 계속 피를 공급해 줘야 하는 건 아니야. 능력을 각성하기까지 한 일주일에서 열흘 정도만 피를 먹이면 된다. 꼭 살아 있는 인간의 피일 필요는 없으니 네가 편한 대로 하면 된단다. 처음에는 거부하더라도 나중에는 본인도 모르는 새에 그 맛에 흠뻑 파질 테니 더욱 염려할 것 없다."

설리반의 말을 들으면 들을수록 이레나는 소름이 끼쳤다.

그는 마치 경험에서 우러나온 것처럼 말을 하고 있었다. 그리고 짐작이 맞는다면 그 대상은 바로 칼라일일 것이다.

절로 머릿속에 어린 시절 칼라일이 붉은 피를 허겁지겁 마시는 모습이 떠올랐다. 그러자 일순 가슴속에서 지독한 한기가 도는 느낌이 들었다.

이레나는 방금 전보다 차갑게 가라앉은 표정으로 말했다.

"제 말뜻은 그게 아니에요. 그런 축복받은 능력을 일깨우는데 왜 사람의 피 같은 불길한 게 필요한 거죠?"

"축복받은 능력은 맞다만…… 그걸 얻게 된 과정이 그리 좋지만은 않아서다."

"그 말씀은……."

설리반은 이레나의 말을 자르며, 사방에 그려진 그림들을 가리켰다.

"아가, 네가 보기엔 어떤 그림처럼 보이느냐?"

안 그래도 방금 전 불길하게 느껴졌던 그림들을 살펴보며, 이레나가 조심스러운 목소리로 그 질문에 대답했다.

"드래곤이…… 죽은 것처럼 쓰러져 있네요."

"그리고?"

"한 남자가 드래곤의 시체 앞에서 무언가를 먹고 있어요."

"잘 보았다."

설리반은 무척이나 흡족한 표정이었지만, 그 말을 듣는 이레나의 기분은 묘했다.

그림을 잘못 해석한 게 아니라 제대로 보았다는 게 과연 어떤 의미인지 알 수 없었다.

"처음 루퍼드 제국을 세운 초대 황제는 아주 실력이 좋은 드래곤 헌터셨지. 오랫동안 드래곤에 대한 연구를 하다 보니, 우리 가문만 알게 된 비밀이 하나 있었어."

"……?"

"바로 드래곤의 모든 마력은 심장에서 나온다는 것."

이레나는 그 말을 듣자마자 저도 모르게 인상을 찌푸

렸다.

'설마…….'

이레나는 자신의 짐작이 틀리길 바라면서도, 저도 모르게 이어지는 설리반의 뒷말을 기다리고 있었다.

불안하게 흔들리는 이레나의 붉은 눈동자를 바라보며, 설리반은 태연하게도 피식 웃을 뿐이었다.

"그래, 지금 네가 생각하고 있는 게 맞을 거다. 아직 숨이 붙어 있는 드래곤의 심장을 꺼내서 먹으면 그 능력을 흡수하게 되는 거지."

"……아!"

이레나는 머리를 세게 한 대 얻어맞은 느낌이었다.

무의식적으로 루퍼드 제국의 신화처럼 드래곤과 인간 사이에서 태어난 아이가 특별한 능력을 지니게 된 거라고 생각하고 있었다.

그런데 진실은 그게 아니었다. 드래곤의 심장을 파먹고 있는 그림 속의 인간 남자는 무척이나 탐욕스러워 보였다.

칼라일의 선조는 자신의 욕심을 채우기 위해 차마 인간이 해선 안 될 파렴치한 짓도 서슴지 않고 저지른 것이었다.

"재수 없게도 숨이 끊어져 가던 드래곤이 마지막으로 우리 가문에 저주를 하나 남겼다. 이 피를 이은 자는 모두 광기에 휩싸여 피를 갈망하게 될 것이라고 말이다."

이레나는 붉은 눈동자가 더 이상 커질 수 없을 정도로 커졌다.

불현듯 지금까지 역대 루퍼드 황제들의 성격이 전부 다 호전적이었다는 게 떠올랐다. 그들은 모두 하나같이 다른 왕국을 정복하며 피에 젖은 역사를 만들었다.

설리반의 말대로라면 그 모든 게 드래곤이 마지막으로 남긴 저주 때문이었다.

오싹, 다시 한 번 소름이 끼쳤다.

지금까지 이레나가 알고 있던 이야기와 너무 달라서 더욱 충격적이었다.

"그래서 제게 앞으로 드래곤의 피를 진하게 이어받은 아이에게 인간의 피를 구해서…… 먹이라는 말씀이신가요?"

"그래. 드래곤의 힘을 많이 물려받을수록 더욱 피를 갈망하게 된단다. 꼭 몸에 이상 현상이 나타날 때 피를 먹여야 하니 잊지 말거라."

"……."

"칼라일이 처음 이 내용을 듣고 뭐라고 한 줄 아느냐?"

"……?"

"괴물이란다. 하하하."

설리반은 다시 생각해도 우습다는 듯 웃음을 터뜨렸다.

하지만 이레나는 그 말이 전혀 우습게 들리지 않았다.

그동안 칼라일이 자신에게 해 온 말이 생각나서인지도 모른다.

—마지막으로 묻지. 내 신부에게 내려진 불길한 신탁의 내용을 알 텐데, 그대의 결정에 후회는 없나? 거기다…… 내가 괴물일지도 모르는데?

처음 만났을 때 칼라일은 분명 쓸쓸한 얼굴로 자신에게 이렇게 말했었다.

—잘 생각해서 대답하도록 해. 어쩌면 이건 그대가 도망칠 수 있는 마지막 기회일지도 모르니까.

그뿐이 아니었다. 그는 자신을 비하하는 발언을 한 적도 있었다.

—어렸을 때 동화책 못 봤나? 괴물은…… 쉽게 죽지 않아.

그때 칼라일의 말이 왜인지 마음에 걸려서 당시에 이레나는 이렇게 대답했었다.

—쉽진 않을지 몰라도, 그렇다고 목숨이 2개인 건 아니죠.

—말로는 그대를 못 당하겠군.

이제는 그때 칼라일이 왜 스스로를 괴물이라고 칭했는지 이해가 되었다.

그는 정말 자신의 몸에 흐르는 피를 달갑지 않게 여기고 있는 것이다.

설리반이 기가 막힌다는 표정으로 재차 말했다.

"우리가 괴물이라니, 당치도 않은 소리지."

설리반은 자기 자신을 괴물이라고 여기는 칼라일과 전혀 다른 생각을 가지고 있는 듯했다.

"그토록 귀중한 능력을 지니고도 그 진가를 못 알아보다니, 참으로 배부른 소리가 아닐 수 없지. 누군가에겐 아무리 원해도 손에 넣을 수 없는 것인지도 모르면서."

설리반은 어딘지 모르게 허탈한 얼굴이었다.

이레나는 직감적으로 알 수 있었다. 사실은 누구보다 그런 능력을 가지고 싶었던 게 어쩌면 설리반일지도 모르겠다고 말이다.

생각해 보면 무조건 드래곤의 능력을 가졌다고 해서 황태자로 책봉해야 되는 것은 아니었다.

그런데 설리반은 칼라일에게 그런 능력이 발견되자마자 그를 황태자로 만들고 지금까지 꾸준히 지지해 왔다.

그런 이유가…….

이레나가 나지막한 목소리로 입을 열었다.

“사실은 아버님께서…… 그렇게 되고 싶으셨던 겁니까?”

그 질문에 순간 설리반의 눈동자가 놀란 것처럼 커졌다. 하지만 곧이어 평정심을 되찾은 그가 부드럽게 대답했다.

“우리 며느리는 눈치가 너무 빨라서 무슨 말을 못 하겠구나. 허허.”

곧이어 설리반은 지나간 과거를 회상하듯 먼 곳을 응시하며 다시 말을 이어 나갔다.

“어렸을 때부터 성격이 유순해서 드래곤의 피를 적게 물려받았다는 말을 숱하게 들어온 건 사실이다. 우습게도 그 이유 때문에 황제의 자리에 오를 수 있었지만…… 난 언제나 루넨 대공이 부러웠지.”

설리반은 진심으로 자신의 친형인 파벨루크가 지닌 강인함을 부러워하는 것 같았다. 아마도 그랬기에 자신과 전혀 닮지 않은 패도적인 성격의 칼라일을 황태자로 책봉했는지도 모를 일이었다.

예전에 전대 황제가 오로지 전쟁에만 미쳐 있던 루퍼드 제국의 번영을 위해 파벨루크가 아닌 설리반을 황제로 택했다는 말을 들은 적이 있었다.

지금 설리반이 하는 말을 들어 보니 그 소문이 틀리지 않은 듯했다.

'아버님께는 그런 부분이 콤플렉스였던 걸까?'

이레나가 설리반의 심정을 다 알 수는 없었지만, 어쨌든 그가 황제가 된 덕분에 루퍼드 제국은 많은 발전을 할 수 있었다.

그건 누구도 부정할 수 없는 사실이었다.

'나중에 그 파벨루크에게 결국 황위마저 빼앗기게 되었다는 사실을 알게 되면…… 아버님 기분이 무척 안 좋으시겠어.'

설리반은 모르겠지만 예정된 미래에 파벨루크에게 모든 일가족이 몰살당하고 황권이 교체되는 과정을 맞이하게 된다.

물론 다시 과거로 돌아온 이레나가 그런 일이 생기도록 내버려 두지 않겠지만 말이다.

이레나의 머릿속은 복잡했다. 더 이상 설리반의 말이 허황된 거라는 생각은 들지 않았다.

그렇다면 칼라일과 이레나 사이에 아들이 생긴다고 가정했을 때, 그 아이가 말대로 드래곤의 능력을 강하게 이어받았다면 지금까지 들은 대로 인간의 피를 먹여야 할지도 모르는 일이었다.

제 손으로 아이에게 그런 걸 먹이는 상상을 하자 끔찍

하게 느껴졌다.

'……아버님은 축복이라고 하지만 이건 황가에 내린 저주가 맞아.'

당장 두 사람 사이에 아이가 생긴 건 아니었지만, 이건 간단히 정리할 수 있는 문제가 아닌 것만은 확실했다.

불현듯 아주 오래전에 칼라일이 했던 말이 떠올랐다.

—그대가 나중에 내 아이를 낳아 줬으면 좋겠어. 그대와 같은 금발에, 그대와 같은 붉은 눈동자라면 아무리 내 자식이라 해도 사랑스러울지 모르지.

그때 칼라일은 마치 이레나를 닮지 않으면 사랑할 수 없다는 듯이 말을 해서 의아하게 생각한 적이 있었다.

어쩌면 그는 처음부터 이러한 사실을 알고 있었기 때문에 이레나를 닮은 딸을 더욱 원했는지도 모르겠다.

이레나가 혼란스러운 표정으로 말없이 서 있자, 설리반이 다시 한 번 진중한 목소리로 입을 열었다.

"칼라일은 우리의 혈통을 우습게 생각하는 경향이 있어. 하지만 며늘아가 너마저 그러면 안 된다. 이러한 드래곤의 권능 덕분에 루퍼드 제국은 오랫동안 다른 왕국과의 전쟁에서 져 본 적이 없는 강대국이 된 것이다."

물론 설리반의 말 또한 틀린 것은 아니었다. 군사력으

로 따지자면 어지간한 왕국은 루퍼드 제국의 발끝조차 미치지 못하는 상황이었으니까.

"혹시라도 내가 잘못되면 이제부턴 네가 이 비밀 공간을 관리하며 앞으로 우리의 혈통을 지켜다오."

"……."

이레나는 이게 바로 설리반이 자신에게 황실의 비밀을 밝힌 이유이자, 그가 원하는 최종적인 결론이란 걸 알 수 있었다.

하지만 지금은 그 어떠한 대답도 할 수 없었다.

이레나는 눈을 한 번 꽉 감았다가 뜨며, 눈앞에 있는 설리반을 향해 말했다.

"아버님, 갑자기 이런 이야기를 듣고 제가 혼란스러운 심정이란 걸 이해하실 거예요. 저에게 잠시만…… 생각할 시간을 주세요."

"그래…… 너도 많이 놀랐겠지. 혹시라도 더 궁금한 게 생기면 언제든 물어보려무나."

설리반은 조급해하는 표정을 숨기고, 창백한 얼굴로 언제나처럼 인자하게 미소를 지었다. 하지만 지금 그가 보이는 태도가 같은 비밀을 공유하게 된 동지를 대하는 거라는 건 감출 수 없었다.

이레나는 새삼 설리반이 왜 처음부터 칼라일과 결혼하고 난 후에 이런 이야기를 가르쳐주겠다고 한 건지 이해할 수 있었다.

가족이 아닌 이상, 이러한 황실의 비밀을 쉽게 발설할 수 없었던 것이다.

이레나는 이걸 어떻게 받아들여야 할지, 또 앞으로 어떻게 행동을 해야 할지 쉽게 결정을 내리지 못할 정도로 막막했다.

많은 고민들 사이에서 문득 칼라일이 스스로를 괴물이라고 칭하면서 지었던 쓸쓸한 표정이 떠올랐다.

'카릴은 어린 나이에 이 사실을 알고 얼마나 놀랐을까?'

왠지 자꾸만 그의 쓸쓸한 모습이 눈앞에 아른거려서 마음이 아팠다.

* * *

이레나는 복잡한 표정으로 황제궁을 나와 돌아가고 있었다.

다행인지 불행인지 설리반의 건강 상태가 그리 좋지 못해서 오랜 시간을 머무를 수는 없었다. 그래서 비밀의 공간에서 나오자마자 두 사람은 작별 인사를 나눠야만 했다.

내색하진 않았지만 이레나 또한 아직 화살에 맞은 상처 부위가 다 낫지 않은 상태라 더 이상의 무리는 좋지 않았다.

이레나 혼자서 이런저런 생각을 하며 걷고 있을 때였다.

"그 몸으로 어딜 다녀오는 거야?"

익숙한 중저음에 고개를 돌려 보니, 빠른 걸음걸이로 이쪽을 향해 다가오고 있는 누군가의 모습이 눈에 들어왔다.

새까만 머리카락, 시리도록 푸른 눈동자, 그리고 조각같이 생긴 이목구비가 절로 감탄이 나올 만큼 잘생긴 남자는 바로 칼라일이었다.

이레나는 자신을 마중 나온 칼라일을 바라보며 저도 모르게 희미한 미소를 지었다.

"저를 데리러 온 거예요?"

"그래. 당연히 자고 있을 거라고 생각했는데 방 안에 없어서 얼마나 놀랐는지 알아? 갑자기 아버지가 불러서 황제궁에 갔다기에 바로 데리고 나오려던 참이었어."

"제가 어린애도 아니고 그럴 필요까진 없어요."

"몸도 안 좋은데 누가 부른다고 함부로 돌아다니지 마."

"상대가 다른 누구도 아니고 아버님이잖아요. 루퍼드 제국의 황제 폐하이신."

이레나의 말에도 칼라일은 여전히 고집스러운 표정으로 입을 열었다.

"아버지가 아니라……."

한층 가라앉은 칼라일의 목소리에 이레나가 문득 고개를 들어 쳐다보았다.

그러자 칼라일의 푸른 홍채에 순간 진득한 열기가 맺히는 게 보였다.

"설령 신이라고 해도 허락 못 해."

"……?"

"아픈 내 아내를 움직이게 만드는 건 그 누구라도 용납이 안 되거든."

이레나는 그 말에 잠시 얼어붙었다가 이내 낮게 웃음을 터뜨리고 말았다. 정말이지, 칼라일은 너무나 사랑스러운 남자였다.

칼라일은 웃고 있는 이레나의 모습 때문인지 방금 전보다 한껏 누그러진 표정으로 나직하게 말을 이었다.

"이게 그렇게 재밌는 이야기인가?"

"네. 정확히는 재밌다기보단 행복해서요."

솔직한 이레나의 대답에 칼라일은 픽 웃으면서 손을 내밀었다.

이레나는 그 손이 무엇을 의미하는지 곧바로 알아차릴 수 있었다. 그에게 에스코트를 받은 적은 수없이 많았지만, 지금까지 서로 손을 잡고 길을 거닐었던 적은 없었다.

누군가는 그게 그거 아니냐고 할지 모르겠지만, 칼라일이나 이레나는 그 미세한 차이를 아주 잘 알고 있었다.

두 사람은 계약에 따라 일부러 사람들의 앞에서 다정한 모습을 많이 연출했지만, 오히려 이런 연인 같은 소소한 행동들은 한 적이 없었다.

스윽, 이레나는 한 치의 망설임 없이 칼라일이 내민 손을 붙잡았다.

그렇게 더 이상 특별한 말을 나누지 않아도……

조용히 서로의 손을 잡고 걸어가는 이 길이 참 좋았다.

이레나는 함께 걷는 이 순간이 오래토록 지속되었으면 좋겠다는 생각이 들었다. 하지만 가슴이 벅찰 만큼 차오르는 감정과 별개로 지금 칼라일에게 묻고 싶은 질문들이 많았다.

'당신이 준 반지가 여의주라는 거…… 끝까지 말하지 않을 생각이었어요?'

칼라일은 이레나에게 고의적으로 진실을 숨겼다. 그리고 이레나는 칼라일이 숨기고 싶어 했던 비밀을 허락도 없이 파헤쳐 버린 꼴이 되어 버렸다.

사람은 누구에게나 감추고 싶은 비밀이 하나쯤은 있기 마련이다. 혹시라도 그의 상처를 후벼 파는 게 아닐까 망설여졌지만, 나중으로 미루다 보면 끝이 없다는 걸 잘 알고 있었다.

그리고 다른 건 몰라도 이것만큼은 이레나가 꼭 알아야 하는 것이었다.

"……카릴."

이레나의 부름에 칼라일이 흐린 웃음을 머금은 채 대답했다.

"말해, 부인."

그 한 폭의 그림같이 근사한 칼라일의 모습을 바라보며, 이레나는 떨어지지 않는 입술을 억지로 움직였다.

"여의주에, 어떤 소원을 빈 거죠?"

우뚝, 그 말에 칼라일의 걸음이 거짓말처럼 멈췄다.

지금 이레나의 질문에는 많은 의미가 담겨 있었다. 무엇보다 그건 황실의 비밀을 알았을 때에만 물어볼 수 있는 것이었다.

방금 전까지만 해도 부드럽게 휘어져 있던 칼라일의 눈가가 딱딱하게 굳었다.

그답지 않게 두려움이 일렁거리는 눈동자로 이레나를 쳐다보며 꽉 잠긴 목소리로 말했다.

"……어떻게 안 거지?"

"지금은 그 이야기를 누구한테 들었는지가 중요한 게 아니에요. 카릴은 언제까지 저한테 감출 생각이었어요?"

칼라일은 이레나의 질문에 어떠한 대답도 할 수 없었다. 거짓말을 하고 싶지는 않았으니까.

사실 그는 할 수만 있다면 끝까지 그녀가 모르기를 바랐다. 자신의 추악한 면을 가르쳐 주고 싶지 않았으니까.

"하긴…… 이런 질문을 할 필요도 없겠군. 부인에게 이런 이야기를 들려줄 사람은 단 한 사람밖에 없을 테니까."

마침 이레나가 만나고 온 사람도 설리반이었다. 굳이 누가 말해 줬는지 알려 주지 않아도 이 비밀을 밝힌 범인이 누구인지는 쉽게 짐작할 수 있었다.

더구나 칼라일은 설리반이 얼마나 황실의 핏줄에 대해 집착하고 있는지 알고 있었다. 분명 설리반이라면 혈통을 이어가기 위해 무슨 짓이라도 할 것이다.

칼라일은 어둡게 그늘진 눈동자로 이레나를 바라보다가 나지막한 목소리로 말했다.

"일단 자리를 옮기도록 하지. 혹시라도 주변에 듣는 귀가 있을지도 모르니까."

"……그래요."

그렇게 칼라일과 이레나는 다시 나란히 걸음을 옮겼다. 더 이상의 대화는 나누지 않았지만, 굳이 말하지 않아도 지금 서로가 느끼는 감정을 알 수 있었다.

이레나는 여의주와 황가의 비밀에 대해 궁금한 것이 많았고…….

칼라일은 그것을 밝히는 것을 달가워하지 않고 있었다.

두 사람이 선택한 장소는 바로 칼라일의 집무실이었다. 원래부터 보안이 철저한 곳이라 긴밀한 이야기를 나누기에 가장 적합하다고 판단이 되었기 때문이다.

칼라일은 집무실에 도착하자마자 가장 먼저 이레나에게 앉을 자리를 권유하며 말했다.

"다친 몸으로 외출했다가 돌아와서 피곤할 텐데, 혹시라도 힘들면 말해. 무리하지 말고."

"걱정해 줘서 고마워요. 하지만 전 괜찮으니 염려 마세요."

칼라일은 잠시 망설이다가 이내 고개를 끄덕이며 말을 이었다.

"……뭐라도 마실 텐가?"

"아니에요."

이레나는 지금 아무리 맛있는 차를 마신다고 해도 그게 무슨 맛일지 모를 게 뻔했다.

칼라일도 그러한 이레나의 마음을 알아차린 건지 더 이상의 서론은 생략하고 의자에 착석했다.

"그래. 내가 여의주에 빈 소원이 뭔지 궁금하다고?"

"네."

"어디서부터 어디까지 들었는지 모르겠지만 별로 신경 쓰지 않아도 돼. 이번에 부인이 다치는 걸 보고 나니 제대로 작동이 되는 건지 의심스럽더군."

"역시…… 저에 관련된 소원을 비셨군요."

"말했잖아, 모든 정리가 끝나면 그대를 데리러 가고 싶었다고. 설령 다른 남자의 아내가 되었다고 해도 빼앗을 생각이었지만, 그것도 그대가 살아 있어야 가능한 일이지."

"그 말은……."

불현듯 이레나의 머릿속에 떠오르는 생각이 있었다.

칼라일은 처음부터 이레나가 좋았었다고 고백했다. 그렇다면 그의 신부에게 내려진 불길한 신탁의 내용이 마음에 걸렸을지도 모른다. 그와 첫 번째로 결혼한 상대는 비참한 죽음을 맞이한다는 내용이었으니까.

'설마…….'

계속해서 생각하던 이레나는 중요한 사실을 깨달았다.

한순간 이레나의 붉은 눈동자가 믿을 수 없다는 듯 크게 떠질 때였다.

칼라일이 대수롭지 않다는 목소리로 말을 이었다.

"여의주에다 대고 빌었지. 그대가 죽지 않게 지켜 달라고."

"아……!"

이레나는 마치 번개를 맞은 것처럼 강한 충격을 받았다.

항상 궁금했었다. 자신은 어떻게 과거로 돌아오게 된 걸까?

처음으로 그에 대한 해답을 찾은 기분이었다. 무언가가 다시 한 번 자신에게 기회를 줬다고 생각은 했지만, 그게 어렸을 때 만난 칼라일과 연관이 되었을 줄은 꿈에도 몰랐다.

이레나의 놀란 표정을 들여다보며 칼라일이 다시 입을 열었다.

"그렇다고 해서 절대로 위험한 행동을 하면 안 돼. 말했다시피 제대로 작동을 하고 있는지조차 알 수가 없으니까."

칼라일은 걱정스러운 마음 때문인지 주의 사항부터 늘어놓았지만, 지금 이레나의 귀에는 그런 말이 전혀 들리지 않았다.

중요한 건, 그게 아니었다.

"카릴, 저희는 그때 딱 한 번 마주친 게 전부였어요. 그런데 어떻게 제 목숨을 지켜 달란 소원을 빌 생각을 했죠?"

상식적으로 이해할 수 없었다. 고작 하루 만난 여자애의 목숨을 지켜 달라는 걸로 사용하기엔 여의주란 것이 말도 안 되게 아까웠으니까.

더 많은 것들을 얻을 수 있었음에도 칼라일이 택한 것은 고작 이레나가 죽지 않고 살아 있는 것, 그 하나뿐이었다.

칼라일이 픽 웃으며 대꾸했다.

“그땐 나도 너무 어려서 깊게 고민하지 않은 건 사실이야. 하지만 그 소원을 빌고 나서 후회해 본 적은 단 한 번도 없지.”

“……카릴.”

이레나는 갑자기 가슴이 먹먹해졌다. 새삼 칼라일이 이레나가 몰랐던 시간 동안에도 계속해서 자신을 사랑하고 있었다는 사실이 절절하도록 전해져 왔다.

처음부터 그가 자신을 좋아했다는 건 이미 들어서 알고 있었지만, 여태까진 머리로 이해하고 있었다면 지금은 가슴에 와 닿은 느낌이었다.

분에 넘칠 정도로 과분한 사랑이었다.

“당신은…… 정말 바보예요.”

갑작스러운 이레나의 말에 칼라일이 약간 의아한 눈빛으로 쳐다보았다. 하지만 이레나는 거기서 멈추지 않고 계속해서 하고 싶은 말을 이어 나갔다.

“더 자신한테 도움이 되는 소원을 빌었어야죠. 고작 제 목숨 하나가 뭐라고…….”

괜히 코끝이 시큰거려서 이레나는 말을 하다가 중간에 멈추고 말았다.

그 모습을 빤히 지켜보던 칼라일이 흐릿하게 웃으며 입을 열었다.

"고작이라고 하지 마. 그대가 내겐 전부나 다름없으니까."

"정말, 바보……."

이레나는 금방이라도 울음이 쏟아질 것처럼 목 안쪽이 뜨거워졌다.

지금까지 몰랐다. 끝까지 모르고 지냈다면 정말로 억울할 뻔했다.

칼라일이 이토록 자신을 사랑해 주는 마음을 지금이라도 알아서 너무나 다행이었다.

'내가 말하면 믿을까?'

사실은 저번 생에서 온 가족들이 죽고, 이레나 혼자 살아남아 파벨루크에게 복수를 다짐하며 혹독한 시간을 보내왔다고.

아무도 곁에 없는 것 같은 그 칠흑 같은 시간을 견뎌냈지만, 결국 목표했던 바를 끝까지 이루지 못한 채 자신은 이미 한 번 숨을 거뒀다고 말이다.

그런데 기적처럼 이레나에게 다시 한 번의 기회가 주어졌고…….

이제 보니 그게 전부 칼라일이 여의주에게 빈 소원 덕분인 것 같았다.

칼라일의 신부에 대한 신탁의 내용은 바로 이것이었다.

황태자와 처음으로 결혼하는 상대는 평생을 고독하게 보낼 것이다. 지극히도 불행한 삶을 살다가 끝내 비참한 죽음을 맞이하게 되리라.

지금까지는 미처 생각하지 못했는데, 그걸 이레나의 첫 번째 생에 비유한다면 결코 틀린 말이 아니었다.

이레나는 평생을 고독하게 보냈고, 끝까지 파벨루크에게 복수를 하지 못한 채 비참한 죽음을 맞이했으니까.

어쩌면 그 신탁의 내용은 이레나의 첫 번째 생을 의미하는 것인지도 모르겠다.

지금까지 풀리지 않았던 수수께끼가 모두 해답을 내놓은 기분이 들었다.

이레나는 오늘 하루 동안 알게 된 새로운 사실이 너무 많아서 머리가 어지러울 지경이었다. 하지만 중요한 것은 칼라일이 이레나를 사랑하고, 이레나 또한 칼라일을 사랑하고 있다는 사실이었다.

황실의 저주, 드래곤과의 일화, 그리고 소원을 들어주는 여의주.

숨겨져 있던 많은 진실을 알게 되었지만, 그 무엇도 서로를 향한 마음보다 중요하진 않았다.

칼라일이 긴장하는 기색이 역력한 얼굴로 말했다.

"그보다 더 궁금한 것들이 있을 텐데."

"어떤 걸 말씀하시는 거죠?"

"글쎄. 언제부터 내 오른팔이 괴물처럼 변이했는지, 신체의 일부가 드래곤화 되면 얼마나 강한 힘을 쓸 수 있는지라든가."

칼라일의 목소리는 점점 더 낮아지고 진중해졌다.

"만약 우리에게 아이가 생기고, 그게 하필 나처럼 사내아이에다 드래곤의 피를 강하게 잇게 되면 어떻게 되는 건지…… 궁금하지 않아?"

당연히 궁금했다.

그의 신체에 생기는 변화가 위험한 건 아닌지, 둘 사이에 사내아이가 태어나면 어떻게 되는 건지, 이 저주의 사슬을 끊을 수는 없는지 궁금한 게 너무도 많았다.

하지만 그보다 먼저 상처받은 눈동자를 하고 있는 칼라일에게 해 주고 싶은 말이 있었다.

"더 이상 괴물이라는 소리 하지 말아요. 당신은 내 남편이에요."

"……진심으로 하는 소리야?"

칼라일의 표정에 다양한 감정이 스쳤다. 마치 안도한 것 같기도 하고, 믿지 못하는 것 같기도 한 그런 얼굴이었다.

이레나가 확고한 얼굴로 대답했다.

"당연히 진심이에요."

"그대도 다 듣지 않았나? 내 선조가 어떻게 이 능력을 훔치게 되었으며, 우리가 이 능력을 유지하려면 얼마나 끔찍한 짓을 해야 하는지……."

칼라일이 말을 하며 괴롭다는 듯 눈썹을 일그러트렸다.

"내가 열세 살에 처음 피를 마시게 된 날을 말해 줄까? 아니면 결국 본능적으로 그 피 맛을 즐기면서 탐했던 순간이 얼마나 끔찍했는지 말해 줘야 짐작이 되려나?"

칼라일은 일부러 자기 자신을 할퀴기 위한 질문을 꺼내놓는 것 같았다.

이레나는 고요하지만 흔들림 없는 눈빛으로 칼라일을 쳐다보며 말했다.

"당신은 제가 괴물이라고 손가락질하기를 바라는 건가요?"

막상 이레나의 입에서 '괴물'이라는 단어가 나오자, 칼라일의 눈동자가 상처받은 듯이 크게 일렁거렸다.

이레나가 그럴 줄 알았다는 듯 다시 나직하게 말을 이어 나갔다.

"카릴은 뭔가 착각하는 게 있어요. 전 당신이 설령 괴물이라고 해도 상관없어요."

"……뭐?"

"당신이 괴물이든, 사람이든, 드래곤이든, 뭐가 됐든

간에 내 남편이라는 사실은 변하지 않아요. 카릴이 생각하는 것처럼 난 그렇게 정의로운 여자가 아니에요."

칼라일은 이런 말을 들을 줄 몰랐는지 놀란 표정을 짓고 있었다.

하지만 이레나는 진심이었다. 그는 가끔 자신을 너무 순하고 착하게만 보는 경향이 있었다.

애초부터 이레나는 자신의 가족들을 살리기 위해서라면, 온 세상이 피로 물든다고 해도 그 길을 걸어가겠다고 맹세를 한 사람이었다.

칼라일이 인간이든, 혹은 인간이 아니든 간에 그건 더 이상 중요하지 않았다.

중요한 건, 그가 어떤 존재인지가 아니라 그가 바로 이레나가 사랑하는 남자라는 사실이었다.

칼라일이 여전히 믿기지 않는다는 표정으로 입을 열었다.

"……그대가 내게 이런 말을 할 줄은 몰랐어."

"그럼 한 번만 말할 테니 잘 들어요. 난 당신의 오른팔이 변이되면 건강에 아무런 이상이 없는지가 제일 걱정……!"

그 말이 끝나기도 전에 칼라일이 앉아 있던 자리에서 일어나 그대로 이레나를 끌어안았다.

갑자기 그의 커다란 품 안에 안기게 된 이레나는 저도

모르게 하려던 말을 멈췄다.

칼라일의 얼굴이 보이진 않았지만 가늘게 떨고 있는 게 느껴졌다. 생각보다 훨씬 더 많이 긴장하고 있었던 모양이다.

그가 진심으로 안도하듯 중얼거렸다.

"……다행이다."

그 말 한마디에 담긴 칼라일의 수많은 감정들이 그대로 전달되어 왔다.

이레나는 칼라일의 불안함을 위로하듯, 손을 들어 그의 허리를 끌어안으며 단단한 품 안에 깊숙이 고개를 파묻었다.

"그럼 제가 당신보다 아직 생기지도 않은 아이를 먼저 걱정할 줄 알았어요? 아니면 고작 그런 문제로 당신을 기피하기라도 할까 봐서요?"

"그래, 그럴까 봐 걱정했어."

"당신은 정말 바보라니까요……."

물론 드래곤이 가진 능력을 욕심내 살아 있는 심장을 꺼내먹은 칼라일의 선조가 이해가 가는 것은 아니었다.

하지만 만약 칼라일을 살릴 수 있는 방법이 그것뿐이라면…….

이레나는 한 치의 망설임도 없이 살아 있는 드래곤의 심장을 꺼낼 것이다.

오롯이 그를 위해서 악역을 자처할 수 있을 만큼, 이레나는 이미 그 정도로 칼라일에게 푹 빠져 있었다.

이레나가 나지막이 말했다.

"다른 건 천천히 설명해 줘요. 중요한 건 당신이 건강하다는 사실이니까."

그 말에 칼라일은 말없이 이레나를 더욱 힘껏 끌어안았다.

그동안 칼라일은 이레나가 모든 진실을 알고 난 후 자신을 외면하게 될까 봐 두려웠었다. 그래서 어떻게든 감추고 싶었던 비밀이다.

칼라일은 새삼스럽게도 이 순간 자신이 사랑에 빠진 여자가 다른 누구도 아닌 이레나라서 참 다행이라는 생각이 들었다.

평생을 쫓아다니며 괴롭히던 그림자에서 해방이 된 느낌이었다.

38

돌아왔습니다

그날 이레나는 칼라일에게 많은 이야기를 들을 수 있었다.

첫 번째로 오른팔이 변이될 때는 괴력을 사용할 수 있지만, 그건 칼라일이 자유자재로 조절할 수 있는 능력이 아니었다.

두 번째로 매번 그런 것은 아니지만, 가끔 오른팔이 변이되면서 광기에 휩싸여 이성을 잃는다고 했다.

이건 나름대로 위험할 수 있는 문제였기에 이레나는 주의 깊게 새겨들었다.

칼라일이 평범하게 태어났다면 위험에 빠지지 않았겠지만, 반대로 절체절명의 위기에서 그를 몇 번이나 구해 주었던 것도 드래곤의 능력이었다.

'한편으론 다행이라는 생각도 들어.'

이레나가 없던 그 오랜 세월 동안 드래곤의 능력이 칼라일을 지켜 줬다고 생각하면 우습게도 고마운 마음이 들었다.

가능하면 그 강한 능력을 자유자재로 사용할 수 있다면 좋겠지만, 그게 어렵다고 하니 조금 아쉬울 뿐이었다.

'중요한 건…….'

역대 루퍼드 황실에서 드래곤의 능력을 이은 사내아이가 인간의 피를 먹지 않은 전례는 없다고 한다.

그래서 인간의 피를 섭취하지 않았을 때 나타나는 증상에 대해서 알 수가 없었다.

아이가 드래곤의 능력을 포기하는 대신 평범하게 살 수 있다면 가장 좋겠지만, 최악의 경우 광기에 의식을 장악당해 미쳐 버릴 수도 있었다.

아직 두 사람 사이에 그런 아이가 생긴 건 아니었지만, 이건 분명 시간을 두고 천천히 알아봐야 할 문제였다.

"흐음."

이레나가 혼자만의 생각에 빠져 있을 때였다.

그녀의 등에 난 상처를 확인하러 왔던 의사가 밝은 표정으로 말을 건넸다.

"비전하. 최근에 무리를 하셨다고 들었는데, 다행히 상처는 아무 탈 없이 잘 아물고 있습니다."

"다행이네요."

"네. 그래도 혹시 모르니 항상 심신을 안정시키는 것이 중요합니다."

"그럴게요."

의사는 오늘도 이레나의 상처 부위에 약을 바르고 붕대를 새로 갈아 주었다.

언제나처럼 치료가 끝나자 등을 노출한 이레나의 잠옷을 다시 제대로 입혀 주고는 바깥에서 보지 못하도록 가려 놓은 휘장을 걷어 낼 때였다.

유모가 침대 근처에서 치료가 끝나기만을 기다리고 있는 모습이 눈에 들어왔다.

이레나가 의아한 표정으로 물었다.

"무슨 일이야?"

"아, 그게……."

유모가 바로 대답하지 않은 채 말꼬리를 흐리자, 눈치 빠른 의사가 이레나에게 허리를 숙이며 인사를 올렸다.

"저는 이만 가 보겠습니다."

"네, 수고했어요."

그렇게 의사가 사라지고 난 뒤에야 유모가 내키지 않는다는 표정으로 입을 열었다.

"비전하께 손님이 찾아오셨습니다."

"손님?"

안 그래도 이레나가 다쳤다는 소식을 들은 친분 있는 가문들이 안부를 묻는 편지와 함께 선물들을 보내오고 있었다.

황궁 시녀인 마가렛에겐 이미 몸이 나으면 보자는 답신을 보낸 상태였고, 수도권 사교계의 실세인 스텔라에게도 선물이 도착해서 감사하다는 전언을 보내 놓았다.

그뿐만 아니었다. 정보가 빠른 아스타 상단에서도 쾌유를 빈다는 꽃바구니가 얼마 전에 당도한 상황이었다.

'……더 누가 있지?'

이레나는 딱히 자신을 찾아올만한 사람이 더 이상 떠오르질 않았다. 혹시 남부 지방에서 마리사가 올라온 것일까?

그런 의문을 품고 있을 때였다.

유모가 말했다.

"크라우스 백작가에서 해리라는 도련님이 오셨습니다."

"……!"

생각지도 못한 해리의 방문에 이레나의 붉은 눈동자가 크게 떠졌다.

현재 크라우스 상단은 칼라일이 황위를 물려받는 데 가장 큰 도움을 줄 수 있는 가문이었다. 그리고 해리는 크라우스 상단의 차기 후계자라고 일컬어지는 촉망받는 소년이었다.

결혼식 피로연장에서 해리를 만났던 것이 아직도 똑똑히 기억났다. 나중에 황궁으로 놀러 오라고 권유했었는데 그게 오늘인 모양이었다.

이레나가 서둘러 침대에서 일어나며 유모에게 입을 열었다.

"바로 응접실로 모시라고 해. 지금 준비해서 내려갈 테니까."

그 명령에 유모가 내심 못마땅하다는 표정으로 중얼거렸다.

"저번에도 황제궁에 가셔 놓고, 또 이렇게 무리하실까 봐 제가 전하기가 싫었던 거예요."

이레나는 유모의 불만을 뒤로 한 채 곧장 드레스룸으로 향했다.

"유모, 어서 도와줘."

이레나는 유모의 도움으로 치장을 마치자마자 해리가 기다리고 있는 응접실을 향해 곧바로 걸음을 옮겼다.

해리의 방문은 이레나가 오랫동안 기다리고 있던 것 중 하나였다.

아무리 몸이 아픈 와중이라지만 이레나는 자신이 해야

할 일을 잊지 않았다. 칼라일을 황제로 만드는 데 도움을 줄 수 있는 일이라면 그게 무엇이든 해내야 했다.

그중에서도 이레나의 내조로 만약 크라우스 상단을 끌어들일 수만 있다면, 그보다 더 좋은 일은 없을 것이다.

이레나가 응접실 앞에 도착하자 입구에서 대기하고 있던 하녀들이 깍듯하게 허리를 숙이며 문을 열어주었다.

달칵, 그 소리에 응접실 안에서 창밖을 구경하고 있던 해리가 이레나의 등장을 알아차리고 정중하게 인사를 올렸다.

"비전하를 뵙습니다. 루퍼드 제국에 무한한 영광을."

"오랜만이에요. 결혼식 피로연 이후에 처음 보는 건가요?"

"네, 벌써 시간이 그렇게 됐네요."

해리는 말과 동시에 여유로운 웃음을 지어 보였다.

한창 성장기라서 그런지 저번에 피로연장에서 보았을 때보다 해리는 훨씬 조숙한 이미지를 풍기고 있었다. 그래 봐야 아직은 소년의 티를 다 벗지 못했지만 말이다.

"일단 앉으세요."

"네, 감사합니다."

해리는 이레나가 가리킨 자리로 걸어가서 바른 자세로 앉았다.

그는 백작가의 자제치고는 상당히 자유분방해 보였지

만, 자세히 관찰해 보면 격식에 어긋나는 행동은 절대로 하지 않았다. 그만큼 크라우스 가문에서 후계자 교육을 잘 받았다는 소리였다.

이레나는 잠시 호감 어린 시선으로 해리를 쳐다보다가, 이내 자연스럽게 일상적인 대화를 이끌어 나갔다.

"그동안 잘 지냈나요? 못 본 사이에 더 늠름해진 것 같아요."

"사실 요즘 부쩍 그런 칭찬을 듣곤 합니다. 그래 봐야 황태자 전하의 옆에 서면 오징어로 전락하겠지만요."

뻔뻔하지만 재치 있는 해리의 농담에 이레나는 작게 웃고 말았다.

사실 말이 그렇지 해리는 크라우스 상단이라는 든든한 배경에다 준수한 외모까지 지닌 도련님이었다. 거기다 성격마저 이처럼 유쾌하니 아마 또래의 영애들 사이에서 인기가 꽤나 많을 것이다.

해리가 빙긋 웃으며 말했다.

"갑자기 찾아왔는데도 불구하고 이렇게 반갑게 맞아 주셔서 감사합니다. 제가 조만간 다른 왕국에 장사를 배우러 가야 해서 지금이 아니면 찾아뵙기가 힘들 것 같았거든요."

"아니에요. 언제든 놀러 오라고 권한 건 바로 저인걸요. 그런데 벌써부터 장사를 배우다니 참 빠르군요."

"할아버지가 워낙 성화라서 저도 어쩔 수가 없네요."

해리는 투덜거리는 말투와 달리 강도 높은 교육이 어느 정도 당연하다고 여기는 분위기였다.

이레나가 물었다.

"그럼 루퍼드 제국을 오랫동안 비울 예정인가요?"

"아닙니다. 유학처럼 몇 년씩 나가 있는 건 아니고, 가볍게 몇 달 정도만 다녀올 예정입니다."

"혹시 크라우스 경도 함께 떠나나요?"

"네. 할아버지도 함께 떠날 예정입니다."

"……그렇군요."

사실 그 몇 달이라는 기간이 결코 짧지만은 않았다. 미래를 경험한 이레나의 입장에서 파벨루크가 반역을 일으킬 시기가 이제 얼마 남지 않았다는 걸 알기 때문이다.

참혹했던 과거와 달리 현재는 칼라일이 버젓이 살아 있었기에 앞으로의 사건들이 어떻게 변할지 알 수 없었다.

하지만 그때에 비교해서 생각해 보면 조만간 황후나 파벨루크 측에서 움직일 가능성이 컸다.

그 와중에 크라우스 상단의 부재는 큰 정보였다. 어쩌면 그들이 루퍼드 제국을 떠나 있는 게 속 편한 일이 될지도 모른다. 그만큼 그들에게 누가 간택 받느냐가 중요한 시기였으니까.

크라우스 상단을 같은 편으로 만들지 못할 거라면, 누구의 편도 들 수 없게끔 만들어야 했다.

'크라우스 상단에 어떻게든 접근해 보려고 했는데, 곧 루퍼드 제국을 떠난다니 어쩔 수가 없네.'

지금은 그들을 적으로 만나게 되는 최악의 상황을 피했다는 것에 위안을 삼아야 할 것 같았다.

이레나가 머릿속으로 이런저런 생각을 하고 있을 때였다.

해리가 유심히 이레나의 창백한 안색을 살피며 입을 열었다.

"외출 중에 암습을 당하셨다는 얘기 들었습니다. 그래도 예상보다 많이 다치신 건 아닌 것 같아 마음이 놓이네요."

그 말에 이레나의 붉은 눈동자에 이채가 감돌았다.

사실 크라우스 상단쯤 되는 곳이 이레나의 부상 소식을 접하지 못했을 리는 없었다.

하지만 알면서도 모르는 척하는 게 아니라 이렇게 드러내 놓고 언급을 하니, 그 숨은 의도가 무엇인지 궁금해졌다.

이레나는 짐짓 아무것도 모르는 척 웃으면서 대답했다.

"알고 계셨군요. 운이 좋아서 그리 크게 다치지는 않았답니다."

"그렇습니까? 제가 듣기론 화살에 맞아 꽤나 위중한 상태이셨다고 하던데……."

"……!"

겉으로 티를 내진 않았지만 이레나는 속으로 적잖이 놀랄 수밖에 없었다.

'……어떻게 알았지?'

그 암살 사건에 대해선 칼라일이 철저하게 비밀로 감춰 놓았다는 얘기를 들은 적이 있었다.

당시에 이레나와 칼라일을 기습한 암살자들의 수가 몇 명이었는지, 그들을 어떻게 처리했는지는 모두 일급 기밀이었다.

그런데 해리는 이레나의 부상이 화살에 당한 상처라는 걸 알고 있었다.

이레나의 머리가 냉정하게 돌아가기 시작했다.

'아무리 크라우스 상단이라고 해도 모든 전말을 알고 있을 리는 없어. 그렇다면 내가 어떤 부상을 입었는지만 황태자궁에서 새어 나간 건가?'

황궁 안에 첩자들이 존재하고 있다는 건 이미 알고 있는 사실이었기에 크게 놀랄만한 일은 아니었다.

하지만 어지간한 귀족들은 이레나가 암습을 당하고 다쳤다는 이야기만 알지, 이렇게 디테일한 정보까지 습득하진 못했다. 그만큼 크라우스 상단의 정보력이 뛰어나다는 소리였다.

그리고 해리가 이러한 사실을 모두 알고 있으면서 태연하게 이레나를 찾아왔다는 건 꽤나 놀라운 일이었다. 그녀가 이렇게 심한 부상을 당한 상태에서도 해리를 만나러 나올 거라는 계산까지 이미 되어 있었다는 소리였으니까.

'……역시 보통내기가 아니네.'

해리를 나이 어리다고 만만히 보면 큰코다칠 것 같았다.

이레나의 경계심 어린 눈초리를 느낀 해리가 서둘러 손사래를 치며 입을 열었다.

"오해 마세요. 나쁜 의도로 꺼낸 말이 아닙니다."

"그래요. 혹시 걱정을 끼칠까 봐 부상을 감추려고 했는데 이미 알고 있었군요."

"네, 제가 아는 건 딱 거기까지입니다. 하지만 궁금증이 생기더군요. 괜찮으시다면 지금부터 제가 한 추측을 한 번 들어 보시겠습니까?"

"……해 보세요."

이레나는 이제야 해리가 본론을 꺼낸다는 생각이 들었다.

갑자기 왜 암습 사건에 대한 이야기를 꺼내나 싶었는데, 결국 그에 관해서 묻고 싶은 말이 있었던 모양이다.

해리가 말했다.

"비전하의 상처 부위로 짐작하건대, 혹시 황태자 전하께 날아오는 화살을 대신 맞으신 게 아닙니까?"

보통 궁수에게 저격을 당하면 정면이나 측면에서 화살을 맞는 경우가 많았다.

물론 도망치는 와중에 등 뒤로 화살이 꽂히기도 했지만, 정황상 칼라일은 멀쩡하고 이레나만 다친 상황이었으니 도주를 하고 있었다고 보기가 어려웠다.

그렇다면 결국 칼라일 대신 이레나가 화살을 맞았다는 가정에 무게가 실릴 수밖에 없었다.

물론 해리의 말대로 단순한 추측일 뿐, 진실은 당사자가 아닌 이상에야 알 수가 없는 내용이었다.

'왜 이런 게 궁금한 거지?'

이레나의 입장에선 전혀 상상도 못 한 질문이었다.

이레나는 잠시 눈앞의 해리를 바라보며 생각에 잠겼다. 대체 무슨 의도로 이런 질문을 한 것인지 짐작조차 되지 않았다. 그러니 그에게 어떤 대답을 줘야 할지 더욱 고민이 되었다.

사실대로 말할지, 아니면 거짓말을 할지…… 그리고 그도 아니면 이런 질문을 한 해리에게 건방지다고 호통을 칠지 말이다.

물론 가능한 크라우스 가문과 돈독한 사이를 유지하고 싶었기에 세 번째 선택지는 그리 내키지 않았다.

'내가 화살을 대신 맞았다고 해도, 검술 실력을 들키는 건 아니니 상관없으려나.'

굳이 검술이 뛰어나지 않아도 상황에 따라선 누구나 제 남편을 위해 충분히 몸을 날릴 수 있었다.

잠시 고민하던 이레나는 이내 마음의 결정을 내렸다.

어차피 계약 결혼 당시부터 칼라일과 돈독한 사이를 보여 주기 위해 노력해 왔는데, 이제 와서 굳이 거짓말을 하면서까지 감출 필요는 없었다.

더군다나 누군가가 안다고 해서 크게 문제가 될 일도 아니었다.

"사실대로 말해 주는 대신, 혼자만 알고 있겠다고 약속할 수 있나요?"

이레나의 말에 해리는 한 치의 망설임도 없이 고개를 끄덕였다.

"맹세하죠."

"솔직히 말씀드리자면…… 맞아요, 전하를 대신해서 화살을 맞았어요."

"역시!"

해리는 자신의 예상이 맞았다는 듯 두 눈을 반짝 빛냈다. 우습게도 그 모습이 조숙한 해리를 제 나이 또래로 보이게 만들었다.

이레나는 픽 웃으면서 나지막이 말했다.

"어째서 이런 게 궁금했던 거죠?"

"비전하께서 솔직하게 말씀해 주셨으니, 저도 솔직하게 답변해 드리겠습니다. 지금까지 비전하 같은 분을 황실에서 본 적이 없었거든요."

"……그런가요?"

"황실의 어떤 부부가 배우자를 위해서 몸을 던질 수 있을 거라 생각하십니까?"

이레나도 막상 해리의 질문을 들어보니, 틀린 말은 아닌 것 같았다.

설리반과 오펠리아만 보더라도 대외적으로만 다정한 사이를 연출할 뿐, 실제로는 그리 가깝게 지내는 것 같지 않았으니까.

해리가 유심히 이레나를 쳐다보다가 나지막이 말했다.

"저는 개인적으로 비전하가 참 좋습니다."

갑작스러운 해리의 말에 이레나가 의아한 시선을 보내자, 해리가 서둘러 말을 정정했다.

"아, 남자로서 드리는 말씀이 아니고 루퍼드 제국을 이끌어 가실 분으로요. 비전하는 왠지 믿음이 간다는 뜻입니다."

해리가 굳이 이레나에게 입에 발린 소리를 할 이유는 없었으니, 이건 아마도 그의 진심일 확률이 높았다.

이레나가 빙긋 웃으며 대답했다.

"제가 마음에 든다면 황태자 전하께서 황위에 오를 수

있도록, 크라우스 가문에서 힘을 보태 주는 게 어떻겠습니까?"

단도직입적인 말이었다. 해리의 말이 사실이라면 굳이 크라우스 가문이 중립적인 입장을 고수할 필요는 없었으니까.

그 말에 해리가 능청스러운 표정으로 다급히 손사래를 쳤다.

"제가 크라우스 상단의 총수라면 당연히 그런 결정을 내릴 수도 있었겠지만, 아시다시피 저는 아직 아무런 힘도 없어서요."

해리는 이런 대화 주제에서 자신의 어린 나이를 이용해 능숙하게 빠져나가는 법을 이미 알고 있는 느낌이었다. 그만큼 대화를 이끌어 가는 능력이 나이에 맞지 않게 탁월했다.

'다른 건 몰라도 크라우스 상단이 후계자 하나는 잘 키운 것 같네.'

이레나는 인정한다는 듯 고개를 끄덕거렸다. 해리의 말은 틀린 게 아니었으니까.

"맞는 말이네요. 모쪼록 조부께 이야기를 잘 전해 주세요."

"할아버지는 고집이 워낙 세서 남의 말은 잘 듣지 않으십니다. 하지만 제 개인적으로 비전하를 지지한다는 것은 사실입니다."

해리는 말과 동시에 재킷의 안주머니에서 무언가를 꺼냈다.

그의 손안에 들린 것은 화려한 보석으로 수놓아진 백합 모양의 꽃 브로치였다.

이레나가 그것을 바라보며 의아하게 물었다.

"이건……?"

"비전하께 드리는 제 선물입니다. 별 건 아니지만 크라우스 상단에 소속된 곳에서 이 브로치를 보이면 어디서든 제게 연락하실 수 있을 겁니다."

해리의 말대로 엄청 특별한 물건은 아니었지만, 그렇다고 아무런 쓸모도 없는 것은 아니었다.

분명 가지고 있다 보면 필요한 순간이 생길지도 모른다. 그리고 이것을 건넨다는 것 자체가 한 번쯤은 이레나를 돕겠다는 뜻이기도 했다.

생각지 못한 선물에 이레나는 놀란 표정을 감추지 못했다.

그가 건네는 꽃 브로치를 조심스럽게 받아들며 이레나가 입을 열었다.

"이런 선물을 줄 거라고 생각 못 했어요. 고마워요."

"뭘요. 오늘 제 궁금증을 속 시원히 풀어 주신 것에 대한 보답이라고 생각해 주세요."

해리가 만만한 상대는 아니었지만, 이레나는 그와 이런 돈독한 관계를 쌓는 게 싫지 않았다. 굳이 정치적인 부분이 아니더라도 말이다.

그가 왜 갑자기 잘해 주는지 정확한 이유를 알 수는 없었지만, 그렇다고 해리를 밀어낼 필요는 없었기에 이레나 또한 호감을 숨기지는 않았다.

"제게 이런 선물을 건넨 걸, 나중에도 결코 잊지 않을게요."

이레나의 말뜻은 나중에 칼라일이 황제가 된다면 오늘 받은 성의를 잊지 않겠다는 것이었다.

그리고 그건 해리에게 꽤나 좋은 이야기였다. 황위 쟁탈전이 치열한 지금이야 모두가 크라우스 상단을 원했지만, 결국 승자가 정해지면 그때부턴 입장이 완전히 뒤바뀌었으니까.

해리가 만족스러운 미소를 지으며 말했다.

"처음부터 느꼈지만 비전하와 저는 여러 가지로 통하는 게 많은 것 같습니다."

* * *

짧지 않은 시간 황태자궁에 머물렀던 해리가 다시 마차로 돌아왔다.

이레나가 입구까지 배웅을 해 주겠다고 했지만, 부상을 당한 걸 알기에 한사코 거절하고 나오는 길이었다.

끼익, 마차에 탑승한 해리는 편안하게 앉으며 말했다.

“기다리느라 심심하지 않았어? 그러게 같이 들어가자니까.”

해리의 반대편 자리에는 한 남자가 앉아 있었다. 그는 미켈로란 이름을 지닌 삼십 대 중반의 남자로 루퍼드 제국에서 꽤나 촉망받는 학자이자, 해리를 가르치는 스승이었다.

미켈로가 걱정스러운 표정으로 말했다.

“비전하께 정말 브로치를 주셨습니까?”

“응.”

“조부께서 아시면 크게 호통을 치실 겁니다.”

“상관없어.”

“도련님…….”

해리는 미켈로의 걱정스러운 부름에도 피식 웃음을 흘릴 뿐이었다.

곧이어 마차가 서서히 출발하자 해리가 화려하게 꾸며진 황궁의 정원을 바라보며 나지막이 중얼거렸다.

“나한테 움직이지 않으면 아무것도 달라지지 않는다고 가르친 건 선생이잖아.”

사실 해리도 얼마 전까지만 해도 이레나에게 직접적인

호감을 표현할 생각은 없었다. 이레나가 마음에 드는 건 사실이었지만, 그걸 드러내는 순간 정치적인 싸움에 휘말릴 수도 있다는 걸 알기 때문이다.

그러던 중에 흥미로운 소식을 접하게 되었다.

바로 이레나가 화살에 맞은 상처 부위가 조금 이상하다는 내용이었다.

의문을 품은 해리는 결국 하나의 가정에 도달하게 되었다. 이레나가 칼라일을 대신해서 화살에 맞았을 가능성이 크다는 것이다.

거기까지 생각이 미쳤을 때 해리는 온몸에 전율이 이는 것 같았다.

언제나 조부인 에반스는 해리에게 이렇게 가르쳤다. 황실의 사람들은 모두 자기밖에 모르는 이기적인 족속들이라고, 그러니 어떤 감언이설을 내뱉어도 절대로 넘어가면 안 된다고 말이다.

그런데 이레나는 어딘가 달랐다. 타인을 위해 목숨을 거는 여성이라니 지금까지 황실에 없던 타입이었다.

'어차피 내가 할 수 있는 건 여기까지야. 직접적인 도움을 준 것도 아니니 다른 세력들이 안다고 해도 딱히 문제가 되진 않아.'

해리가 감당해야 할 리스크는 오로지 에반스에게 혼이 날지도 모른다는 것, 고작 그뿐이었다.

설령 문제가 생긴다 해도 세상에는 어리고 철이 없다는 핑계로 넘어갈 수 있는 일들이 많았다. 그리고 그럴 때 해리의 어린 나이가 많은 도움을 줄 것이다.

이미 그것까지 치밀하게 계산이 되었기 때문에, 해리도 이레나에게 브로치를 건네기로 결정을 내릴 수 있었다.

파벨루크, 레드필드, 그리고…… 칼라일.

누구든지 살다 보면 가끔은 도박을 해야 했다. 이 중에 누가 황제가 될지 알 수 없었지만, 누군가에게 배팅을 해야 한다면 해리는 이레나에게 걸기로 마음먹었다.

'비전하, 오늘 드린 정보와 브로치가 제가 할 수 있는 전부였습니다. 가능하면 꼭 살아남으시길 바라겠습니다. 다시 루퍼드 제국으로 돌아왔을 때 지금처럼 얼굴을 뵐 수 있었으면 좋겠군요.'

해리는 자신의 조부인 에반스가 왜 그렇게 황실을 신뢰하지 못하는지 알고 있었다. 하지만 그러한 이유가 이레나 때문에 조금씩 깨지고 있었으니, 아마 에반스도 이 일을 안다면 속으로 적잖이 당황하고 있을 것이다.

이레나는 알지 모르겠지만, 그녀는 점점 많은 세력들에게 주목을 받고 있는 중이었다.

해리가 청명한 파란 하늘을 올려다보며 중얼거렸다.

"……곧 폭풍이 몰아치겠구나."

무척이나 맑은 날씨였기에 그 말에 다른 의미가 담겨 있다는 걸 누구라도 알아차릴 수 있었다.

이번에 이레나가 화살을 맞은 뒤, 칼라일이 원래 그가 있던 전장에서 군사들을 불러 모으기 시작했다는 정보가 들어왔다. 결국 칼라일의 분노가 어디를 향할지는 보나 마나 뻔한 일이었다.

괜히 크라우스 상단이 해리의 교육을 핑계로 잠시 루퍼드 제국을 떠나 있는 게 아니었다. 아마도 곧 황위를 차지하기 위한 거대한 전쟁이 벌어질 것이다.

그리고 거기서 승리하는 자가……

무소불위의 권력을 지닌 루퍼드 제국의 황제가 될 것이다.

* * *

쿤은 황태자궁에서 제너드와의 만남 이후, 가능한 한 빨리 블레이즈 저택에서의 생활을 정리하려고 하는 중이었다.

칼라일이 다시 한 번 이성을 잃고 날뛰는 상상을 하면, 잠시라도 여기서 지체할 시간이 없다고 느껴졌지만 그래도 최소한의 마무리는 해야 했다.

어찌 됐든 미라벨이 남부 지방으로 내려갈 때까지 휴

가라 생각하고 호위를 하라는 칼라일의 명령을 받았다. 아무런 대안도 마련해 두지 않은 채 블레이즈 저택을 빠져나올 순 없었다.

더구나 쿤은 이레나에게도 미라벨을 지켜 주겠다는 약속을 했다.

물론 자신이 내뱉은 말을 지키겠다는 사명감 때문은 아니었지만, 혹시라도 이 일로 인해 앞으로 이레나와 껄끄러워지는 상황은 피하고 싶었다.

'이 정도면 되려나?'

짧은 기간 동안 쿤은 자신을 대신해서 미라벨을 지킬 후임을 블레이즈 저택에 심어 두었다.

믿을 만한 수하였기에 굳이 쿤이 없더라도 웬만해선 미라벨의 신변을 위협당할 일은 없을 것이다.

사실 이번에 칼라일이 폭주하는 사건으로 블레이즈 저택에서 나가는 일이 앞당겨지긴 했지만, 미라벨이 수도에 머무르는 일정이 예상보다 길어져서 쿤도 더는 이곳에 있기가 어려웠다.

결과적으로 임무를 완수하지 못한 건 사실이었지만, 이 정도면 칼라일이나 이레나도 이해를 할 수밖에 없는 상황이었다.

'그런데 왜 이렇게 허전하지?'

얼추 블레이즈 저택을 떠날 모든 정리가 끝나가는데도

쿤은 자꾸만 무언가를 빠뜨린 사람처럼 마음이 불안했다.

하지만 아무리 생각해 봐도 여기서 더 할 수 있는 일은 없었다. 지금 이 마무리가 쿤이 할 수 있는 전부였다.

쿤은 괜한 생각을 머릿속에서 지우며, 이제 마지막 남은 과제를 떠올렸다.

바로 미라벨에게 블레이즈 저택을 떠난다는 말을 하는 것이었다.

'……이번엔 어떨지 모르겠네.'

이미 한 번 쿤이 친정 하인으로 황궁에 들어가겠다는 의사를 밝혔을 때, 미라벨은 허락하지 않겠다고 대답을 한 적이 있었다.

물론 그때와 지금은 달랐다. 미라벨이 설령 거부한다고 하더라도 결과는 달라지지 않을 테니까.

이건 그녀의 의견이 전혀 반영되지 않을, 그저 형식적인 통보였다. 그리고 쿤이 할 수 있는 최선의 작별 인사였다.

해가 막 지려고 하는 이른 저녁이었다.

블레이즈 저택의 복도가 붉은 노을로 아름답게 물들었지만, 쿤은 창문으로 시선 한 번 돌리지 않은 채 미라벨의 방을 향해 걸어갔다.

그리곤 방문 앞에 도착하자 일말의 망설임도 없이 손을 들어 올렸다.

똑똑, 쿤의 노크 소리에 방 안에서 미라벨의 목소리가 흘러나왔다.

"무슨 일이야?"

"……저 쿤입니다."

우당탕탕, 갑자기 방 안에서 무언가 떨어지는 소리가 들려왔다.

어쩐지 소란스러운 느낌이 들어 쿤이 의아하다는 표정을 지을 때였다. 다시 한 번 방 안에서 미라벨의 목소리가 들려왔다.

"자, 잠깐만 기다려요."

그 말을 끝으로 미라벨이 분주하게 움직이는 발소리가 희미하게 들려왔다. 쿤이 평범한 사람들과 달리 워낙 청력이 좋았기에 들을 수 있는 소리이기도 했다.

그렇게 쿤은 잠시 미라벨의 허락이 떨어질 때까지 우두커니 서 있었다.

일반적으로 남자 하인이 주인 아가씨의 방까지 들어가는 일은 많지 않았다. 아무래도 성별이 다르다 보니 무거운 물건을 나르거나 하는 일이 아니라면 가능한 출입을 자제하는 편이었다.

그래서인지 쿤이 미라벨의 방문을 두드린 적도, 또 지

금처럼 개인적으로 그녀의 공간 안에 들어가려 허락을 구한 적도 없었다.

오늘이 처음이었다.

작별의 말을 건네야 하는 오늘과, 처음이라는 단어는 무척이나 어울리지 않았다. 마치 미라벨과 쿤처럼 말이다.

쿤은 저도 모르게 쓴 미소를 지으며, 미라벨의 방문이 점점 더 노을빛을 받아 붉게 물들어 가는 모습을 지켜보았다.

저물어 가는 노을은 다채로운 빛깔을 풍겼다. 처음엔 연한 느낌이었다면 갈수록 점점 더 진하게 변해 가고 있었다. 그게 어떻게 보면 꽃이 만개하는 과정을 지켜보는 것 같기도 했다.

그래서일까. 쿤은 저도 모르게 풋풋한 미라벨의 얼굴을 떠올렸다.

'나중엔 작은 아가씨도 더 자라시겠지.'

지금은 어려 보여도 시간이란 게 참 무서워서 어느 순간 돌아보면 몰라보게 성숙한 아가씨로 변해 있을 것이다.

그 모습을 쿤은 지켜볼 수 없겠지만, 한 가지는 확실하게 말할 수 있었다.

'……분명 눈이 부시도록 아름다울 거야.'

예전에 이레나를 호위하기 위해 뒤에서 몰래 지켜봤을 때도, 이따금 미라벨이 짓는 특유의 밝고 따뜻한 웃음에 시선을 빼앗긴 적이 있었다.

이레나도 말 못 할 정도로 아름다운 미녀였지만, 그녀의 동생인 미라벨은 또 다른 매력을 풍기는 아가씨로 성장해 나갈 게 분명했다.

그리고 그때가 되면 쿤이라는 존재는 완전히 기억 속에서 잊혀져 있겠지.

어차피 거짓된 만남이었으니 다신 미라벨의 앞에 나타날 수도 없겠지만, 설령 그게 아니더라도 낮은 직위의 쿤은 말조차 섞기 힘들 것이 분명했다.

그러니 오늘이 정말 마지막이었다.

매일같이 귀찮을 정도로 맛있는 반찬을 권해 주던 것도, 그림자처럼 졸졸 따라오는 미라벨을 따돌리는 것도, 그리고…… 자신을 바라보며 해맑게 웃음 짓는 그녀의 모습을 보는 것도 말이다.

오늘에서야 다시 원래의 조용한 생활로 돌아가게 되는 것이었다. 하지만 이상하게도 상상했던 것처럼 마냥 행복하기만 한 기분은 아니었다.

쿤이 잠시 혼자만의 생각에 빠져 있을 때였다.

달칵, 문이 열리는 소리와 함께 미라벨이 빼꼼 고개를 내밀었다.

"쿤, 내 방까지 어쩐 일이에요?"

"긴히 드릴 말씀이 있어서 찾아왔습니다."

"일단 들어오세요."

쿤은 원래대로라면 단둘만 있는 공간을 거절했겠지만, 오늘은 정말 마지막이었기에 사양하지 않고 고개를 끄덕였다.

미라벨의 뒤를 따라 방 안으로 들어서자, 따뜻한 색감으로 아기자기하게 꾸며진 인테리어들이 눈에 들어왔다. 필요한 것만 딱 구비해 놓은 쿤의 삭막한 방과는 천지 차이였다.

그때 무감각한 쿤의 눈에 무언가가 걸렸다.

바로 미라벨의 침대 머리맡에 놓여 있는 곰 인형이었다.

예전에 미라벨이 피크닉 갔다가 쓰러졌을 때, 그녀의 상태를 몰래 확인하러 왔다가 본 적이 있는 것도 같았다. 하지만 그때는 방안이 너무 컴컴해서 지금처럼 자세히 눈여겨보지 못했었다.

곰 인형의 색상이…… 특이하게도 쿤의 블루블랙 머리카락과 똑같은 색이었다.

불현듯 미라벨이 처음 자신을 바라보며 했던 말이 떠올랐다.

—……내…… 곰 인형?

쿤 혼자서 나름대로 짐작은 했지만 이렇게 직접 곰 인형을 보게 되니 기분이 묘했다.

미라벨은 무심코 쿤의 시선을 따라가다, 그가 자신의 곰 인형을 보고 있다는 사실을 알아차리고 서둘러 걸음을 옮겼다.

다다닥!

그리곤 침대가 안 보이게끔 재빨리 파티션으로 가리며, 미라벨이 붉게 달아오른 얼굴로 말했다.

"봐, 봤어요?"

"뭘 말입니까?"

"아니에요, 아무것도 못 봤으면……."

"곰 인형이요? 아니면 곰 인형이 입고 있던 제 옷이요?"

"……!"

미라벨의 얼굴이 방금 전보다 훨씬 더 새빨갛게 달아올랐다.

쿤도 미라벨을 처음 만났던 날을 잊지 않고 있었다. 그날도 미라벨은 갑작스레 찾아온 고통으로 인해 바닥에 쓰러져 있었다.

그로 인해 어쩔 수 없이 모습을 드러낸 쿤을 향해 그녀는 이렇게 말했었다.

—혼자…… 두지 마세요. 아플 때, 혼자인 게 더…… 싫어요. 조금 있으면…… 괜찮아지니까, 여기에 그대로 있어 주세요…….

그때 미라벨이 잠들면서도 놓지 않은 외투 때문에 쿤은 잠시 망설여야만 했다. 평소처럼 그냥 뿌리치고 가면 됐을 텐데, 왠지 미라벨의 말이 계속 마음에 걸려서 그답지 않게 외투를 벗어 두고 갔다.

그리고 그 외투를 지금 곰 인형이 입고 있었다. 마치 그날의 쿤처럼.

쿤은 새삼 미라벨이 자신을 좋아하고 있다는 사실을 다시 한 번 깨달았다.

눈앞에서 이런 장면을 보게 되니 더욱 체감이 될 수밖에 없었다.

'……뭐지, 이 감정은?'

어딘가 마음 한구석이 간지러운 느낌이 들었다.

알 수 없는 감정에 쿤이 잠시 혼란스러운 표정을 지을 때였다.

미라벨이 부끄러웠는지 작게 헛기침을 하면서 대화의 주제를 빠르게 전환했다.

"그런데 제게 긴히 할 말이라는 게 뭐예요?"

"아, 그건 말입니다……."

쿤의 목소리가 순식간에 사무적으로 변했다. 어찌 됐든 오늘 미라벨과 작별을 해야 한다는 건 변하지 않는 기정사실이었다.

쿤은 칼라일을 죽을 때까지 따르기로 맹세했다. 무슨 일이 생기기 전에 한시라도 빨리 칼라일의 곁으로 복귀해야 했다.

"앗, 잠깐만요!"

미라벨이 갑자기 쿤의 말을 가로막으며 새침하게 웃었다. 그리곤 테이블 위에 올려져 있는 과일들을 가리켰다.

"아직 저녁 식사 전이죠? 일단 과일부터 먹으면서 천천히 얘기해요."

미라벨은 쿤이 하려던 말이 무엇인지는 몰랐지만, 그가 할 말만 끝내면 이 방을 나갈 거란 것은 알고 있었다. 쿤은 원래 그런 성격이었으니까.

그래서 일부러 대화를 시작하기 전에 먼저 과일부터 권한 것이었다.

"아니요. 괜찮습니다……."

쿤은 지금처럼 머뭇거리다가는 오늘 안에 미라벨에게 전해야 할 말을 하지 못할 것 같다는 생각이 들었다.

시간이 별로 없었다. 가능한 한 빨리 블레이즈 저택을 나가야만 했다.

마음을 정한 쿤은 평소처럼 높낮이 없는 목소리로 차갑게 말을 이었다.

"제가 작은 아가씨를 찾아온 건 다름이 아니라 블레이즈 저택을 그만두겠다는 말을 하고 싶어서입니다."

"……네?"

미라벨이 한 박자 늦게 대답했다.

곧이어 많이 놀랐는지 그녀의 진녹색 눈동자가 불안하게 흔들렸다.

"아, 제가 또 과일을 먹으라며 쿤을 불편하게 한 거죠? 미안해요. 앞으로 이런 일은 없을 거예요."

"아뇨. 작은 아가씨 때문이 아닙니다. 제 개인적인 사정으로 더 이상 일을 할 수가 없을 것 같습니다."

미라벨은 그 '개인적인 사정'이라는 말을 듣자마자, 이레나를 만나러 황태자궁으로 갔던 때가 떠올랐다.

그날 쿤은 갑자기 볼 일이 생겼다면서 미라벨을 먼저 블레이즈 저택으로 돌려보냈으니까.

"그 개인적인 사정이란 게 대체 뭐예요?"

"뭔지 알려 드리기만 하면 제가 그만두는 걸 허락하시는 겁니까?"

"……그럼 아무것도 안 물어볼 테니, 계속 여기에 머물러 줄 순 없나요?"

"그럴 수 없습니다."

"……."

미라벨은 저도 모르게 입술을 질끈 깨물었다.

사실은 무슨 수를 써서라도 쿤을 보내고 싶지 않았다. 다시는 헤어지고 싶지 않았다.

언제 만날지 기약할 수도 없는데 이대로 쿤을 보내버리면 미라벨은 그리움에 하루도 견딜 수 없을 것 같았다.

"제가 쿤이 떠나는 걸…… 절대로 허락하지 않겠다면요?"

미라벨은 현재 블레이즈 저택의 안살림을 맡고 있었다. 아직 이레나만큼 능숙한 것은 아니었지만, 그녀가 많은 가르쳐 준 덕분에 아직까진 어려움 없이 해내고 있는 중이었다.

그리고 그 말은 미라벨이 블레이즈 저택 안에서 휘두를 수 있는 권력이 상당해졌다는 뜻이었다.

만약 미라벨이 쿤을 보내지 않겠다고 결심하면, 그는 절대로 이 저택을 빠져나가지 못할 것이다.

물론 미라벨은 모르고 있었다. 일반적인 경우에는 그럴지 몰라도, 쿤은 웬만한 무력으로 붙잡을 수 있는 남자가 아니라는 것을.

쿤은 언제든 자신이 원하는 순간에 감쪽같이 사라질 수 있는 능력을 지닌 남자였다.

쿤이 착잡한 표정으로 입을 열었다.

"그러지 마십시오. 고용 계약서로 절 붙잡아 두실 생각이시라면 위약금을 물겠습니다."

계약대로 이행하지 않을 시, 쿤이 받은 급여의 열 배를 상환해야 했다.

미라벨의 입장에선 갑자기 쿤에게 그런 큰 금액이 생겼다는 사실이 의아하게 느껴질 수밖에 없었다.

"쿤, 설마…… 다시 위험한 일을 시작하려고 하는 거예요?"

미라벨은 그가 과거에 어떤 일을 했는지 정확히 알지는 못했지만, 꽤나 위험천만한 일이라는 것쯤은 짐작하고 있었다.

이미 한 번 쿤이 황태자궁에서 상처 입고 쓰러져 있는 것을 미라벨이 감싸 준 적이 있었기 때문이다.

그리고 그게 아니더라도 쿤은 어딘가 위태로워 보이는 타입이었다. 마치 제 목숨을 하찮게 여기는 것처럼…….

미라벨은 단호하게 고개를 저었다.

"그렇다면 더더욱 안 돼요. 그런 위험한 일은 다신 하지 말아요."

"제 일입니다. 그리고 제 선택입니다. 여기서 더 이상하시면 작은 아가씨가 떼를 쓰는 거로밖에 보이지 않습니다."

쿤의 단호한 발언에 미라벨은 말문이 막혔다. 틀린 말

이 아니었다. 쿤은 제 할 도리를 다하고 있었고, 미라벨은 어린아이처럼 그에게 가지 말라고 억지를 부리고 있었다.

미라벨의 진녹색 눈동자에 촉촉한 물기가 차올랐다. 자신이 싫다는 사람을 계속 붙잡아 두려는 것만큼 비참한 것도 없었다.

하지만 그 비참함보다 더 싫은 건, 쿤이 곁에서 없어지는 것이었다.

"맞아요. 저 지금 떼를 쓰고 있는 거예요. 제가 왜 이렇게 구차하게 매달리는지 쿤은 알잖아요."

"그건……."

"좋아해요. 좋아한단 말이에요. 쿤이 절 불편해해도 자꾸만 좋아지는 걸 어떻게 해요."

이번엔 쿤의 말문이 막혔다. 가끔씩 미라벨은 지나치게 직설적으로 감정표현을 해서 쿤을 당황하게 만들었다.

바로 지금처럼 말이다.

"가지 말아요. 쿤이 원하는 대로 뭐든 다 해 줄게요. 그냥 내 옆에만 있어 주세요. 네?"

울먹이는 미라벨의 목소리에 쿤의 표정이 다시금 착잡하게 변했다.

"그런 말씀 마십시오. 어차피 저희 두 사람은 이뤄지지 못한다는 거 알고 계시지 않습니까."

"아뇨. 전 모르겠어요. 왜 안 되는 건데요?"

"신분이 다르고……."

"제가 백작가의 아가씨고, 저희 집안이 부담스럽다면 전부 다 버릴 수 있어요. 쿤이 더는 신경 쓰지 않도록 제가 다 알아서 할게요."

"……작은 아가씨."

"많은 거 안 바랄게요. 그냥 옆에만 있어 주세요."

미라벨의 진녹색 눈동자에서 결국 눈물이 후드득 떨어져 내리기 시작했다.

그 모습을 바라보고 있자니 쿤의 가슴 한편이 찢어질 듯 아팠다. 하지만 그렇다고 미라벨의 마음을 받아 줄 수는 없었다.

"투정 부리지 마세요. 안 되는 건 안 되는 겁니다."

"왜요? 대체 왜 안 된다는 건데요?"

납득할 수 없다는 미라벨의 질문에 한순간 쿤의 얼굴이 서글프게 변했다.

"아가씨는 결국 제가 싫어지실 겁니다. 신분도, 재산도, 가족도 다 버리고 저를 선택한 걸 후회하시게 되겠죠."

"절대로 그럴 일은……!"

"전 버림받을 자신이 없습니다."

그 말에 미라벨의 물기 어린 눈동자가 크게 떠졌다.

미라벨의 입장에선 생각지도 못한 말이었다. 뭔가 그녀가 싫어서 거부한다는 것보다 훨씬 더 의미 있게 들렸다.

"그 모든 걸 감당하면서 제가 작은 아가씨의 손을 붙잡을 자신이 없습니다. 죄송합니다."

쿤이 그 말을 끝으로 몸을 돌리려는 찰나였다.

덥석, 미라벨이 절박한 표정으로 쿤의 옷소매를 붙잡았다.

이대로 놓치면 영영 못 볼 것 같은데 그를 보낼 수 있을 리가 없었다. 아무리 구차하고 비참해도…… 어쩔 수 없었다.

지금 쿤의 손을 놓으면 정말이지, 죽을 것 같았다.

미라벨이 어느새 눈물로 범벅이 된 얼굴로 쿤을 향해 애원했다.

"제발, 가지 말아요."

"……아가씨."

"제가 어떻게 쿤을 보내요. 제가 어떻게 당신이 간다는 걸 허락할 수가 있겠어요. 이렇게나…… 이렇게나 좋아하는데."

"……."

"쿤, 다시 한 번만……."

"……죄송합니다."

쿤은 자신을 붙잡고 애처롭게 울고 있는 미라벨을 더는 보고 있을 수가 없었다.

타악!

그가 손을 들어서 미라벨의 뒷목을 강하게 내리쳤다. 그러자 미라벨은 그대로 정신을 잃고 쓰러졌다.

순식간에 바닥으로 허물어지는 미라벨을 쿤이 붙잡았다. 그리곤 어렵지 않게 그녀를 양팔로 안아서 침대 위로 눕혀 주었다.

정신을 잃은 와중에서도 미라벨의 눈가에선 끊임없이 눈물이 흘러내렸다.

'울지 마십시오. 작은 아가씨. 저는 그럴만한 가치가 없는 사람입니다.'

쿤은 잠시 미라벨의 얼굴을 들여다보다가 눈가에 흐르고 있는 눈물을 스윽— 손으로 닦아 주었다. 왠지 지금 느낀 미라벨의 보드라운 피부 감촉이 쉽게 잊히지 않을 것만 같았다.

그렇게 쿤은 몸을 돌리려다가 문득 침대 머리맡에 있는 곰 인형을 바라보았다.

아무리 봐도 자신과 닮은 구석이 많은 곰 인형이었다.

"……미안, 나 때문에 이젠 너도 버림받을지 모르겠구나."

쿤은 씁쓸한 표정으로 다시 미라벨의 얼굴을 내려다보며 나지막이 중얼거렸다.

"행복하십시오, 아가씨."

진심이었다. 미라벨은 언제나 그녀의 밝은 세상 안에서 행복하게 살아가기를 바랐다.

그렇기에 더욱 자신의 피비린내 나는 밑바닥으로 끌고 오고 싶지 않았다.

이것으로 되었다.

모든 게 끝난 것이다.

쿤은 품속에 가지고 있던 고용인 계약서와 위약금을 테이블 위에 올려놓았다. 그만두겠다는 내용의 편지도 이미 집사인 마이클에게 전달했으니 형식상으로 문제가 될 건 없었다.

그렇게 쿤은 아무 일도 없었던 사람처럼 미라벨의 방 안을 빠져나왔다.

원래 어딘가에 잠입하고 사라지는 게 주특기였기에 그 누구도 쿤이 미라벨의 방 안에서 나오는 모습을 보지 못했다.

블레이즈 저택의 복도는 어느새 완전히 해가 지고 시커먼 어둠으로 휩싸여있었다. 그 깜깜한 길을 걸으며 쿤은 저도 모르게 헛구역질을 했다.

"……욱."

왠지 속이 갑갑했다. 당장이라도 속에 있는 걸 전부 게워 내고 싶은 기분이었다.

의미를 알 수 없는 감정들이 쿤의 마음속을 어지럽히고 있었다.

* * *

쿤은 고아였다.

어린 시절 한 번도 부모를 본 적이 없었으니 아마 고아가 맞을 것이다.

그리고 쿤은 노예였다.

아직도 쿤의 어깻죽지에는 노예 시절 새긴 낙인이 존재했다.

그 시절 쿤을 부르던 호칭은 노예 95번이었다.

—노예 95번, 다시 해 봐.

쿤은 어렸을 때부터 유명한 암살 길드에서 강도 높은 훈련을 받아 왔다.

그때 쿤과 같이 훈련을 받은 비슷한 또래의 노예들만 해도 아마 수백 명은 넘을 것이다.

하루에도 수십 명의 아이들이 들어왔고, 또 하루에도

수십 명의 아이들이 혹독한 훈련을 견디지 못해 죽어 나갔다.

너무나도 빠른 인원 교체에 쿤은 마지막까지 자신의 옆자리에서 잠들던 남자애가 누구였는지 기억이 나지 않았다.

처음부터 암살 길드로 팔린 노예는 아니었다. 쿤이 기억하는 가장 어렸을 때는, 한 자그마한 상단의 아가씨를 모시고 있었다.

그리고 그 아가씨는 유독 호기심이 많았다.

—담뱃불을 몸에 지지면 뜨거울까?

그 아가씨가 가장 즐기던 놀이는 하인들에게 쿤을 붙잡아 놓게 하고, 그의 상반신에 담뱃불을 지지는 것이었다.

고통 속에 몸부림치는 쿤을 보며, 아가씨는 항상 꺄르르 웃음을 지었다.

—내가 구두를 닦아 놓으라고 했잖아. 그걸 잊어버린 거야?

—저, 전 그런 명령을 들은 적이…….

—건방지게 말대꾸를 하다니, 혼이 나야겠구나.

아가씨는 항상 쿤에게 없는 죄를 뒤집어씌워 벌을 주고 싶어 했다.

처음에는 그게 무척이나 억울했는데, 나중에는 그마저도 하나의 심심풀이였다는 걸 깨달았다.

사실 굳이 이유를 갖다 붙이지 않아도 쿤을 괴롭힐 수 있었는데, 굳이 죄목을 갖다 붙였던 이유는 그의 억울한 표정을 즐겼기 때문인지도 모르겠다.

—벌레는 너무 더러워. 하지만…… 먹으면 무슨 맛이 날까?

쿤은 수십 종류의 벌레를 억지로 먹어 봤고.

—감히 건방지게 날 쳐다봐? 창고에 가두고 3일 동안 먹을 걸 주지 마!

무언가 일이 잘 안 풀릴 때마다 화풀이를 당해야만 했다.

그 생활의 종지부를 찍을 수 있었던 계기는 아주 사소한 것이었다.

어느 때와 같이 아가씨는 쿤의 몸에 담뱃불을 지졌고, 그게 너무 뜨겁고 무서워서 몸부림을 치던 그가 새 드레스에 흠집을 내고 말았다.

찌이익—

그 치맛자락이 찢어지는 소리가 당시의 쿤에게 천둥이 치는 것보다 더욱 크게 들려왔었다.

—꺄악! 네, 네가 감히 내 드레스를 망쳐?

아가씨는 닭똥 같은 눈물을 뚝뚝 흘리며 아버지에게 가서 하소연을 했다. 그리고 아가씨의 아버지는 쿤을 암살 길드에 판 돈으로 새로운 드레스를 사 주며 깔끔하게 마무리를 지었다.

그게 쿤이 기억하는 가장 편안했던 노예 생활이었다.

아가씨의 장난감으로 사는 삶은 악질적인 괴롭힘의 연속이었지만, 실제로 '이러다 죽는다'라는 생명의 위협을 느끼진 못했었다.

하지만 암살 길드에서 받는 훈련은 달랐다. 매일매일이 살얼음판을 걷는 것처럼 아슬아슬했다. 조금만 까딱 잘못해도 목숨을 잃을 수 있는 일들이 수두룩했다.

어차피 어린 남자 노예는 딱히 쓸모가 없었다. 노역을 시키기엔 힘이 좋은 것도 아니었고, 그렇다고 성인이 될 때까지 키우기엔 시간과 식비가 많이 들었기 때문이다.

그래서 어린 남자 노예는 값이 그리 비싸지 않았고, 암살 길드에선 그 누가 죽어 나가도 크게 문제가 되지 않았다.

애당초 노예들의 상처를 치료하는 약값이 더 비쌌기 때문에 훈련 도중 아프다거나 다쳤다는 핑계는 통하지도 않았다.

교관이 시키는 건 죽어도 해내야만 했다. 말뿐만이 아니라 그러지 못하면 정말로 싸늘한 시체가 되어 돌아오는 곳이었다.

그래서 쿤은 그곳에서 살아남기 위해 교관이 시키는 모든 일을 해냈다.

—지금부터 너희 조 7명 중에 단 한 명만이 이곳을 살아서 빠져나갈 수 있다. 단 한 명만 남을 때까지 음식은 없으니, 알아서들 해.

당시에 쿤은 딱히 생각이란 걸 하지 않고 살았다. 애초에 그런 걸 하는 순간 살아남을 수 없는 곳이기도 했다.

오로지 쿤을 움직이는 기준은 교관들이 내린 명령이었다.

그들이 죽이라고 하면 죽였고, 살리라고 하면 살렸다.

무언가 잘못된 거라는 생각조차 들지 않았다. 쿤은 그저 교관들이 원하는 대로 움직이는 꼭두각시였으니까.

그러다 보니 점차 시간이 흘러 쿤도 나이가 들었고, 뛰어난 실력 덕분에 조금씩 사람들에게 주목을 받기 시작했다.

결국 극악의 확률로 훈련생을 졸업한 쿤은 암살 길드에 들어오는 의뢰에 따라 사람을 죽이러 다니기 시작했다.

[콜드 남작가의 집사. 30대 남성. 자연사로 위장을 원함.]

임무 완료.

[하루크 상단의 관리자. 50대 남성. 사망 후, 그가 가지고 있는 기밀 서류를 회수 바람.]

임무 완료.

[블리카 자작의 아내. 20대 여성. 괴한들에게 습격당한 것처럼 조작 요청.]

임무 완료.

쿤은 단 한 번도 실패를 하지 않았다.

그러다 보니 암살 길드에 가장 큰 금액으로 들어온 의뢰에도 합류를 하게 되었다.

쿤이 그곳에서 마지막으로 받은 임무는 이것이었다.

[루퍼드 제국의 황태자. 수단과 방법을 가리지 않고 살해 요망.]

암살 길드에서 뛰어난 실력자들만 뽑아서 칼라일이 머무르고 있는 막사를 한밤중에 급습하는 게 그들이 세운 작전이었다.

총인원은 이십여 명이었고, 사실 이 정도면 웬만한 고위 귀족 하나쯤은 쥐도 새도 모르게 죽이고도 남았다.

당시에 칼라일의 나이도 그리 많지 않았기 때문에 어렵지 않은 대상으로 분류가 되었는데, 암살에 성공했을 시에 받는 보수가 엄청나서 일부러 더 과한 인원을 투입한 경우였다.

그들 중 가장 나이가 어렸던 쿤은 막사의 바깥에서 혹시 모를 지원군을 차단하는 감시역을 맡았다.

그렇게 나머지 사람들이 칼라일이 자고 있는 막사 안으로 흉흉한 병장기를 꺼내 든 채 한꺼번에 쳐들어갔을 때였다.

—으아아아악!

끔찍한 비명 소리가 들려왔다.

처음엔 당연히 그게 칼라일의 목소리라고 생각했는데,

곧이어 끊이질 않고 들려오는 비명이 한 사람의 목소리가 아니라는 걸 깨달았다.

무언가 일이 잘못됐다고 판단한 쿤이 서둘러 막사를 향해 달려갔다.

그 순간에는 암살 정보가 새어 나가서 누군가가 칼라일의 막사 안에 미리 잠복을 하고 있는 거라고 생각했다.

하지만 쿤의 예상과 달리, 거기엔 단 한 사람밖에 없었다.

밤하늘보다 더 새까만 머리카락을 휘날리며, 시리도록 차가운 푸른색 눈동자로 자신을 죽이러 온 적들을 바라보고 있는 남자.

쿤은 한눈에 압도당했다.

뭐라고 말로 표현할 수 없는 감정이었다.

칼라일은 무언가 다른 사람들과 달랐다. 그가 누구보다 우월하다는 건 첫눈에 알아볼 수 있었다.

더구나 그의 오른팔 전체에 돋아난 검은색 비늘이 너무나 특이했기에 쿤은 더욱 시선을 뗄 수가 없었다.

칼라일은 비늘이 돋아난 오른손으로 자신의 막사에 침투한 사람들을 붙잡아 찢어 죽였다. 일말의 망설임도 없는 행동이 마치 이러한 상황에 익숙한 것처럼 보였다.

—괴, 괴물이다!

절반 정도의 인원이 순식간에 몰살당하자, 나머지는 전의를 상실하고 막사 바깥으로 도망을 치기 시작했다.

칼라일은 도망가는 암살자들의 뒤를 끈질기게 추격해서 숨통을 끊었다.

그렇게 정신없이 도망치는 사람들 사이에서 쿤은 유일하게 검을 빼내어 들었다.

그 순간 칼라일의 푸른 홍채에 이채가 감돌았다.

—……안 도망가네.

그때 칼라일이 한 말이 정확히 무슨 의미인지는 아직도 알지 못했다.

그렇게 칼라일과 쿤은 서로 맞붙어서 죽기 살기로 싸우기 시작했다. 그는 쿤이 지금까지 만나 본 사람 중에 가장 강한 상대였다.

최선을 다했지만 쿤도 결국 마지막엔 다른 암살자들처럼 칼라일의 괴력을 감당해 내지 못하고 패배를 경험해야 했다.

—하아, 하아.

쿤의 숨이 턱 끝까지 차올랐다.

비늘이 돋은 칼라일의 오른손에 목덜미가 붙잡혔을 때, 그 단단하고 차가운 감촉을 느끼며 이제는 끝이라고 생각했다.

하지만 모든 걸 포기하고 눈을 감았는데도 고통이 느껴지지 않았다.

쿤이 의아한 마음에 눈을 뜨자, 바로 앞에서 자신의 얼굴을 들여다보고 있는 칼라일이 보였다.

쿤이 높낮이 없는 목소리로 말했다.

—빨리 죽여.

—내가 궁금해서 그러는데, 죽기 전에 대답해 봐. 동료들을 살리려고 일부러 시간을 끈 건가?

쿤은 그 말을 듣고 나서야 자신이 칼라일과 싸우는 동안 나머지 사람들이 전부 도망을 갔다는 사실을 깨달았다.

어차피 그들은 칼라일과 막강한 힘의 차이를 느끼고 제 살길을 찾아 정신없이 도주를 하고 있던 상태였다.

그들이 쿤을 버리고 도망칠 거라는 건 이미 알고 있었고, 쿤도 딱히 그들을 살리기 위해 싸운 것이 아니라서 상관없었다.

쿤은 무감각한 눈빛으로 칼라일을 올려다보며 대꾸했다.

—어차피 임무를 실패하면 죽을 테니, 굳이 도망갈 필요를 느끼지 못했을 뿐이야.

—하지만 다들 조금이라도 더 살려고 나한테서 도망을 쳤잖아.

칼라일의 말은 틀리지 않았다.

여기 나온 인원은 모두 암살 길드에서 내로라하는 정예였다. 어쩌면 이대로 돌아간다고 해도 전부 죽이지 않을 가능성이 컸다.

분명 조금만 생각해 보면 알 수 있는 사실이었는데도 쿤은 거기까지 고려해 보지 않았다. 어렸을 때부터 생각이란 걸 하지 않고 살아왔기 때문이다.

쿤에게 임무의 실패란 곧 죽음이었다.

칼라일을 죽이는 데 실패했으니 이제는 쿤이 지금까지 그래 왔던 것처럼 죽을 차례였다.

아무런 의지 없이 사는 삶이었지만, 언제나 죽음이 자신의 곁에 있다는 걸 느끼고 있었다.

지금이 그 순간일 뿐이었다.

쿤이 나지막한 목소리로 입을 열었다.

—그게 뭐가 중요한데? 조금이라도 더 살려고 발버둥 치지 않은 게 문제가 되나?

—아니, 문제는 아니지. 다만 동료들을 살리려고 했다는 마음이 가상해서 고통 없이 죽여 주려고 했는데⋯⋯ 생각이 바뀌었어.

그 말과 동시에 왜인지 칼라일이 비뚜름하게 웃었다.

—죽고 싶어 하는 놈을 죽이면, 내가 손해 보는 것 같아서.

칼라일이 천천히 검은색 비늘로 뒤덮인 오른팔을 쿤에게서 거뒀다.

당장이라도 목을 꺾을 것 같았던 기세가 사라지자 쿤은 저도 모르게 반사적으로 숨을 크게 들이마실 수밖에 없었다.

칼라일이 말했다.

—넌 이제부터 내 인질이야. 방금 전에 도망간 놈들을 다 찾아내서 죽일 때까지.

그리고 칼라일이 쿤의 오른팔을 덥석 잡더니, 그대로 반대로 꺾어 버렸다.

뚜두두둑!

뼈가 뒤틀리는 섬뜩한 소리가 울려 퍼졌다.

—아으윽!

쿤이 참지 못한 고통으로 비명을 지르며, 곧바로 칼라일을 향해 영문을 모르겠다는 눈빛으로 쳐다보았다.

그러자 칼라일이 방금 전보다 낮은 목소리로 입을 열었다.

—이건 나한테 반말한 벌. 참고로 두 번은 안 봐줘. 죽이지는 않겠지만 죽고 싶을 만큼의 고통을 주지.

쿤은 그 말을 들으며 머릿속으로 생각했다. 칼라일은 정말 미친놈이라고…….

그게 칼라일과의 첫 만남이었다.

인질로서 지켜본 칼라일은 잔혹하고, 영리하며, 과감하다는 말 한마디로는 부족할 정도로 거침이 없었다.

누구라도 우러러볼 수밖에 없게끔 만드는 그런 남자였다. 칼라일은.

칼라일은 자신이 내뱉은 말처럼 도망친 자들을 찾아내서 속속들이 죽이기 시작했다. 감히 자신에게 칼을 들이댄 자들을 살려 둘 생각이 없는 것 같았다.

그자들이 죽어 나가는 걸 보면서 쿤도 자신의 목숨이

얼마 남지 않았다고 생각했다.

하지만 아쉽다거나 하진 않았다. 그저 이젠 자신의 차례가 왔을 뿐이라 여겼다.

한편으론 암살 길드가 사라지는 게 시원한 마음도 있었다. 어찌 됐든 자신을 어린 시절부터 강압적으로 훈련시킨 곳이었으니까.

그때서야 희미하게 깨달을 수 있었다. 쿤의 마음속에 자신을 이렇게 만든 이들을 향한 복수심이라는 게 있었다는 것을.

오랫동안 생각을 하지 않고 살아왔더니 그조차도 모르고 있었다.

그렇게 거의 모든 암살 길드의 인원들이 죽고, 살아서 도망친 자가 얼마 남지 않았을 때였다.

어느 날 칼라일이 아무렇지 않은 어투로 물었다.

—넌 등에 새겨진 낙인을 보니 노예 같은데, 왜 암살자가 된 거지?

어차피 별로 대수로운 일도 아니었기에 쿤은 자신이 암살 길드에 팔려 가게 됐던 이유에 대해 간단하게 설명했다.

어릴 때 모시던 아가씨에게 괴롭힘을 당하다가 실수로

그녀의 드레스를 망가뜨리는 바람에 여기까지 오게 되었다는 이야기를.

칼라일은 그저 재미있다는 듯이 큭큭, 대며 웃었을 뿐이었다.

하지만 그날 밤…….

칼라일이 쿤을 데리고 간 곳은 바로 어렸을 때 그를 팔았던 자그마한 상단이었다.

그 상단은 알고 봤더니 악독한 짓을 워낙 많이 해서 주변에서 원성이 자자한 곳이었다.

그때의 아가씨가 이젠 상단의 중요한 직책에 있었으니, 더 이상 설명을 듣지 않아도 얼추 짐작이 되었다.

칼라일은 쿤을 잡고 나서 처음으로 그를 구속하고 있던 쇠사슬을 풀어 주었다. 그리곤 서슴없이 검을 하나 던져 줬다.

의문스럽게 쳐다보는 쿤을 향해 칼라일은 태연한 목소리로 말했다.

—뭐해? 복수 안 하고.

그날 처음으로 쿤은 자신의 손에 묻은 피가 싫지 않았었다.

칼라일에게 붙잡히고 난 뒤에 세상이 조금 달라졌다.

여태껏 생각이란 걸 하지 않고 살았었는데, 그의 곁에서 점차 자신이 누구인지 알아 가는 느낌이었다.

어릴 때의 복수를 끝마치고 돌아가는 길에 쿤이 물었다.

—제 이야기를 듣고 여기까지 행차하신 겁니까?

—아니, 날이 좋아서 밤 산책을 나온 것뿐이야.

칼라일의 대답에 쿤은 처음으로 흐릿하게 웃음을 지었다.

그때 칼라일이 나지막한 목소리로 말했다.

—너, 근데 이름이 뭐야?

—노예 95번입니다.

—아니. 그딴 거 말고 이름 없어?

—…….

쿤이 아무런 대답도 하지 않자, 칼라일이 다시 입을 열었다.

—없으면 네가 마음에 드는 거로 하나 지어. 내가 부르기가 힘들잖아.

잠시 고민하던 쿤은 어렵지 않게 대답했다. 예전에 들어 본 적이 있는 단어였다.

—그럼, 쿤이라고 불러 주십시오.

—쿤? 너무 촌스럽잖아. 왜 그 이름인데?

—예전에 들은 적이 있습니다. 어딘가에서 빛이라는 뜻으로 불린다고…….

사실 쿤에게 빛이라는 단어만큼 어울리지 않는 것도 없었다. 하지만 항상 어두컴컴한 쪽방에 갇혀 멀뚱히 태양을 올려다보곤 했었다.

따뜻한 빛은 항상 쿤이 꿈꿔 왔던 것이었다.

그 말이 칼라일이 픽 웃으며 대꾸했다.

—그래, 쿤이라…… 촌스러운 게 어울리긴 하네. 그런데 성은 없어?

—노예한테 이름도 과분한데, 성까지 지을 필요가 있을까요?

—내가 하라면 해.

칼라일의 막무가내에 쿤은 속으로 욕지거리를 삼키면서도 머릿속에서 생각나는 단어를 내뱉었다.

—그렇다면 카샤로 하겠습니다.

—카샤? 그거 방금 전에 상단을 이끌던 놈들의 성이 아니었나?

—네. 어찌 됐든 제 기억이 시작한 곳이니까요.

—특이한 놈…….

칼라일은 못마땅한 눈치이긴 했지만, 쿤의 결정을 더 이상 뭐라고 하진 않았다.

그렇게 밤거리를 거닐면서 칼라일은 아무렇지 않은 목소리로 물었다.

—쿤 카샤.

—……네.

—내 수하가 될 생각 없나?

칼라일의 뒤를 따라 걷던 쿤이 저도 모르게 우뚝, 걸음을 멈췄다.

그러자 칼라일이 슬쩍 쿤을 돌아보며 평상시처럼 아무렇지 않게 입을 열었다.

—노예 말고 내 수하가 돼라. 실력에 따라 직위도 줄 거고, 봉급도 줄 거야.

—……진심이십니까?

—지금까지 봤으면서 날 모르나?

그 말에 쿤은 수긍을 할 수밖에 없었다. 그동안 지켜본 바로 칼라일은 농담이란 걸 모르는 남자였다. 그러므로 지금의 이 제안이 거짓말일 리는 없었다.

노예인 쿤에게 이런 조건은 정말이지 파격적이었다.

상식적으로 망설일 이유는 없었지만, 쿤은 한 번도 생각해 보지 않았던 길이라 쉽게 대답을 내놓을 수가 없었다.

칼라일은 잠시 쿤을 쳐다보다가 다시 앞을 향해 걸어갔다.

그가 뒤돌아보지 않은 채 나지막한 목소리로 말했다.

—싫다면 이제 가라. 더 이상 볼 일 없으니.

전혀 미련조차 느껴지지 않는 뒷모습이었다.

이미 암살 길드도 거의 공중분해 된 마당에 쿤이 갈 곳이 있을 리 없었다. 아니, 그보다 조만간 자신의 목숨을 거둬 갈 거라고 생각했는데 칼라일은 그럴 생각이 없는 모양이었다.

쿤의 고민은 그리 길지 않았다.

점점 멀어지는 칼라일의 뒤를 쫓아가며 쿤이 나지막한 목소리로 입을 열었다.

—목숨을 빚졌으니, 목숨으로 갚겠습니다.

—그럼 그러든가.

그게 두 사람이 같은 길을 걷게 된 시작이었다.

쿤은 그때부터 지금까지 오로지 칼라일을 위해 움직여 왔다.

후회한 적은, 단 한 번도 없었다.

자신은 칼라일의 곁에서만 살아 숨 쉴 수 있었으니까.

많은 것은 필요 없었다. 임무를 끝마쳤을 때 칼라일이 해 주는 단 한 마디면 충분했다.

—수고했다.

그 하나면 모든 보상을 얻은 느낌이었다.

쿤은 오랜만에 황태자궁으로 돌아와 칼라일의 집무실 앞에 섰다. 자꾸만 미라벨이 우는 모습이 자신의 발목을 잡아끄는 느낌이었지만, 이게 바로 쿤이 걸어가야 할 길이었다.

똑똑, 쿤의 노크 소리에 방 안에서 칼라일의 목소리가 흘러나왔다.

"들어와."

짤막한 그의 허락에 쿤은 집무실의 문을 열고 성큼 안으로 들어갔다.

오랜만에 보는 쿤의 얼굴에 칼라일도 조금은 놀란 기색이었다.

쿤이 깍듯하게 고개를 숙이며 말했다.

"돌아왔습니다."

자신이 원래 있어야 할 곳으로.

39

각자의 길

칼라일은 예고도 없이 복귀한 쿤을 물끄러미 쳐다보다가 이내 시큰둥한 표정으로 입을 열었다.

"아직 처제가 수도에 있다고 알고 있는데, 왜 더 쉬지 않고 벌써 돌아온 거지?"

"이 정도 휴식이면 충분합니다. 그리고 블레이즈 저택에 더 있기엔 제가 해야 할 일들이 너무 밀리기도 했고요."

"너 없어도 잘만 돌아간다. 쓸데없는 걱정은."

칼라일은 무심하게 말했지만 쿤은 조금도 개의치 않았다. 어차피 둘이서 살가운 대화를 나누던 사이도 아니었으니까.

쿤은 평소처럼 높낮이 없는 목소리로 보고했다.

"제가 블레이즈 저택에서 나오는 대신 작은 아가씨의 근처에 믿을만한 수하를 붙여 두었습니다. 어지간한 일로는 절대 위험에 빠지시는 일이 없을 테니 염려하지 않으셔도 됩니다."

칼라일도 어쩔 수 없다는 듯 고개를 끄덕였다.

"알았다. 시간이 늦었으니 업무는 내일부터 복귀하도록 해."

"네."

제 할 말을 마친 쿤은 평소처럼 집무실에서 나가려다가, 문득 칼라일이 꽤 늦은 시각까지 혼자 남아 있다는 사실을 알아차렸다.

칼라일은 언제나 고민이 있을 때 지금처럼 혼자서 생각에 잠기곤 했다. 그래서 쿤은 어렴풋이 그가 지금 무언가를 고민하고 있다는 사실을 눈치챌 수 있었다.

"무슨 고민이 있으십니까?"

쿤의 말에 칼라일은 자신의 왼손에 끼워진 반지를 어루만지다가 낮게 웃었다.

"고민이라……."

"혼자서 결정하기 어려우신 거라면 제가 들어 드리겠습니다."

쿤은 가뜩이나 마음에 걸리는 것이 있었다. 딱히 언급

은 하지 않았으나 최근에 그가 이성을 잃고 폭주했다는 사실을 알고 있었으니까.

하지만 칼라일의 입에서 나온 말은 쿤이 생각했던 것과는 완전히 달랐다.

“뭐, 너무 행복해서 무섭다는 게 고민이라면 고민이겠지.”

“……네?”

“그런 거 느껴 본 적 있나? 지금껏 내가 간절히 바랐던 것들이 이뤄지는 거.”

“…….”

“평생을 꿈꿔 온 일들이 눈앞에서 벌어지니 실감이 잘 안 나. 이게 꿈같기도 하고…….”

칼라일은 이레나가 가히 짐작조차 할 수 없을 정도로 숱한 밤들을 그녀를 떠올리며 보냈었다.

그날 황궁에서 처음 이레나와 마주쳤던 순간들을 다시 돌이켜보기도 하고, 나중에 만나면 뭘 해야 할지 막연히 혼자 다짐을 하기도 했었다.

그중에서는 당연히 이레나에게 사랑을 받는 상상도 포함되어 있었다.

언젠가 이레나의 모든 걸 갖고 싶었기 때문에 지금까지 기다릴 수 있었던 것이다. 저만치 앞서 있는 자신의 감정을 그녀가 따라잡기를 바랐다.

그런데 정말로 그런 순간이 찾아왔다.

이레나가 칼라일을 향해 웃어 주고, 믿을 수 없게도 사랑한다고 속삭여 주었다.

요즘엔 오죽하면 그녀가 칼라일을 대신해 목숨까지 걸 정도라 골치가 아플 지경이었다. 그만큼이나 사랑받고 있었다.

이 현실이 가끔은 믿기지가 않았다.

가장 감추고 싶었던 추악한 부분을 다 들켰음에도 불구하고 이레나는 여전히 따스한 눈동자로 자신을 바라봐 주었다.

칼라일이 가장 바라마지 않았던 순간들이 정말로 찾아온 것이다.

"쿤, 너는 알잖아. 우리에게 이런 행복이…… 결코 오래간 적이 없다는 걸."

칼라일의 푸른 눈동자에 짙은 어둠이 스며들었다.

태어나면서부터 자신의 뜻대로 흘러갔던 적이 별로 없었다. 드래곤의 능력도 원한 적 없었고, 황태자의 자리도 욕심낸 적 없었다.

하지만 원치 않았던 건 전부 짊어지게 되었고, 가장 함께 있고 싶었던 어머니는 떠나가 버렸다.

당시에 암살의 위협을 받긴 했지만 칼라일은 황궁에서 설리반과 같이 있는 게 좋았다. 하지만 그마저도 허락되지 않은 채 전장으로 쫓겨나야 했다.

칼라일이라고 해서 그토록 그리던 이레나에게 연락 한 번 하고 싶지 않았던 게 아니다. 혹시라도 준비가 되지 않은 상태에서 마음을 내비쳤다가 그녀를 위험하게 만들까 자제했던 것이다.

다른 사람의 눈에는 어떻게 보일지 몰라도, 칼라일은 항상 자신이 원하던 것들을 얼마 못 가 잃어버리곤 했다.

'……그래서 이번엔 부인마저 잘못되는 줄 알았지.'

칼라일의 눈앞에서 이레나가 화살을 맞고 쓰러지는 순간, 심장이 그대로 터져 버리는 게 아닌가 싶었다.

결국 빌어먹을 세상이 자신에게서 이레나를 빼앗아간다고 생각했다.

그때 치밀어 오른 분노는 차마 말로 표현할 수가 없을 정도였다.

그래서 더…… 두려워졌다.

한 번도 원하는 걸 가져 본 적이 없던 자신이 결국 이레나마저 잃게 될까 봐.

칼라일은 습관처럼 왼손에 끼워진 반지를 만지작거렸다. 언제 봐도 가슴이 벅찰 정도로 행복해지는 물건이었다.

잠시 고민하던 쿤이 말했다.

"지금 느끼는 행복이 끝나버릴까 봐 두렵다는 말씀이십니까?"

"그래."

"그럼 사라지기 전에 먼저 놓아 버리는 건 어떻습니까?"

"그게 말처럼 되면 고민을 안 하지."

칼라일이 기가 막힌다는 듯 피식 웃으면서 나지막이 말을 이었다.

"절대로 못 놓을 것 같으니까 문제인 거야. 결국에 내 감정 때문에 같이 가라앉아 버릴까 봐."

차라리 칼라일 혼자라면 괜찮았다.

홀로 끝없는 바닥으로 추락하더라도 마지막까지 자신의 손을 잡고 있는 게 이레나라면 좋을 것 같았다. 숨이 끊기기 전 눈동자에 담을 수 있는 얼굴이 이레나라면 이번 생도 썩 나쁘지 않게 느껴질 테니까.

그래, 처음으로 그런 생각이 들었다. 사랑스런 이레나가 주는 거라면 그게 독이라고 해도 기꺼울지 모르겠다고.

하지만 그게 이레나를 위험에 빠뜨리게 하는 일이라면 말이 달라졌다.

그것만큼은 무슨 일이 있어도 용납할 수가 없었다.

그만큼이나 좋아서, 너무나도 소중하고 또 소중해서 겁이 나는 것이다.

쿤은 그런 칼라일의 말이 잘 이해가 안 된다는 듯 고개를 저었다.

"저는 잘 모르겠군요."

"그래. 내가 대화 상대를 잘못 고른 것 같긴 하네."

칼라일은 그 말을 끝으로 앉아 있던 의자에서 일어났다. 시간이 꽤 늦어서 이젠 이레나가 기다리고 있는 침실로 돌아가야 했다.

칼라일이 휘적휘적 걸으며 집무실 바깥으로 향했다. 그러다가 문득 고개를 돌려서 뒤에 우두커니 서 있는 쿤을 바라봤다.

"혹시나 해서 하는 말인데…… 너도 이런 고민이 들 때는 도망치지 마라."

쿤이 영문을 모르겠다는 표정으로 대꾸했다.

"두렵다고 하셨잖습니까. 그렇다면 피할 수 있을 때 피하는 게 낫지요."

"가끔은 그러면 안 되는 일도 있는 거야. 두려워도 나아가야 하고, 겁이 나니까 더…… 손에 꽉 움켜쥐어야 할 때가."

칼라일은 저도 모르게 만지작거리던 반지를 꽉 쥐었다. 혹시라도 이레나를 잃을까 봐 겁이 나는 건 사실이었지만, 그렇기에 더욱 두 손 놓고 보고 있을 수만은 없었다.

누구라도 이레나를 건드리기 전에, 모든 위험 요소를 제거할 것이다.

칼라일이 다시금 발걸음을 움직이려 할 때였다.

뒤늦게 쿤의 나지막한 목소리가 끊어질 것처럼 흘러나왔다.

"글쎄요, 장군. 저는…… 어쩌면 이미 늦은 것 같습니다."

그 순간 칼라일이 우뚝, 발길을 멈추고 다시 한 번 쿤을 쳐다보았다. 그러자 쿤은 더 이상의 말 없이 깊게 허리를 수그리며 인사했다.

"안녕히 주무십시오. 내일 다시 뵙겠습니다."

"……그래."

칼라일은 더는 말을 할 생각이 없는 것 같은 쿤의 태도에, 잠시 멈칫했던 발걸음을 다시 앞으로 움직였다.

두 사람은 서로가 가지고 있는 어둠에 대해 잘 알고 있었다. 굳이 먼저 털어놓지 않는 이야기를 궁금해할 필요는 없었다.

* * *

칼라일은 당연히 이레나가 침실에서 쉬고 있거나, 이미 잠들어있을 거라고 생각했다. 아직 화살에 맞은 상처가 다 낫지 않았기 때문이다.

그런데 칼라일의 예상과 달리 꽤 늦은 시각임에도 불

구하고 침실 안에서 이레나의 모습은 보이지 않았다.

당황한 칼라일이 재빠르게 방 안을 전부 뒤지고는 곧바로 하녀들을 불러서 이레나의 행방에 대해 캐물었다.

뚜벅뚜벅, 칼라일의 발걸음이 빨라졌다.

지금 이레나가 있는 장소가 심히 마음에 들지 않았기 때문이다.

쐐애애애액!

바람을 가르는 날카로운 소리와 함께 이레나가 쏜 화살이 과녁의 정중앙에 꽂혔다.

이미 과녁에는 수십 개의 화살이 꽂혀 있었고, 검술 연습도 한 모양인지 검 한 자루가 바깥으로 빠져나와 있었다.

칼라일이 잔뜩 못마땅한 표정으로 입을 열었다.

"부인, 여기서 대체 뭐 하는 거지?"

"아, 카릴. 저를 찾으러 오신 거예요? 벌써 시간이 꽤 늦었나 보군요."

이레나가 머쓱한 표정을 지으면서 손에 들고 있던 활을 내려놓았다.

칼라일은 곧장 이레나에게 다가와 그녀의 등 뒤에 있는 상처부터 눈으로 확인하기 시작했다. 혹시라도 상처가 벌어져 붕대에 피가 배어 나왔을까 봐 걱정이 되었기 때문이다.

이레나가 그를 안심시키듯 입을 열었다.

“걱정할 필요 없어요. 전 괜찮아요.”

다행히 상처는 별문제가 없어 보였지만 칼라일의 미간은 잔뜩 찡그려졌다.

“하나도 괜찮지 않아. 다친 몸으로 대체 여기서 뭘 하고 있었던 거야?”

“그냥…… 시간이 있을 때 조금이라도 더 실력을 닦아 놔야겠다는 생각이 들어서요.”

“그만해도 돼. 얼마나 더 내 애간장을 녹이려고.”

칼라일은 더 이상의 말 없이 이레나를 그대로 번쩍 안아 올렸다.

이레나가 깜짝 놀란 표정을 지었지만, 그렇다고 거부를 하진 않았다. 이미 수차례 칼라일의 품에 안기면서 저도 모르게 조금은 적응이 된 상태였다.

이레나가 행복한 미소를 머금으며 말했다.

“안아서 침대까지 데려다주시는 건가요?”

“그뿐만 아니라 어디로 튈지 모르는 부인을 침대에 꽁꽁 묶어 두고 싶을 지경이야.”

“이런, 그 정도로 붙잡힐 제가 아닌데요.”

이레나의 장난스러운 말에 칼라일이 피식 웃으면서도 곧이어 진중한 목소리로 말을 이어나갔다.

“……걱정시키지 마. 최소한 상처가 다 나을 때까지는

마음 편히 쉬고 있어."

이레나도 칼라일의 심정은 충분히 이해가 되었지만, 그렇다고 마냥 누워서 쉬고만 있기에는 마음이 너무도 불편했다.

이레나가 대답했다.

"걱정 끼친 건 미안해요. 하지만 곧 검술 대회가 열리잖아요. 그땐 황실 사람들이 다 모일 텐데 왠지 마음이 불안해요."

그 검술 대회는 오래전부터 데릭 오라버니가 우승을 하기 위해 준비를 하고 있던 것이었다. 원래는 지금보다 훨씬 더 빨리 열렸어야 했는데, 갑작스러운 칼라일과 이레나의 결혼식 때문에 시기가 늦춰졌다.

수도에서 주기적으로 열리는 이 검술 대회에는 황제 설리반과 황후 오펠리아, 그리고 2황자 레드필드와 대공 파벨루크까지 모든 황실의 사람들이 한자리에 모이는 행사였다.

그런데 과연 아무런 일도 벌어지지 않고 지나갈 수 있을까?

칼라일은 별다른 말을 하고 있지 않았지만, 요즘 들어 몇 가지 수상한 움직임을 보이는 게 심상치 않았다. 이레나가 느끼기엔 마치 폭풍 전야의 고요함 같았다.

칼라일이 힐끗 이레나를 내려다보며 나지막이 대꾸했다.

"난 그대의 신뢰를 별로 얻지 못하는 모양이군. 상처가 다 나을 때까지만이라도 내 말을 좀 들어."

"그렇다면 무슨 일을 꾸미고 있는지 저한테도 알려 주세요."

"……부인의 상처가 다 나으면."

"그때까지 아무것도 안 알려 주시면 궁금해서 죽을지도 몰라요."

이레나의 말에 한순간 칼라일의 눈동자가 어둡게 가라앉았다.

"농담이라도 그런 말은 하지 마. 아직도 내 앞에서 부인이 화살을 맞고 쓰러지는 꿈을 꿔. 내겐 지독한 악몽이지."

"아……."

이레나는 말문이 막혔다.

사실 자신이 이토록 무리를 하는 이유는 칼라일을 황제로 만들기 위해서였다. 가족들을 지켜야 한다는 사명감도 있었지만, 그만큼 칼라일을 위하는 마음도 컸다.

하지만 정작 칼라일의 마음은 제대로 헤아려 주지 못한 것 같았다.

이레나가 스윽, 손을 들어 올려서 칼라일의 뺨을 어루만졌다.

그 손길이 기분 좋은지 칼라일도 조금 더 고개를 기울이는 게 느껴졌다.

이레나가 미안한 기색으로 입을 열었다.

"알겠어요. 최대한 걱정 끼치지 않도록 노력할게요."

"그리해 주겠다니 다행이군."

칼라일이 부드러운 시선으로 이레나를 바라보며 말을 이었다.

"절대 잊지 마, 이 세상에서 날 상처 입힐 수 있는 사람은 부인뿐이라는 거."

칼라일은 지금까지 다른 사람이 자신을 어떤 시선으로 바라보든, 뒤에서 무슨 말을 하든 전혀 신경을 쓰지 않았다. 그런데 이레나에 관한 건 아주 사소한 것 하나까지도 쉽게 지나칠 수가 없었다.

이레나가 다치면 자신이 다친 것보다 더 아팠고, 그녀가 아무렇지 않게 던지는 말 한마디에도 크게 의미를 부여해서 생각했다.

"난 부인에 관한 일에서는 바보가 돼. 그대만이 나를 엉망진창으로 만들 수 있다는 뜻이야."

신기하게도 이레나가 주는 건 무엇 하나 대수롭지 않은 것이 없었다. 그녀의 자그마한 친절에도 행복했고, 반대로 그녀가 주는 작은 상처는 못 견딜 정도로 아팠다.

지금껏 칼라일이 해 온 혼자만의 사랑이 아닌, 서로가 주고받는 마음이라 더욱 그랬다.

더 달콤하고, 더 가슴 아팠다.

칼라일은 이레나로 인해 하루에도 몇 번이나 하늘로 치솟았다가 땅으로 곤두박질쳐지는 느낌이었다. 자신을 이토록 휘두를 수 있는 사람은, 오직 이레나 단 한 사람뿐이었다.

이레나가 못 말리겠다는 듯 웃으면서 칼라일의 뺨을 살짝 꼬집었다.

"알겠어요. 알았으니까 거기까지만 해요."

그렇게 두 사람이 두런두런 대화를 나누며 걷다 보니, 어느새 침실 안까지 도착한 상황이었다.

훈련장에서부터 침실까지의 거리가 결코 짧지 않았음에도 칼라일은 조금도 힘든 기색 없이 이레나를 안고 있었다.

이레나가 힐끗 욕실을 바라보며 말했다.

"이제 내려 주세요."

"씻으려고?"

"네. 아무래도 땀을 흘렸으니 씻고 와야죠."

"상처도 있는데 하녀들을 불러서 도와 달라고 해."

"괜찮아요. 벌써 잠들었을지도 모르는 하녀들을 깨워서 유난을 떨고 싶진 않아요."

이레나는 저번 생에서 오랫동안 기사 생활을 해 왔기 때문에 굳이 다른 사람의 손을 빌리는 것보다 혼자서 하는 것이 편했다. 어쩌면 그런 경험 때문에 귀족적인 생각에서 조금 벗어나게 된 것인지도 몰랐다.

칼라일이 안고 있던 이레나를 조심스레 바닥으로 내려주었다. 그리곤 잠시 욕실의 문을 쳐다보다가 나지막이 말했다.

"……내가 도와줄까?"

처음엔 그 의미를 이해하지 못했지만, 곧 이레나의 얼굴이 새빨갛게 달아올랐다.

이레나가 칼라일의 어깨를 툭 치며 황급히 입을 열었다.

"됐어요. 사양할게요."

후다닥 욕실 안으로 도망치듯이 사라지는 이레나의 뒷모습을 보면서, 칼라일도 자신이 방금 무슨 말을 내뱉었는지 다시 돌이켜 보았다.

이레나가 혼자서 씻기가 불편할 것 같아서 저도 모르게 튀어나간 말이었는데, 생각해 보니 조금 무리한 말이긴 했다.

하지만 지금처럼 이레나가 눈에 뻔히 보일 정도로 부끄러워하면 칼라일은 가끔 미칠 것 같은 갈증이 일었다.

계약 결혼을 할 당시 황제가 되기 전까지 잠자리를 갖지 않겠다고 약속했지만, 하루가 지날수록 자제력이 바닥을 보이는 느낌이었다.

칼라일은 물끄러미 자신의 손을 내려다보았다. 방금 전까지 이레나를 안고 있던 감촉이 그대로 남아 있었다.

"……하긴 부인이 허락했어도 내가 안 됐을지도 모르겠어."

* * *

수도에서 주최하는 검술 대회는 매회 4년마다 정기적으로 열리는 황실의 큰 행사였다.

제국민들의 관심과 사랑 또한 뜨거워서 검술 대회에서 우승한 기사는 단숨에 어마어마한 인기를 거머쥐기도 했다.

그래서 각 지방에 있는 여러 기사 가문들이 출전할 뿐만 아니라, 이름을 날리고 싶어 하는 수많은 예비 기사들까지 한자리에 모이는 아주 커다란 축제였다.

검술 대회가 가까워져 올수록 루퍼드 제국의 수도에는 수많은 인파들로 넘쳐났다. 각 지방에서 참가를 하러 온 기사들과 그것을 구경하기 위해 몰려온 사람들의 숫자가 상상을 초월할 정도로 많았기 때문이다.

그중에는 검술 대회를 참관하기 위해 루넨 공국에서 올라온 파벨루크도 있었다.

"비켜라! 루넨 대공의 행차이시다!"

일렬로 길게 늘어진 파벨루크의 행차는 가히 웅장할 정도였다.

가장 선두에는 파벨루크가 말을 타고 있었고, 그 뒤에는 기세등등한 기사들이 일정한 간격으로 따라오고 있었다. 마치 전쟁을 하러 떠나는 정예 기사단처럼 그들에게선 하나같이 잘 벼려진 칼날처럼 예리한 기세가 느껴졌다.

루퍼드의 제국민들은 그런 파벨루크를 마치 전쟁 영웅을 맞이하듯 허리를 깊게 수그리며 성대하게 환영해 주었다.

파벨루크는 모두가 어렸을 때부터 황제가 될 거라고 예상했던 남자였다. 그러한 생각은 황실뿐만 아니라 제국민들도 전부 마찬가지였기에 아직까지도 그는 여타 다른 황실의 사람들보다 훨씬 더 존경을 받는 추세였다.

그렇게 수도에 도착하자마자 파벨루크가 향한 곳은 바로 황궁이었다.

황궁에서도 이미 파벨루크가 곧 당도한다는 전갈을 받고 그를 기다리고 있는 상태였다.

성대하게 열린 연회장의 가장 높은 자리에는 황제인 설리반이 앉아 있었고, 그 옆에는 황후 오펠리아. 그리고 그 아래에는 2황자 레드필드가 자리하고 있었다.

레드필드의 맞은편, 즉 황제의 왼쪽에는 칼라일과 이레나가 있는 형태였다.

"콜록콜록."

설리반이 핼쑥해진 얼굴로 기침을 내뱉을 때였다.

벌컥, 마침 입구의 문이 열리며 파벨루크가 성큼성큼 안으로 걸어 들어왔다.

파벨루크는 환한 미소와 함께 일말의 망설임도 없이 설리반의 앞에 무릎을 꿇었다.

"제국의 황제 폐하를 뵙습니다. 루퍼드 제국에 무한한 영광을—"

따지고 보면 파벨루크가 형이긴 했지만, 설리반이 황제로 등극하는 순간 그것은 무용지물이나 다름없었다.

지극히 당연한 것이었다. 군신 관계에 나이가 많고 적고는 아무런 문제가 되지 않았다.

설리반은 황제였고, 파벨루크는 신하였다.

설리반이 부드러운 미소를 지으며 파벨루크를 향해 말했다.

"무슨 그런 과한 인사를 하는가. 수도까지 오느라 고생 많았네."

"아닙니다. 폐하. 루넨에서 오는 길에 폐하께 드리려고 약소한 선물을 가지고 왔습니다."

파벨루크가 뒤를 돌아보며 눈짓을 보내자, 바깥에서 대기하고 있던 여러 명의 시종들이 일제히 양손 한가득 무언가를 들고 들어왔다.

어지간한 왕국의 조공보다 더 많은 물량에 설리반이 놀라운 표정을 감추지 않은 채 말했다.

"콜록, 뭘 또 이렇게 많이 가지고 온 것인가?"

"많기는요. 제 자그마한 성의일 뿐입니다. 부디 기쁘게 받아 주셨으면 좋겠습니다."

파벨루크는 다시 깊게 허리를 수그리며 황제인 설리반을 향해 예를 표했다.

그 모습을 지켜보는 이레나는 속으로 쓴웃음을 지을 수밖에 없었다.

지금처럼 파벨루크가 자신의 발톱을 꽁꽁 감추고 있었기 때문에 설리반도 그를 내치지 않은 것이다. 하지만 그에 대한 의심을 완전히 놓은 것은 아니었다.

설리반은 겉보기엔 허허로운 듯 웃고 있는 것 같았지만, 사실 어지간한 일로 파벨루크가 수도에 입성하는 걸 무척이나 경계했다.

야망을 감추고 있는 파벨루크나, 그런 그를 반갑게 맞이하며 속내를 숨기는 설리반이나 황실은 겉으로만 보고 판단할 수 있는 곳이 아니었다.

그리고 이레나 역시 이제는 황실의 일원이었기에 파벨루크를 향한 깊은 살심을 어금니를 꽉 깨물고 참아 내는 중이었다.

'……아직은 아니야.'

지금은 저번 생과 달리 이레나가 상대해야 할 적이 파벨루크만 있는 게 아니었다.

이레나의 붉은 눈동자가 소리 없이 맞은편에 있는 오펠리아와 레드필드에게로 향했다.

칼라일은 아직 이레나에게 어떠한 것도 말해 주지 않았지만, 정황상 이번 암살 사건의 배후는 황후 측일 확률이 높았다.

'그렇다면 돌려줘야지.'

당한 것의 몇 배는 돌려주지 못한다 해도, 최소한 받은 만큼은 다시 갚아 주는 게 예의였다.

이레나는 감정을 억누르며 최대한 무심한 눈빛으로 눈앞의 파벨루크를 쳐다봤다.

설리반이 창백한 얼굴로 파벨루크에게 자리를 권했다.

"어서 앉으시게나. 가족끼리 조촐한 식사 자리를 마련했으니 마음껏 들게."

"네, 감사합니다. 폐하."

파벨루크는 그제야 고개를 들고 설리반이 가리킨 자리에 가서 착석했다.

설리반이 가장 높은 자리라면, 파벨루크는 여기에서 가장 낮은 자리였다. 누가 봐도 2황자인 레드필드보다 밀려났을 뿐만 아니라 위치 또한 설리반과 가장 멀리 떨어져 있었다.

하지만 파벨루크는 일말의 서운한 기색 없이 태연하게 웃었다.

미래에 파벨루크가 어떻게 황위를 찬탈하고 반왕이 되는지 아는 이레나만이 그 웃는 얼굴이 볼만하다고 생각할 뿐이었다.

설리반이 파리한 얼굴로 말했다.

"오랜만에 집으로 돌아왔는데 뭐 먹고 싶었던 건 없나?"

"무슨 말씀이십니까. 폐하. 제집은 루넨 공국이지 더 이상 황궁이 아닙니다."

"허허, 그렇게 생각하는가?"

설리반은 정치에 특출한 황제답게 꼭 이런 식으로 상대방의 의중을 떠보곤 했다. 하지만 파벨루크는 전혀 동요하지 않고 여유롭게 대처했다.

사실 칼과 방패만 없을 뿐, 이런 식사 자리조차 전쟁터나 다름없었다.

이레나는 이 불편한 식사 자리에 익숙해져야 한다고 생각하며 하녀들이 가져다준 식전 샐러드를 포크로 집을 때였다.

칼라일이 옆에서 이레나를 제지하며, 뒤편에 서 있는 하녀를 향해 나지막이 말했다.

"내 아내는 죽으로 준비해 달라고 말했을 텐데."

"아, 죄송합니다. 전하. 무언가 착오가 있었던 모양입니다. 서둘러 다시 올리겠습니다."

이런 중요한 모임에 실수를 했다는 생각에 하녀의 얼굴이 새파랗게 질렸다. 하지만 모두 하녀의 그런 상태는 신경조차 쓰지 않았다.

하나같이 칼라일의 얼굴에 시선이 꽂혀 있었기 때문이다.

괜스레 이레나의 얼굴이 살짝 달아올랐다.

"괜찮습니다. 전하."

"됐어. 불편한 자리라고 아무거나 먹을 필욘 없어."

대놓고 이 자리를 불편하다고 표현한 칼라일의 말에 레드필드가 더는 참지 못하고 낮게 키득거리기 시작했다.

칼라일은 그러거나 말거나 곧이어 하녀가 가져다준 죽을 직접 한 번 휘저어서 적당한 온도인지를 확인하고 이레나에게 건네주었다.

그 누가 봐도 자상한 행동이었다.

사실 이레나가 그와 계약된 관계라고 생각했을 때 이런 행동을 했다면 크게 칭찬했을 것이다. 하지만 지금은 그런 계산적인 생각보다 먼저 마음이 따뜻해졌다.

이레나가 진심으로 희미하게 웃으며 말했다.

"고마워요."

칼라일은 별거 아니라는 듯이 다시 정면으로 고개를 돌렸다.

셜리반은 그런 칼라일을 보고 못 말린다는 표정이었고, 오펠리아는 내심 불쾌한 얼굴이었으며, 레드필드는 재미있다는 듯 웃고 있었다.

파벨루크 역시 마찬가지였다. 흥미로운 시선으로 칼라일과 이레나를 지켜보고 있었다.

칼라일은 무표정한 얼굴로 그들을 바라보며 나직하게 말했다.

"굳이 설명하지 않아도 이 자리에 모인 사람들은 다 알 겁니다. 얼마 전에 괴한들의 기습으로 제 아내가 부상을 당했다는 걸요."

누구 하나 대답하지 않았지만, 그의 말대로 모두가 알고 있는 사실이었다.

사실 범인이 누구인지조차 서로 눈치를 채고 있는 상황이다. 그런데 가족이라는 이름으로 한 테두리 안에서 식사를 하고 있으니 어떻게 보면 우습기 짝이 없었다.

오펠리아가 천연덕스러운 표정으로 입을 열었다.

"얘기는 들었습니다. 범인인 셀비 후작이 도망을 쳤다지요? 황태자가 원한다면 저희 쪽에서도 사람을 풀어 수색을 도와드리겠습니다."

이미 주범이 오펠리아라는 걸 모두가 아는 상황에서 이런 말을 하는 건 칼라일을 놀리는 것이나 다름없었다.

칼라일은 그저 피식 웃으면서 나지막이 대꾸했다.

"그럴 필요 없습니다. 제가 이 말을 여기서 꺼내는 이유는……."

한순간 칼라일의 눈빛이 서늘하게 빛났다. 마주하고 있던 오펠리아가 절로 마른침을 삼키게 할 정도로 으스스한 기운이었다.

"그때 암살하려고 했던 무리들의 범인을 잡으면, 신분 고하를 막론하고 목을 베어서 저잣거리에 걸고 싶은데 어떻게 생각하십니까?"

그의 질문에 방금까지 키득거리던 레드필드의 표정도 굳어졌다. 칼라일이 공공연히 오펠리아를 대상으로 이런 말을 한다는 걸 알아차렸기 때문이다.

잠시 조용한 분위기가 감돌았다.

칼라일은 개의치 않은 채 설리반을 향해 말했다.

"황태자인 저를 살해하려고 한 죄입니다. 허락해 주십시오. 폐하."

설리반은 저도 모르게 힐끗 오펠리아를 쳐다보곤 이내 아무것도 모르는 척 부드러운 미소를 지으면서 대답했다.

"그러도록 해라. 제국의 황태자를 건드리려고 했는데 당연히 그 정도의 죗값은 치러야지."

그 말에 칼라일이 흡족한 표정으로 짧게 대답했다.

"감사합니다."

이 대화가 끝난 후에도 식사 자리에는 불편한 침묵이 감돌았다. 제각각 머릿속에서 이런저런 계산을 하느라 바빴기 때문이다.

이레나는 의외라는 표정으로 칼라일을 쳐다보았다.

칼라일은 거침없는 성격임에도 불구하고 이럴 때 보면 정치도 곧잘 하는 느낌이었다.

황후가 범인이라는 증거를 잡아내긴 쉽지 않겠지만, 정말로 밝혀만 낸다면 쉽사리 빠져나가지 못할 게 분명했다.

이레나만 당한 게 있으면 갚아 줘야 직성이 풀리는 건 아닌 모양이었다. 그건 칼라일도 마찬가지인 듯했다.

식사를 하던 설리반이 문득 생각났다는 듯 이레나를 향해 말했다.

"며늘아가, 이번에 네 가문에서 출전하는 기사가, 콜록, 우승 후보 중 하나라고 들었다. 정말 그러느냐?"

설리반은 이레나에게 황실의 비밀을 가르쳐 주고 난 뒤 한층 더 살갑게 대하는 느낌이었다.

그의 눈빛에는 같은 비밀을 공유한 동지를 바라보는 친밀감이 담겨 있었다.

이레나가 고개를 끄덕거리며 대답했다.

"네. 제 오라비입니다. 어렸을 때부터 검술이 출중하다는 얘기는 들었지만, 그게 어느 정도인진 저도 잘 모르겠습니다. 우승 후보라니 과찬이십니다."

이레나의 겸손한 대답에 설리반이 허허롭게 웃으며 말했다.

"그래, 네 오라비라니 자랑스럽겠구나. 개인적으로 나도 응원한다고 전해다오. 정말 블레이즈 가문에서 우승을 한다면 내 크게 포상을 내리겠다. 콜록콜록."

그 말에 이레나가 황송하다는 듯 고개를 살짝 수그렸다.

"블레이즈 가문을 대신해 감사드립니다. 아버님."

그렇게 어색한 식사 자리는 꽤나 오랫동안 이어졌다.

모두가 식사를 마치고 마지막으로 설리반이 파벨루크에게 한동안 황궁에서 기거할 것을 허락한 후에야 연회는 끝이 났다.

* * *

연회가 끝나고 황후궁으로 돌아온 오펠리아의 표정은 좋지 못했다. 칼라일이 대놓고 모두가 있는 곳에서 오펠리아를 도발했기 때문이다.

'괜히 한 번 찔러 본 것일까? 아니면 무언가 증거를 잡은 걸까?'

칼라일의 의중이 무엇인지 파악할 순 없었다. 하지만 조심해야 할 필요는 있었다.

쥐도 궁지에 몰리면 고양이를 문다.

이번 식사 자리에서 보니 어지간히 이레나를 아끼는 것 같던데, 암살 사건으로 인해 그녀가 부상을 당해서 칼라일도 독이 바짝 오른 듯했다.

잠시 고민하던 오펠리아가 옆에서 대기를 하고 있던 시녀장 카사나를 향해 가볍게 손짓했다.

그러자 그것을 본 카사나가 순식간에 다가왔다.

"부르셨습니까. 황후폐하."

"체자레를 황궁으로 불러들이거라."

"네, 폐하."

혹시라도 셀비 후작과 오펠리아가 연결이 되었다는 증거가 없는지 다시 한 번 검토를 해 봐야 했다.

또한 후작이 다른 왕국으로 도망을 쳤다던데, 어디에 있는지 찾아내서 확실히 죽여 버리는 게 마음이 훨씬 가벼울 것 같았다.

불현듯 떠오른 생각에 오펠리아가 말했다.

"참, 셀비 영애는 어떻게 처리가 되었느냐?"

"네. 셀비 후작이 도주하고 완전히 끈 떨어진 연 신세라 중형을 면치 못했습니다. 종신형을 선고받고 원래는 가장 혹독하다고 칭해지는 악명 높은 감옥에 수감이 될 예정이었는데……."

카사나가 잠시 말을 멈추고 묘한 웃음을 지었다.

"굳이 후환을 남겨 두지 말라고 말씀하신 황후 폐하의 명령대로 저희 측에서 깔끔하게 독살로 처리할 계획입니다."

"잘했다. 원래 사냥이 끝나면 사냥개를 잡아먹는 법이지."

대내외적으로 셀비 후작 가문이 망한 이유는 엘렌의 욕심과, 오스왈드의 반역 때문이었다. 하지만 그건 모두 오펠리아가 뒤에서 알게 모르게 조종한 일들이었다.

혹시라도 엘렌이 그러한 내막을 알아차리기 전에 미리 제거를 해 두는 게 만에 하나라도 생길지 모르는 불상사를 막는 방법이었다.

죽은 사람은 말이 없는 법.

오펠리아가 깨끗하게 증거를 없애고 싶을 때 애용하는 방식이었다.

어찌 됐든 지금 무엇보다 중요한 건, 이번에 치러질 검술 대회였다.

"이번 검술 대회에서 가장 주목을 받고 있는 기사들이 누구지?"

"우승 후보로는 세 분이 뽑히고 있는 상황입니다. 황후 폐하의 친정이신 아니타 가문에서 출전할 위클리 경과, 루넨 공국에서 온 조엘 경, 그리고 마지막으로 블레이즈가에서 나올 데릭 경입니다."

"블레이즈 가문이라……."

황실에서는 외척의 힘을 무시할 수 없었다. 괜히 상대의 가문을 보고 정략 결혼을 시키는 게 아니었다.

이레나는 현재 대내외적으로 칼라일의 전폭적인 지지를 받으면서 권력을 잡고 있는 중이었지만, 사실상 블레이즈 가문만큼 온전히 그녀의 편이 되어 줄 세력도 없었다.

오펠리아가 의자의 손잡이를 탁탁, 손가락을 두들기다가 이내 스산하게 눈을 빛냈다.

"아무래도 더 커지기 전에 가지치기를 한 번 해야겠구나."

"네?"

"매회 검술 대회에서 사망하는 기사의 수가 몇인 줄 아느냐?"

"음, 꽤 많다고 들었습니다. 폐하."

"거기에 한 명이 더 추가된다고 해서 문제가 될 건 없겠지."

오펠리아가 한쪽 입꼬리를 올렸다. 혹시라도 데릭이 우승을 해서 블레이즈 가에 힘이 실리는 걸 방지해야 했다.

그러려면 가장 깔끔한 방법은……

데릭이 경기 중에 사망하는 것이었다.

* * *

검술 대회가 코앞으로 다가온, 어느 날이었다.

데릭이 대회에 출전하기에 앞서 이레나에게 직접 인사를 하고 싶다며, 황태자궁으로 찾아오겠다는 의사를 밝혀왔다.

아직 이레나의 부상이 다 나은 것은 아니었지만, 저번에 미라벨이 찾아왔을 때처럼 거동이 불편할 정도는 아니었기에 흔쾌히 승낙했다.

결혼식 이후로 한 번도 얼굴을 보지 못한 상태라 이레나는 데릭과의 만남이 더욱 기대되었다.

그렇게 언제나처럼 등에 난 상처를 감춘 채, 이레나가 데릭이 방문하기로 한 약속 시간을 기다리고 있을 때였다.

똑똑, 자그마한 노크 소리에 이레나가 기대에 찬 얼굴로 고개를 돌렸다. 그러자 하녀가 문을 열고 들어오며 말했다.

"비전하, 데릭 경께서 도착하셨습니다."

"그래. 어서 이리로 모셔라."

"네. 비전하."

하녀도 이레나가 애타게 데릭을 기다리고 있다는 것을 알기에, 서둘러 고개를 꾸벅 숙이고는 다시 바깥으로 향했다.

이레나는 마지막으로 옷차림을 가다듬으며 설레는 마음으로 자리에 앉아 있었다. 곧 데릭을 볼 수 있다는 생각에 그녀의 표정이 눈에 띄게 환해졌다.

가능하면 미라벨도 함께 오라고 말을 전했으니, 잘하면 오랜만에 세 남매가 모두 한자리에 모이게 될지도 몰랐다.

그렇게 다시 한 번 응접실의 문이 열릴 때였다.

거기에는 오래도록 보고 싶었던 데릭이 변함없는 모습으로 서 있었다.

훤칠한 키에 떡 벌어진 어깨, 오랜 운동으로 다져진 건장한 체형이 누가 봐도 기사라고 짐작할 수 있을 정도로 훌륭했다.

이레나가 반가운 마음에 저도 모르게 자리에서 벌떡 일어났다.

"오라버니."

하지만 그보다 데릭의 반응이 더 빨랐다. 데릭은 정중하게 허리를 숙이며 이레나를 향해 예를 갖췄다.

"비전하를 뵙습니다. 루퍼드 제국에 무한한 영광을."

"단둘이 있을 때 그런 딱딱한 인사는 하지 않으셔도 돼요. 그보다 어서 이쪽으로 와서 앉으세요."

"감사합니다. 비전하."

데릭은 거리감이 느껴질 정도로 깍듯이 존칭을 썼지만, 그럼에도 이레나를 바라보는 따뜻한 눈빛만큼은 감추지 못했다.

이레나는 말하지 않아도 그의 시선에서 자신과 똑같은 그리움을 읽었다.

원래부터 무뚝뚝한 성격의 데릭이 하루아침에 달라질 리는 없었다. 겉으로 표현하지는 않아도 데릭은 그만의 방식으로 오랜만에 본 이레나를 반가워하고 있었다.

이레나가 먼저 입을 열었다.

"그동안 잘 지내셨어요?"

"네. 단조로운 생활의 제가 별일이야 있겠습니까. 그보다 비전하께서는 어떻게 지내셨습니까? 황궁 생활이…… 힘들지는 않으십니까?"

"제 걱정은 마세요. 황태자 전하가 많이 신경 써 주셔서 크게 힘든 일은 없어요. 유모도 옆에서 살뜰하게 챙겨 주고 있고요."

"안 그래도 이곳으로 오면서 유모를 보고 인사를 나눴습니다. 비전하께 도움이 된다니 제가 따로 치하를 해야겠군요."

이레나는 자신을 챙겨 주려는 데릭의 마음이 느껴져 저도 모르게 흐릿한 미소를 지었다.

그러다가 문득 미라벨의 모습이 보이지 않는다는 사실

을 알아차리고 다시 입을 열었다.

"그런데 오늘 미라벨은 같이 오지 않았나 봐요. 혹시 어디가 아픈 건……."

"그건 아니니 심려하지 않으셔도 됩니다. 다만 요즘 미라벨이……."

데릭은 잠시 하려던 말을 멈추고 최근의 미라벨을 떠올렸다.

미라벨은 쿤이 떠나고 난 후 블레이즈 가의 정보망을 총동원해서 그를 찾고 있었다. 하지만 신기하게도 그 어디에서도 쿤의 그림자조차 발견하지 못하고 있는 상황이었다.

사실 백작가의 정보망으로 한낱 하인의 거주지를 파악하지 못한다는 건 있을 수 없는 일이다.

데릭은 무언가 석연치 않은 생각이 들었지만, 미라벨은 더더욱 정신없이 쿤의 행방을 찾는데 몰두할 뿐이었다. 그래서 오늘 이레나를 만나러 나온 이 자리에 같이 오지 못한 것이다.

데릭은 걱정스러운 기색으로 미라벨을 떠올리다가, 이내 아무렇지 않은 척 이레나를 향해 뒷말을 이어 나갔다.

"아무래도 갑자기 블레이즈 가문의 안살림을 맡다 보니 미라벨도 바쁜 일이 많습니다. 다음번에는 같이 오도록 하겠습니다."

"아, 그렇군요."

이레나가 조금 아쉽다는 표정을 지어 보였다. 안 그래도 저번에 미라벨이 찾아왔을 때 만나지 못한 게 마음에 걸렸다. 늦었지만 오늘이라도 다 함께 보고 싶었는데 시간이 맞지 않는다니 무척이나 안타까웠다.

하지만 서운한 마음과 달리, 미라벨도 점점 나이가 들면서 자신만의 일을 갖게 되는 건 당연한 일이었기에 이해가 되었다.

이레나가 어쩔 수 없다는 듯 미소 띤 얼굴로 말했다.

"미라벨에게 안부 전해 주세요. 그리고 언제든 시간이 날 때 놀러 오라고요."

"그리하겠습니다."

"참, 검술 대회가 얼마 남지 않았는데 컨디션은 어떠세요?"

이레나는 데릭이 오랫동안 검술 대회를 준비해 왔다는 사실을 알고 있었다. 더구나 4년 전에 열린 검술 대회에는 데릭이 훈련 중에 입은 부상으로 참가조차 하지 못했기 때문에 더욱 그랬다.

당시에 아버지도 오라버니도 별다른 말은 하지 않았지만, 내심 그 사실을 아쉬워했던 게 아직도 기억에 남았다.

'저번 생에선 이번 검술 대회는 열리지도 못했었

지…….'

황태자 칼라일의 사망, 그리고 황제 설리반의 사망.

그뿐인가. 얼마 후 파벨루크의 반역으로 루퍼드 제국이 발칵 뒤집혔었다. 그 와중에 황실에서 검술 대회를 주최할 정신은 없었다.

파벨루크의 손에 숙청당했던 블레이즈 가문이 출전할 일은 더더욱 없었고 말이다.

'이번엔 꼭 오라버니가 준비한 만큼 좋은 성적을 거두셨으면 좋겠네.'

지난번 파벨루크까지 모인 가족 식사 자리에서 설리반이 데릭의 실력에 대해 물어봤을 때는 일부러 주목받고 싶지 않아서 겸손하게 이야기했지만 사실 데릭의 실력은 출중했다.

예전이었다면 정말로 데릭의 실력이 어느 정도인지 가늠할 수 없었겠지만, 지금은 그때와 달리 정확한 평가가 가능했다.

데릭의 경우 특별한 일만 없다면, 검술 대회에서 무난하게 다섯 손가락 안에 드는 뛰어난 성적으로 마무리할 수 있을 것이다.

한 마디로 충분히 우승도 노려볼 수 있을 만한 실력자란 소리다.

데릭이 말했다.

"대회에서도 그동안 연습했던 대로만 하면 된다고 편하게 생각하고 있습니다. 딱히 긴장하거나 그러진 않으니 걱정하지 않으셔도 됩니다."

"잘 생각하셨어요. 오라버니는 하던 대로만 하시면 충분히 좋은 성적을 거두실 거예요."

이레나가 진심 어린 응원의 말을 내뱉을 때였다.

데릭이 그답지 않게 잠시 머뭇거리더니, 이내 조심스럽게 입을 열었다.

"사실 검술 대회 때 비전하께 부탁을 드리고 싶은 게 있습니다."

"네? 어떤……."

"제가 마지막에 치러지는 마상 경기까지 출전하게 되면, 비전하께 손수건을 청하고 싶은데 허락해 주시겠습니까?"

"아……!"

이레나는 그 말의 의미를 단번에 알아차렸다.

황실에서 주최하는 검술 대회는 총 세 가지의 경기를 치르고, 거기서 나온 점수를 합산해 가장 최고득점을 지닌 기사들을 뽑았다.

첫 번째 경기는 궁술로 총 스무 개의 화살을 쏴, 그중에서 얼마나 정확한 명중력을 자랑하는지를 가려냈다.

두 번째는 기마술로 여러 개의 난관을 피하며, 최단시

간 안에 결승점에 도착하는 것이 관건이었다.

세 번째는 전술로 무작위 추첨을 통해 불특정 다수와 한 조를 이루고, 그 안에서 조원들과의 협동심과 리더십을 평가하는 항목이었다.

그렇게 가장 우수한 성적을 낸 열 명의 기사들만이 남게 된다.

그리고 그들은 최종적으로 모두가 지켜보는 경기장에서 일대일의 토너먼트식 대결을 펼치게 되었고, 거기서 승리한 자가 이번 검술 대회의 우승자가 되는 것이었다.

마지막에 치러지는 경기는 매회 검술 대회 때마다 달랐는데, 그게 이번에는 말을 탄 채로 실력을 겨루는 마상 경기로 채택되었다.

그때 어떤 무기를 들고나오던 제한은 없었으나, 아무래도 말 위에서 치러지는 경기다 보니 길이가 짧은 검보다는 기다란 창을 들고 싸우게 될 확률이 높았다.

어찌 됐든 그렇게 마지막까지 살아남은 단 열 명의 기사만이 자신이 원하는 레이디에게 손수건을 청할 자격을 얻게 된다.

무조건적으로 해야 하는 행동은 아니었지만, 마치 통과의례처럼 많은 기사들이 자신이 좋아하는 영애나 가족들의 손수건을 받아서 참가했다.

기사들은 레이디의 명예를 위해 더욱 노력하는 계기가

되었고, 반대로 여성들에겐 무척이나 로맨틱한 상황이 되었다.

그래서 마지막 경기까지 출전하는 기사와 손수건을 준 레이디는 사랑에 빠지는 경우가 많았다.

그런데 그 영광스러운 제안을 데릭은 다른 누구도 아닌 이레나에게 한 것이었다.

이레나는 생각지도 못한 요구에 당혹스러운 마음을 감추지 못했다.

"말씀은 감사하지만 아무래도 동생인 저보다는 오라버니의 마음에 든 여성분에게 손수건을 청하시는 게 어떨까요?"

"제게 그런 사람은 없습니다. 그리고 누구보다 비전하의 명예를 위해 싸운다고 생각하면 가장 좋은 목표가 될 것 같습니다."

"그래도……."

이레나에겐 당연히 감사한 제안이었다. 아무리 가족이라 해도 자신을 위해 싸워 주겠다는 데릭의 말을 기쁘지 않을 리는 없었다.

하지만 혹시라도 데릭이 다른 영애와 맺어질 수 있는 좋은 기회를 이레나가 빼앗는 게 아닐까 망설여졌다.

이레나가 머뭇거리자, 데릭이 다시 입을 열었다.

"혹시 비전하께 무리한 부탁이었다면 거절하셔도 괜찮습니다."

"제가 사양하게 되면, 오라버니는 어떻게 하실 생각이세요?"

"비전하가 아닌 다른 여성분의 손수건은 필요 없습니다. 그대로 출전해도 상관없으니 괘념치 마십시오."

데릭이라면 정말로 아무에게도 손수건을 받지 않은 채 마상 경기에 참가할지도 몰랐다.

물론 그게 룰에 위반이 되는 것은 아니었으나, 기사들 중에 데릭만 손수건을 받지 않은 모습으로 경기에 나가는 건 마음에 걸렸다.

이레나가 어쩔 수 없다는 듯 고개를 끄덕거렸다.

"알겠어요. 오라버니가 정말 제 손수건이라도 괜찮으시다면 경기장에서 드리도록 할게요."

데릭의 표정이 미세하지만 방금 전보다 확연히 밝아졌다.

"정말이십니까?"

"그럼요. 저야말로 오라버니가 제 손수건을 받아 주신다면 영광이에요. 잘못하면 다른 영애들의 질투를 한 몸에 받을지도 모르겠어요."

"딱히 그런 걱정은 하지 않으셔도 됩니다. 저 때문에 그런 일이 벌어지지는 않을 테니까요."

확신 어린 데릭의 대답에 이레나는 희미한 웃음을 흘릴 뿐이었다.

데릭은 스스로를 몰라도 너무 몰랐다. 그는 어렸을 적부터 단 한 번도 여성들에게 인기가 없었던 적이 없었다.

이레나는 데릭을 남몰래 짝사랑하는 영애들이 조금은 안쓰러웠다. 데릭은 직접적인 말로 고백을 하지 않는 한, 절대로 그 감정을 눈치채지 못할 남자였으니까.

이레나가 말했다.

"황제 폐하께서도 개인적으로 오라버니를 응원하시겠다고 하셨어요. 블레이즈 가문에서 검술 대회 우승을 한다면 크게 포상을 내리겠다고 말씀하셨으니 알고 계세요."

"폐하의 말씀만으로도 감사할 따름입니다."

사실 이레나는 검술 대회의 우승을 거머쥐는 영광보다 데릭이 아무 데도 다치지 않고 무사히 끝나기를 더 기원하고 있었다.

검술 대회든 전장이든, 어디서든 검을 드는 순간 예기치 못한 사고가 발생할 수도 있는 법이었으니까.

이레나가 따스한 눈빛으로 데릭을 바라보며 말했다.

"오라버니의 무운을 빌게요."

그 말을 들은 데릭이 갑자기 자리에서 벌떡 일어나더니, 곧이어 이레나를 향해 한쪽 무릎을 꿇고 바닥에 앉았다.

눈 깜짝할 새에 벌어진 일에 이레나가 놀란 표정으로 쳐다보았다. 그러자 데릭이 결연한 표정으로 의자에 앉아 있는 이레나를 올려다보며 말했다.

"제가 검술 대회의 우승을 노리는 이유는 다름 아닌 비전하 때문입니다."

"……?"

"이번뿐만이 아닙니다. 앞으로 소신은 블레이즈 가문의 일원이자, 제 누이인 비전하를 위해 싸울 것입니다."

"오, 오라버니……."

"비전하가 제게 황태자 전하와 결혼하고 싶다고 말씀하셨을 때부터 결심한 일입니다. 누구보다 비전하의 든든한 아군이 되겠습니다."

블레이즈 가문은 원래 황제파 가문이었고, 우직한 데릭 또한 루퍼드 제국의 황제를 위해 충성을 다할 생각이었다.

하지만 이레나가 황태자비가 된 순간, 그 감정의 깊이가 달라졌다.

이레나가 칼라일의 편을 들었기에, 데릭도 칼라일의 충실한 심복이 되는 것이다.

모든 건…… 이레나를 위한 일이었다.

앞으로 블레이즈 가문을 더욱 성장시켜 이레나를 뒷받침하는 기둥이 되어 주고 싶었다.

데릭의 말이 이어졌다.

"그러니 무엇이든 제게 숨김없이 이야기해 주십시오. 아무리 어려운 부탁이라도 비전하를 위한 일이라면 기필코 해내고 말겠습니다."

그 말을 듣는 이레나의 눈가가 촉촉해졌다. 데릭의 말에서 자신을 향한 애정이 그대로 전해져왔기 때문이다.

저번 생에서 데릭이 이레나를 도주시키기 위해 검을 뽑아 들고 적들에게 달려가는 뒷모습이 떠올랐다.

'그때 오라버니의 눈빛이 이랬을까?'

이레나는 자신을 똑바로 직시해 오는 데릭의 굳건한 눈동자를 바라보며, 다시 한 번 가족들이 자신의 곁에 있음을 감사했다.

이레나가 데릭의 거친 손을 맞잡으며 행복한 미소를 지었다.

"……고마워요, 오라버니. 이 말씀만으로도 저에겐 정말로 큰 힘이 되었어요."

* * *

칼라일은 집무실에서 바쁜 일정을 보내고 있었다.

이레나의 부상으로 한동안 최소한의 업무만 본 이유도 있었지만, 그보다 최근에 칼라일이 꾸미고 있는 일 때문이었다.

칼라일은 여전히 눈앞의 서류에 시선을 고정한 채, 맞은편에 서 있는 제너드를 향해 나지막이 말했다.

“그래서 증거는 확실히 잡았다는 건가?”

“네. 플라워 브리지를 황후 측에서 무너뜨리려고 했다는 증거를 케이시 가문이 확보했습니다.”

“레드필드의 파티에 참가하고 있다는 증인은?”

“워낙 비밀스러운 모임이라 참가 명단을 알아내기도 또 접근하기도 어려웠는데, 최근에 가세가 기울어지고 있는 귀족 한 명을 간신히 증인으로 설득할 수 있었습니다.”

“저번에 마약의 성분 조사도 끝났는데, 그것을 사람들 앞에서 증명할 준비는?”

“네, 문제없습니다.”

그동안 황후가 워낙 증거를 남기지 않는 바람에 애를 먹긴 했지만, 칼라일도 서서히 황후의 목줄을 움켜쥘 준비가 끝나가는 과정이었다.

칼라일이 보고 있던 서류에 사인을 하며 다시 한 번 입을 열었다.

“셀비 영애의 신변도 확보했겠지?”

“네. 전하의 명령대로 일부러 종신형을 선고한 뒤, 황후 측에서 움직이길 기다리고 있는 중입니다. 그 부분은 염려하지 않으셔도 됩니다.”

탁, 칼라일은 그제야 보고 있던 서류를 덮으며 한 손으로 가볍게 관자놀이를 주물렀다.

괜히 저번 가족 식사 자리에서 오펠리아에게 셀비 후작이 벌인 암살 사건을 언급한 게 아니었다. 모든 일이 완전히 마무리 지어질 때까지 오펠리아의 시선을 조금이라도 다른 데로 분산시키기 위함이었다.

"변방에서 부른 군사들도 최대한 비밀리에 관리해야 한다."

"네. 하지만 워낙 인원이 많다 보니 정보가 조금은 샜을지도 모릅니다."

"뭐, 그 정도는 예상했던 일이니 어쩔 수 없지."

칼라일은 자리에서 일어나 외투를 걸쳤다. 이제는 다른 일정을 위해 바깥으로 나가 봐야 할 시간이었다.

칼라일이 걸음을 옮기며 재차 입을 열었다.

"디데이는 검술 대회가 끝날 때까지다. 잊지 마라."

"네, 차질 없이 진행하겠습니다."

이번 검술 대회가 끝나는 것을 기점으로, 칼라일은 그동안 황후를 무너뜨리기 위해 조사해 왔던 모든 것을 한꺼번에 터뜨릴 생각이었다.

한 번에 하나씩 공격을 하기에 황후의 세력은 너무도 거대했다.

절대로 빠져나갈 수 없는 치명적인 약점들로 단숨에 루퍼드 제국의 양대 산맥이라고 불리는 황후 측의 세력을 무너뜨릴 것이다.

그때 불가피한 무력 충돌이 일어날 수도 있었기에 칼라일은 그에 대한 만반의 준비도 하고 있는 상황이었다.

모든 것이 계획대로만 된다면……

황위를 물려받는 데까지는 얼마 남지 않았다.

칼라일이 집무실을 완전히 벗어나기 전 갑자기 발걸음을 멈추더니 뒤편에 있는 제너드를 돌아보며 말했다.

"아. 저번에도 말했지만, 최대한 부인은 아무것도 모르도록 진행해라."

"혹시 비전하께서 일을 그르치실까 봐 염려하시는 겁니까?"

그 말에 칼라일이 어처구니가 없다는 듯 픽 하고 웃었다.

"부인에 대해 뭘 모르는군. 이레나는 오히려…… 너무 뛰어나서 걱정이거든."

"네?"

제너드가 영문을 모르겠다는 듯 되물었지만, 칼라일은 더 이상 설명해 줄 마음이 없었다.

칼라일이 멈춰 있던 발걸음을 다시 움직이며 말했다.

"가자."

40

검술 대회 개막

많은 제국민들이 기대하던 검술 대회가 드디어 개막했다.

루퍼드 제국에서 가장 큰 콜로세움에는 수많은 참가자들이 몰려왔다.

그리고 그들이 치를 경기를 구경하기 위해 수만 명의 사람들이 관람석을 빈자리 하나 없이 빼곡히 채우고 있었다.

관람석에도 등급이 있었는데 평범한 제국민들은 일반석에 앉았고, 경기장이 한눈에 내려다보이는 상등석에는 수많은 귀족들이 자리하고 있었다.

높은 단상 위에 마련된 최고급 VIP석은 오직 황실의 사람들만 들어올 수 있는 특별한 공간이었다.

거기에는 황제 설리반과 황후 오펠리아, 그리고 2황자 레드필드, 대공작 파벨루크 등. 모두가 빠짐없이 참석해 자리를 빛내고 있었으며, 제각각 흥미진진한 눈빛으로 경기장을 내려다보고 있었다.

그리고 그중에는 칼라일과 이레나도 포함이었다.

이레나의 예리한 눈동자는 수많은 참가자들 중에서도 오로지 데릭만 쫓고 있었다.

'……오라버니.'

다행히 데릭은 크게 긴장한 기색 없이 평상시와 다름없는 모습이었다.

언제나처럼 무뚝뚝한 표정을 짓고 서 있는 데릭을 바라보며, 이레나는 마음속으로 간절히 그를 응원하고 있었다.

그때였다.

드디어 이번 검술 대회를 주관하는 사회자가 큰 목소리로 입을 열었다.

"자, 이제부터 첫 번째 경기인 궁술을 시작하도록 하겠습니다. 기사들은 모두 지정된 자리에 서서 과녁을 봐 주십시오."

대회의 시작을 알리는 음성에 모든 관람객의 시선이 경기장 안에 있는 수많은 기사들을 향해 집중되었다.

현재는 아무도 탈락이 되지 않은 상태였기에 화살을

쏘려고 대기하는 인원이나, 자신의 순번을 기다리는 이들의 숫자가 상당했다.

그래서 누가 누구인지 잘 분간조차 되지 않을 지경이었지만, 총 20개의 화살 중에 15개 이상 과녁에 맞추지 못하는 사람은 바로 탈락이었다.

그리고 15개 이상을 맞춘 이후부터는 과녁의 중앙에 얼마나 가까이 맞췄느냐에 따라 가산점을 얻었다.

"그럼 시작합니다!"

사회자의 신호에 맞춰 지정된 자리에서 일렬로 대기하고 있던 기사들이 일제히 과녁을 향해 화살을 쏘기 시작했다.

쌔애애애앵!

여러 개의 화살이 동시에 날아가자 바람을 가르는 소리가 관중석에까지 들려올 지경이었다.

대부분이 과녁을 맞혔지만, 개중에는 터무니없는 실력을 가진 사람들도 존재했다.

그렇게 하나둘씩 탈락이 발생하고 있을 때였다.

드디어 데릭이 화살을 쏠 차례가 되었다.

이레나는 붉은 눈동자를 반짝 빛내며, 저도 모르게 두 손을 모은 채 바라보고 있었다.

데릭이 군더더기 없는 자세로 활을 쥐더니 침착하게 한 발을 쏘았다.

쉬이이익!

화살은 과녁의 정중앙에 꽂혔다.

명중이었다.

고작 한 발을 쐈을 뿐인데도 이레나의 표정이 한없이 밝아졌다.

그렇게 데릭은 신중히 총 스무 개의 화살을 전부 쏘아 올렸고, 과녁의 중앙이 촘촘하다고 느껴질 정도로 완벽히 적중시켰다.

이레나는 데릭의 옆에 서 있는 감독관의 입 모양을 읽었다.

"만점입니다."

그제야 이레나가 한시름 놓았다는 듯 안도의 한숨을 내쉬고 있을 때였다.

그 모습을 옆에서 가만히 지켜보고 있던 칼라일이 피식 웃으면서 입을 열었다.

"부인, 그렇게 좋은가?"

굳이 부연 설명을 하지 않아도 그게 데릭에 관한 말이라는 걸 알 수 있었다.

이레나는 괜히 자신의 속마음을 들킨 것 같아 얼굴이 뜨거워졌다. 하지만 이내 부정하지 않은 채 자그맣게 고개를 끄덕였다.

"네. 당연히 좋지요. 제가 제일 응원하는 기사님인걸요."

주목받는 게 싫어서 일부러 데릭이라는 정확한 이름은 말하지 않았지만, 칼라일도 그게 누굴 가리키는지는 뻔히 알고 있는 상황이었다.

칼라일이 그 말에 조금 질투가 났는지, 희미하게 날이 선 눈빛으로 말했다.

"내가 출전했어도 이렇게 응원해 줬을까?"

"그럼요. 당신이 출전했으면 지금보다 더 간절하게 응원했을 거예요."

일말의 망설임도 없이 흘러나오는 이레나의 대답에 칼라일이 목 안쪽으로 가볍게 웃는 소리를 냈다.

"부인이 이젠 나에 대해 너무 잘 아는 것 같아."

"당연하죠. 제 남편인데 모를까 봐서요?"

이레나는 장난스럽게 눈꼬리를 접으며 웃었다.

칼라일은 독점욕이 강한 편이었다. 하지만 이레나의 눈에는 가족인 데릭에게조차 질투심을 느끼는 그가 귀엽기만 할 뿐이다.

"부인이 지금처럼 응원해 준다니, 나중에 기회가 되면 나도 대회에 한 번 참가해야겠군."

"정말요?"

황족이 대회에 참가하면 안 된다는 규칙이 있는 건 아니었지만, 귀한 신분일수록 몸을 사리기 마련이라 대부분은 참가를 하지 않았다.

하지만 칼라일은 허튼소리를 할 사람이 아니었다.

"부인이 지금처럼 열렬한 응원을 해 준다면 못 할 것도 없지. 그러니 그때는 그 예쁜 눈동자로 오로지 나만 봐야 해."

칼라일의 말에 이레나는 살포시 웃었다. 그리곤 고개를 살짝 들어서 칼라일의 귓가에 자그맣게 속삭였다.

"꼭 그럴게요. 그리고 당신을 위해서라면…… 저도 참가할 수 있어요."

칼라일은 무심코 저 멀리 보이는 화살의 과녁을 힐끔 쳐다봤다.

"하긴 그대라면, 여기서도 과녁을 맞히겠지."

이레나의 활 솜씨가 얼마나 좋은지는 칼라일이 누구보다 잘 알았다. 몇 번이나 훈련장에서 그녀가 화살을 쏘는 장면을 목격했기 때문이다.

이 관람석에서 과녁까지는 제대로 눈에 보이지도 않을 정도로 멀었지만, 이레나라면 어렵지 않게 전부 과녁에 명중시킬 수 있을 것이다.

지금 이 콜로세움에서 경기를 치르는 그 어떤 기사보다, 사실은 황태자비인 이레나가 가장 뛰어났으니까.

칼라일이 사랑스럽다는 표정으로 이레나를 바라보며 나지막이 말했다.

"이러니 내가 부인에게 안 빠지고 배길 수가 없지."

보통이라면 남자인 칼라일이 우승을 따내 이레나에게 바치는 형식이 될 것이다. 하지만 다름 아닌 이레나라면 당당히 제 손으로 우승을 거머쥐고 칼라일의 앞에 그 영광을 바칠지도 모른다.

칼라일은 저도 모르게 그런 상상을 하며 흐릿하게 웃었다.

* * *

첫 번째 궁술 시합이 끝나자 잠시 동안의 휴식을 가진 뒤, 곧바로 두 번째 순서인 기마술의 경기가 준비되었다.

어느새 콜로세움의 경기장 안에는 수많은 장애물들이 설치가 된 상태였다.

현재 기마술에 참가하기 위해 대기하고 있는 기사들의 인원수는 처음보다 사분의 삼으로 줄어 있었다. 그만큼 궁술시합에서 기준치를 맞추지 못하고 탈락한 사람이 많다는 뜻이었다.

이번 기마술 시합은 보통의 경마장과 비슷하다고 볼 수도 있었지만, 곳곳에 설치된 함정들이 꽤나 위험천만했기에 자칫 잘못하면 큰 부상을 입을 수도 있었다.

여기서는 많은 인원들을 몇 개의 조로 나누고, 개중에 각 조마다 1등부터 5등까지를 제외하고 나머지 인원들은 전부 탈락하게 되는 방식으로 진행되었다.

그렇게 출발선에는 삼십여 명의 기사들이 한 번에 달려나갈 수 있도록 배치가 되었다.

모든 준비가 끝나자 대회를 주관하는 사회자가 다시 한 번 큰 목소리로 입을 열었다.

"방금 전의 궁술 경기는 잠깐의 몸풀기에 불과했었죠? 이제부턴 본격적으로 기마술을 겨룰 겁니다. 출발 신호가 떨어지면 모두 결승점을 향해 달려 주세요. 자! 준비!"

사회자의 말에 맞춰 출발선에 서 있던 모든 기사들의 눈이 예리하게 빛났다.

3, 2, 1…… 삐익!

신호가 떨어지자마자 모두가 미친 듯이 앞을 향해 달리기 시작했다.

타다다다다닥!

기마술 경기가 시작됨에 따라 여러 개의 말발굽 소리가 콜로세움을 가득 메웠다.

그리고 관람석에서 들려오는 열띤 환호와 응원의 목소리도 커다란 함성이 되어 울려 퍼졌다.

시끌벅적한 경기장 안에서 데릭은 자신의 차례를 기다리며, 조용히 먼저 경기를 치르고 있는 기사들을 바라보고 있었다.

그때 데릭의 귓가에 멀지 않은 곳에서 여러 사람들이

떠드는 목소리가 들려왔다.

“위클리 경은 아까 궁술 시합에서도 만점을 받으셨다지요?”

“정말 대단하십니다. 이번 검술 대회의 우승은 분명 위클리 경이 되실 겁니다.”

한 무리의 사람들이 위클리란 남자를 가운데에 두고 계속해서 칭찬을 내뱉고 있었다.

검술 대회의 참가 목적이 모두 우승인 것은 아니었다. 누군가는 자신의 한계를 시험해 보기 위해서, 또 누군가는 그저 참가하는 데에 의미를 두는 부류도 있었다.

그리고 개중에는 지금처럼 우승할 만한 상대에게 미리 점수를 따려는 자들도 존재했다.

“이번 대회에 위클리 경을 제외한 다른 우승 후보는 루넨 공국에서 온 조엘 경과, 블레이즈 가문에서 출전한 데릭 경이라지요?”

“보나 마나 둘 다 위클리 경의 상대가 되진 않을 겁니다.”

“아니. 조엘 경은 루넨 공국에서 이름이라도 날렸다지만, 대체 데릭 경은 왜 우승 후보로 뽑히는 건지 이해가 안 갑니다.”

데릭은 자신이 거론되는 것을 들으며 슬쩍 자리를 옮기기 위해 걸음을 움직였다.

뒤에서 떠드는 사람들의 말을 귀 기울여 듣고 있는 것은 시간 낭비였다. 그들이 뭐라고 떠들든 데릭은 신경조차 쓰지 않았으니까.

하지만 곧이어 그들에게서 흘러나온 말에 데릭의 걸음이 거짓말처럼 멈춰 섰다.

"데릭? 그자는 황태자비의 오라비니까, 우승 후보로 거론되는 거다."

데릭이 천천히 고개를 돌려 보니, 그 말은 아까부터 모두에게 칭찬을 받고 있던 위클리란 남자가 한 것이었다.

위클리는 커다란 덩치에 구릿빛 피부, 그리고 얼굴 한가운데 칼자국이 길게 난 꽤나 거칠어 보이는 느낌의 남자였다.

방금 위클리가 한 말에 주변에 있던 남자들이 맞장구를 치며 크게 폭소했다.

"하하하. 맞는 말씀입니다."

"하긴 황태자비의 오라비니, 그 정도는 손을 써 두었겠지요."

거기까지 듣자 가뜩이나 무표정한 데릭의 얼굴이 딱딱하게 굳었다.

데릭은 그들을 피하려던 발길을 돌려, 오히려 그들이 앉아 있는 자리로 다가갔다.

뚜벅뚜벅, 데릭이 그들을 향해 일직선으로 다가가자

거기에 몰려 있던 사람들의 시선이 저절로 집중되었다.

그들의 바로 앞에서 멈춰선 데릭이 그곳에 자리하고 있던 자들을 차갑게 한 번 훑어보았다. 그리곤 지독하게 가라앉은 목소리로 입을 열었다.

"황태자비가 아니라 비전하시다. 한 번만 더 내 앞에서 그렇게 부른다면 가만두지 않겠다."

데릭은 자신을 무시하는 건 참아도 이레나를 건드리는 것은 참을 수 없었다.

아까까지 신나게 떠들던 무리 중 한 명이 데릭의 얼굴을 알아봤는지, 당황한 기색을 감추지 못한 채 자그맣게 말했다.

"아, 저자가 바로 데릭 경입니다."

갑작스러운 데릭의 등장에 모두 겁에 질린 듯 움찔했지만, 그중에서 위클리만은 오히려 더 기세등등한 얼굴로 입을 열었다.

"네가 황태자비의 오라비냐?"

그 말에 데릭의 미간이 꿈틀거렸다. 분명히 방금 전에 한 번만 더 이레나를 비전하가 아닌, 황태자비라고 부르면 가만히 두지 않겠다고 말했었다.

"……내가 한 경고를 무시했군."

데릭에게서 뿜어져 나오는 살기가 지독히도 서늘했지만, 위클리는 다른 사람과 달리 눈 하나 깜빡하지 않았다.

순식간에 두 사람 사이의 분위기가 살벌하게 변했다.

위클리 역시 부리부리한 눈빛으로 데릭을 쳐다보며 낮게 읊조렸다.

"그래서 뭐. 가만히 안 두면 어쩔 건데? 실력도 없는 네 놈이 날 어떻게 해 볼 수나 있겠나?"

위클리는 마치 도발하듯 누런 이빨을 드러내며 씨익 웃었다.

만약 이곳이 검술 대회가 치러지는 경기장이 아니었다면, 데릭은 일말의 망설임 없이 결투를 신청했을 것이다.

하지만 지금은 굳이 그럴 필요가 없었다. 데릭이 조급해하지 않아도 우승 후보인 위클리와는 어차피 최종 경기에서 일대일 승부를 겨루게 될 확률이 높았으니까.

데릭이 무표정한 얼굴로 위클리를 향해 차갑게 말했다.

"떨어지지 마라. 내 손으로 직접 끝장을 내줄 테니."

데릭은 진심이었다. 그리고 그 말이 빈말이 아니라는 걸 위클리도 알아차렸다.

"어디 그럴만한 실력이 된다면 한 번 해 보시지. 나중에 나한테 지고 어린애처럼 울면서 황태자비한테 이르지나 마라. 클클클."

데릭은 상대조차 하지 않겠다는 더는 대답하지 않았다.

그 모습이 오히려 더 자극이 되었는지 위클리는 엄지손가락으로 목을 긋는 시늉을 하며 나지막이 말을 이었다.

"네놈이야말로 목을 씻고 기다리도록 해. 모두가 보는 앞에서 묵사발을 만들어 주지. 기대하라고."

데릭이 가소롭다는 듯 흐릿하게 웃으며 대꾸했다.

"원래 겁먹은 개가 더 요란하게 짖는 법이지. 그럴 수 있다면, 얼마든지."

"이, 이……!"

그 대화를 마지막으로 데릭은 몸을 돌려 다른 곳으로 걸음을 옮겼다.

뒤에서 분한 위클리가 소리치는 것이 들렸지만, 데릭은 지금 느껴지는 분노를 가슴속 깊은 곳에 묻어 두었다.

더 이상 입으로 싸울 필요가 없었다. 나중에 실력으로 겨루면 될 테니까.

'위클리 타이…….'

데릭도 그 이름을 들어 본 적이 있었다.

그는 이번 검술 대회의 유력한 우승 후보이자, 황후 오펠리아의 친정인 아니타 가문을 대표하는 출전 기사였으니까.

평상시에도 아니타 가문과 칼라일의 세력은 잦은 마찰이 있다고 들었다. 최근에 조금 잠잠해지긴 했지만 아니타 가문의 기세가 하도 기고만장해서 어떻게든 칼라일을 깎아내리려고 한다고 말이다.

웬만해선 평정심을 잃지 않는 데릭조차도 직접 당해 보니 가슴속에서 열불이 치솟았다.

데릭이 슬쩍 이레나가 있는 방향을 쳐다보곤, 이글거리는 듯한 눈동자로 나지막이 혼잣말을 중얼거렸다.

"……기필코 우승을 하고 싶은 이유가 하나 더 생겼군."

* * *

위클리가 참가하는 기마술 경기가 시작되었다.

그는 남들보다 월등한 승마 실력을 가졌지만, 일부러 경기 중에 속도를 늦춰 바짝 쫓아오는 2등과 3등의 말을 고꾸라트렸다.

하지만 그러면 안 된다는 규칙은 없었기에 누구도 따질 수가 없었다.

그렇게 위클리는 궁술뿐만 아니라, 기마술 경기에서도 1등으로 결승선에 들어와 가장 높은 최고득점을 받았다.

그리고 그것은 데릭 또한 마찬가지였다.

데릭은 압도적인 승마 실력으로 자신의 조에서 2등과 크나큰 격차를 벌리며 당당히 기마술 시합에서도 1등의 영광을 차지했다.

곧이어 경기는 세 번째인 전술 시합으로 넘어가게 되었다.

전술 시합은 무작위 추첨을 통해 불특정 다수와 한 조를 이루게 되었다. 그리고 그들끼리 얼마만큼의 협동심을 보여 주는지가 관건이었다.

이번엔 두 개의 조끼리 맞붙게 되는데, 이 싸움에서 진 팀은 전원 탈락이었다.

또한 이긴 팀은 승리를 위해 어느 정도 기여를 했는지에 따라 대회의 감독관들이 보고 개개인에게 점수를 주는 시스템이었다.

어떻게 보면 전술 시합이 유일하게 주관적으로 평가가 들어가는 셈이었다.

사회자가 큰 목소리로 외쳤다.

"데릭 블레이즈, 3조."

데릭은 자신의 이름이 호명되자 무덤덤한 표정으로 3조라는 푯말이 세워진 곳을 향해 걸어갔다.

참가자들은 모두 하나같이 사회자가 뽑는 번호표에 시선이 몰렸다. 그의 부름에 따라 자신이 어떤 조에 들어가는지가 결정되었기 때문이다.

잠시 후, 사회자가 다시 이름을 불렀다.

"위클리 타이, 5조."

데릭의 시선이 슬쩍 위클리를 향했다. 그러자 위클리가 5조에 속한 사람들의 환호를 받으며 자신만만하게 걸어가는 모습이 눈에 들어왔다.

그렇게 대부분의 기사들 호명이 끝나갈 때 즈음이었다.

사회자의 입에서 또 다른 이름이 거론되었다.

"조엘 세이너, 8조."

조엘은 루넨 공국에서 올라온 또 다른 강력한 우승 후보였다.

특별히 다른 참가자들에게 관심을 두지 않는 이들조차 알 수밖에 없는 이름이었다. 이번 검술 대회에서 가장 주목받는 게 위클리, 조엘, 데릭 이렇게 세 명이었으니까.

올해 검술 대회의 가장 하이라이트는 누가 뭐래도 마지막에 열 명의 기사들이 토너먼트식으로 치를 마상 경기였다. 하지만 그전에 선보이는 궁술, 기마술, 전술의 세 가지 경기에도 관람석의 열기는 조금도 식지 않고 있었다.

여전히 경기장 안에는 기사들이 순서에 맞춰 준비를 하느라 북적거렸고, 관람석에는 수많은 사람들이 모여서 왁자지껄했다.

그때였다.

사회자가 크게 소리쳤다.

"자, 드디어 마지막 경기인 전술 시합을 시작하겠습니다!"

이번이 최종 시합인 마상 경기를 치르기 전, 마지막 단계였다.

데릭은 지금까지 우수한 성적을 냈으니, 이번만 잘 이겨 낸다면 최종 열 명의 기사 안에 뽑힐 가능성이 매우 컸다.

데릭은 자신과 함께 전술 경기를 치르게 될 3조의 인원들을 찬찬히 살펴보았다.

데릭을 포함 3조의 인원은 총 열다섯 명이었다. 아쉽게도 최전방에 나서서 힘을 쓰는 공격형 타입의 기사보다, 뒤에서 활로 지원을 해 주는 수비형의 지원수들이 대다수였다.

그 말인즉 직접적인 충돌했을 경우에 상대적으로 취약할 수밖에 없다는 뜻이었다.

데릭의 옆에 서 있던 한 남자가 말했다.

"과연 우리 3조와 맞붙을 상대는 누가 될까요? 가능한 비슷한 조합이면 좋겠는데……."

맞는 말이었다. 데릭이 생각해도 가능하면 수비형의 지원수들이 많은 조합끼리 전략적으로 맞붙는 게 편할 것 같았다.

지금 3조에서 가장 기피해야 할 상대는 이쪽의 분위기와 전혀 다른 저돌적인 조합이었다.

그들이 정면 돌파로 뚫고 들어온다면 이쪽은 당해 내기가 힘들었다.

그때 사회자가 다시금 입을 열었다.

“자, 모든 기사분들의 조 추첨이 끝났습니다. 이젠 어느 조끼리 서로 맞붙게 될 건지 뽑도록 하겠습니다.”

3조뿐만 아니라 모든 기사들의 눈동자에 긴장이 어렸다.

그렇게 1조부터 추첨이 들어가자, 앞 순서인 3조의 차례는 금방 다가왔다.

“3조의 상대는…… 아, 바로 6조입니다!”

사회자의 말에 따라 데릭의 시선이 곧바로 6조가 있는 곳을 향했다.

그리곤 순식간에 데릭의 표정이 어두워졌다.

‘……운도 없군.’

6조는 딱 봐도 근육질의 기사들이 잔뜩 몰려 있는 저돌적인 조합이었다. 하필이면 데릭이 가장 원하지 않던 상대와 붙게 된 셈이다.

데릭이 저도 모르게 한숨을 쉬었다. 그리곤 냉철한 눈빛으로 눈앞에 있는 같은 조원들을 바라보았다.

‘여기서 그나마 힘을 쓰는 기사들은 나를 포함 4명 정도인가?’

데릭과 맞붙게 될 6조는 10명이 넘는 인원이 전부 다 공격형 타입의 기사들이었다.

데릭이 잠시 생각에 잠겨 있을 때였다.

3조의 조원이 암울한 표정으로 입을 열었다.

"우리의 상대가 6조라니, 이거 해보나 마나 힘들겠군요."

사실 누구라도 그렇게 생각할 수밖에 없는 조합이었다. 한마디로 무작위 추첨 운이 없었다고나 해야 할까?

차라리 전술 시합이 마지막 경기라면 죽기 살기로 덤벼들겠지만, 이 이후에 최종적으로 마상 경기가 하나 더 남아 있었다. 그렇다면 여기서 부상을 입어서도 안 되었기에 무턱대고 일대 다수의 싸움을 벌이는 무리를 할 수도 없었다.

그러니 6조에서 나올 10명 이상의 공격형 기사들을 데릭의 조에선 막아 낼 수가 없었기에 겨뤄 보기도 전에 졌다는 말이 나오는 것이었다.

장거리에서 활을 쏘는 게 장점인 데릭의 조는 조합의 특성상 거리가 좁혀지는 순간 질 수밖에 없었다.

데릭이 속한 3조가 이기려면 방법은 하나뿐이었다.

최대한 6조의 기사들을 가까이 접근하지 못하도록 막아야 했는데, 어떻게 그런 상황을 만드느냐 하는 것이다.

데릭이 나지막이 말했다.

"아직 승부도 나지 않았는데, 괜히 사기를 꺾는 소리는 자제합시다."

그 말에 다른 조원이 약간 희망 어린 표정으로 물었다.

“그렇다면 데릭 경은 뭔가 방법이 있다는 말씀이십니까?”

“생각나는 게 하나 있긴 한데, 이게 얼마나 먹힐지는 장담할 수 없습니다. 하지만 여기까지 온 이상 최선은 다 하고 가야 하지 않겠습니까?”

데릭의 말에 모두들 고개를 끄덕였다. 그나마 다행인 것은 3조의 조합은 엉망이었지만, 여기에 속한 기사들 중에 삐딱한 사람은 없다는 것이다.

일단 데릭은 그러한 사실에 만족하기로 했다. 아무리 좋은 조원을 얻었더라도 누군가의 잡음이 섞이기 시작하면, 순식간에 무너질 수 있는 게 바로 팀워크라는 것이니까.

데릭이 3조에 속한 이들을 바라보며 진중하게 입을 열었다.

“다른 의견이 없다면, 내가 생각한 작전부터 한 번 들어 보시죠.”

3조의 15명 남자들이 데릭을 중심으로 우르르 몰려들었다.

데릭은 중앙에서 나뭇가지를 집고 바닥에 그림을 그리며, 최대한 상세하게 작전을 설명해 나가기 시작했다.

그렇게 데릭이 3조의 조원들과 긴밀한 이야기를 주고받

는 동안 1조와 4조, 그리고 2조와 8조의 전투가 끝이 났다.

8조에는 루넨 공국에서 올라온 조엘이 있었는데, 역시나 유력한 우승 후보답게 압도적인 승리를 이끌어 냈다.

그래서 현재로선 조엘이 모든 부문에서 만점을 기록한 유일한 기사였으며, 확정적으로 마상 경기를 치르게 될 한 사람이 되었다.

사회자가 큰 목소리로 외쳤다.

"자, 그럼 3조와 6조는 앞으로 나와 주십시오!"

그 부름에 따라 데릭이 속한 3조의 기사들이 걸어 나왔다.

콜로세움의 경기장 안에는 간소하긴 하지만 서로의 진영이 세워져 있어서, 상대의 진영에서 먼저 깃발을 빼앗는 팀이 승리를 하는 방식이었다.

데릭의 팀은 빨간색의 깃발이었고, 상대편인 6조는 파란색의 깃발이었다.

무기는 인원수에 맞게 검 15자루와 활 15개를 받았다. 이 중에 무엇을 선택해서 싸우든 그것은 본인의 선택이었다.

데릭이 속한 3조는 각자의 장기에 맞게 검을 주로 쓰는 4명을 제외하곤 모두 활을 들었다. 어차피 활을 주 무기로 쓰는 이들에게 억지로 검을 쥐게 해 봤자 아무런 소용도 없다고 판단했기 때문이다.

하지만 그것을 본 사람들은 모두 의아하게 생각할 수 밖에 없었다.

일반적으로 데릭의 조가 아무리 장거리에서 화살을 쏘는 게 장점이라곤 해도, 몇 명은 검을 들고 중앙에서 들어오는 공격을 막아야 한다고 생각했다. 그렇지 않으면 상대측인 6조에서 나올 10명의 기사들을 당해 낼 방법이 없었으니까.

누군가는 3조가 벌써 포기를 한 것 같다며 수군거렸다.

그때 사회자가 다시금 입을 열었다.

"이제부터 신호하면 3조와 6조의 시합이 시작되겠습니다! 모두 준비해 주세요!"

그 말에 3조와 6조에 속한 모든 사람들의 눈빛에 하나같이 긴장감이 어렸다.

사회자는 능숙하게 손에 들고 있던 깃발을 휘날리며 크게 외쳤다.

"시작!"

쿵쿵쿵쿵쿵!

동시에 커다란 북소리가 울려 퍼졌다.

데릭은 미리 짠 작전대로 적은 인원으로 버티는 수비가 아니라, 오히려 적진을 향해 돌진하는 공격적인 방식을 취했다.

"으아아아!"

데릭이 속한 3조가 앞으로 달려나가면서 지르는 기합 소리는 우렁찼다.

6조는 당연히 궁수들을 지키며 수비적으로 전투를 이끌어갈 거라고 생각했던 3조가 먼저 선제공격을 펼치자, 예상과 전혀 다르게 흘러가는 상황에 당황할 수밖에 없었다.

6조의 기사가 크게 소리쳤다.

"우리 진영으로 들어오지 못하게 막아!"

그 말에 6조의 조원들이 일제히 달려오는 데릭의 무리들을 막아섰다.

순식간에 두 무리가 뒤엉켜서 서로 검을 섞기 시작했다.

초반에는 어떻게 버틸지 모르겠지만 사실 이대로 조금만 시간을 끌어도 인원수가 훨씬 많은 6조가 유리한 상황이었다.

그때였다.

휘이이이익―

바람을 가르는 파공음과 함께 3조의 진영에서 쏘는 화살들이 날아오기 시작했다.

그것을 본 6조의 기사가 당황해서 입을 열었다.

"화살이다! 피해!"

6조는 기둥 뒤로 몸을 숨기거나 손에 들고 있던 검으로 날아오는 화살을 반으로 쪼개 버렸다. 하지만 화살 공격은 한 차례만 쏟아지는 게 아니었다.

6조는 상대적으로 화살을 쏘는 인원이 적었기 때문에 3조와 똑같이 장거리로 승부를 한다면 상대적으로 약할 수밖에 없었다.

6조의 남자가 말했다.

"3조의 진영에 있는 궁수들부터 처리해야겠습니다."

"하지만……."

이제 와서 3조의 진영으로 달려가기엔 데릭의 무리들에게 입구가 뚫릴 것 같았다. 갑작스러운 공격으로 6조가 우왕좌왕하는 사이 벌써 화살에 맞는 이들이 속출했기 때문이다.

6조에서 처음 명령을 내렸던 기사의 얼굴이 흙빛으로 변했다.

"……빌어먹을, 당했다."

데릭이 속한 3조는 누가 봐도 약세인 상황이었다. 그런데 오히려 예상을 깨는 공격으로 그들의 장점인 궁수들에게 접근할 타이밍을 놓치게 만들었다.

머리 좋게도 수비가 아닌 공격으로 자신들에게 더 유리한 상황을 만든 것이다.

이제는 6조의 자랑이었던 공격형의 기사들이 다치는

바람에 순식간에 이러지도 저러지도 못하는 상황에 놓이고 말았다.

바로 그 순간이었다.

6조가 우왕좌왕하고 있는 틈을 타, 데릭이 지체 없이 적 진영의 가장 깊숙한 곳으로 달리기 시작했다.

전술 시합은 깃발을 먼저 뽑는 팀이 승리하는 방식이었다. 애초부터 데릭을 포함한 3조가 노렸던 건, 갑작스러운 공격으로 적들이 당황한 사이 승패를 확실하게 결정짓는 것이었다.

3조원들이 최대한 데릭의 앞길을 열어 주며 소리쳤다.

"데릭 경, 달리십시오!"

반대로 6조에선 미친 듯이 질주하는 데릭을 향해 눈에 불을 켜고 달려들었다.

"막아! 어떻게든 막아야 해!"

데릭의 뒤에서 궁수들이 화살로 지원을 해 주긴 했지만, 3조는 처음부터 같이 정면으로 뚫고 나갈 인원이 부족한 상태였다.

그 차이를, 데릭이 오로지 자신의 실력으로 밀어붙였다.

다행히 전략대로 흘러가 준 덕분에 6조는 부상자들이 생겼으며, 한순간 갈피를 못 잡고 진영이 흐트러진 상태라 데릭의 앞길을 막아설 수 없었다.

그래서 데릭은 자신의 계획대로 큰 부상을 입지 않은 채 적진의 가장 깊숙한 곳까지 도달할 수 있었다.

궁수들이 많은 3조의 조합을 가장 적절하게 활용하면서도 가능한 누구도 다치지 않게끔 세운 완벽한 전술이었다.

파앗!

마침내 데릭의 손에 적군의 파란색 깃발을 뽑혔다.

"우와아아아—"

당연히 질 거라고 생각했던 3조가 승리하자, 관객석에서 크게 함성이 터져 나왔다.

지금까지 가만히 지켜보고 있던 대회의 감독관이 나지막이 말했다.

"……3조의 데릭 블레이즈, 9점."

데릭은 10점 만점에서 한 단계 낮은 9점을 받았다. 조합상 불리했던 전술 경기를 승리로 이끈 장본인이었음에도 말이다.

그 판결을 들은 3조의 기사들이 나서서 항의를 하기 시작했다.

"왜 데릭 경이 만점이 아닙니까?"

"말도 안 됩니다."

지금의 감독관이 황후의 친정인 아니타 가문과 연관되어 있다는 걸 아는 사람들은 모두 눈살을 찌푸릴 수밖에 없었다.

하지만 감독관은 뻔뻔한 얼굴로 재차 입을 열었다.

"한 번만 더 판결에 승복하지 못하면 감점을 하겠습니다."

모두 분한 표정이었지만, 그 말에 더 이상 불만을 표출할 수 없었다. 그리고 상황이 더 악화되기 전에 데릭이 먼저 나섰다.

"전 괜찮으니 신경 쓰지 마십시오. 우리 3조원들 모두 수고하셨습니다."

데릭은 아쉽게도 만점의 기록이 깨졌지만, 그래도 9점이면 마상 경기를 치를 최종 십 인의 기사로 들어갈 확률이 높았다.

그러한 사실을 누군가는 질투할 법도 한데, 3조의 사람들은 전혀 그런 내색 없이 모두 한마음으로 데릭에게 달려와 축하해 주었다.

"데릭 경이야말로 최종 열 명의 기사에 뽑힐 자격이 있으십니다!"

"나중에 우승하면 술 한잔 사십시오!"

이때만큼은 무뚝뚝한 데릭도 모두의 축하를 받으며 밝은 표정을 지었다.

"모두 고맙습니다."

3조의 모두가 약속이라도 한 듯 서로의 어깨를 부여잡

고 끌어안았다.

그 협동심 좋은 모습에 관람석에서 지켜보고 있던 사람들 또한 흐뭇한 표정이 되었다.

그렇게 3조의 경기가 반전으로 끝이 났다.

잠시 후, 위클리가 있는 5조와 9조의 시합이 시작되었다.

5조의 인물들 모두 막강했지만, 아무래도 우승 후보인 위클리가 같은 편이라는 사실에 사기가 더욱 하늘을 찌르는 듯했다.

예상대로 5조는 경기의 시작과 동시에 9조를 완벽히 몰아붙이기 시작했다.

위클리는 깃발을 뽑으러 가는 길에 자신의 앞길을 막는 9조의 기사를 아무런 거리낌 없이 검으로 그어 버렸다.

차아아악!

갑자기 경기장 안에 붉은 피가 튀자 사람들이 전부 깜짝 놀라고 말았다.

가능한 부상자나 사망자가 없도록 서로 조심하자는 주의였지만, 사상자가 생겼다고 해서 감점을 받는 것은 아니었다. 하지만 지금처럼 누가 봐도 고의로 사람을 베는 일은 극히 적었다.

위클리는 자신의 발아래에서 미동도 없이 쓰러져 있는 기사를 보며 비스듬히 입꼬리를 끌어올렸다.

"아, 실수."

모두가 놀란 시선으로 위클리를 쳐다보았지만, 정작 위클리는 자신만만하게 상대편의 깃발을 뽑아 흔들었다.

결과는 5조의 승리였다.

하지만 누구도 승리를 축하한다거나 함성을 지르지 않았다.

싸늘하게 가라앉은 경기장에 위클리만이 재미있다는 듯 웃음을 짓고 있을 뿐이었다.

잠시 멍하니 앉아 있던 대회의 감독관이 이내 정신을 차리고 입을 열었다.

"5조의 위클리 타이, 만점."

이로써 모두의 예상대로 유력한 우승 후보인 위클리 또한 최종 열 명의 기사로 뽑히게 되었다.

그 후에도 계속해서 전술 경기가 치러졌고, 모두의 점수를 계산해서 마지막까지 남게 될 기사들의 이름이 호명됐다. 그중에는 당연히 데릭의 이름도 포함되었다.

어찌 됐든 감독관이 내린 점수와 상관없이 모두의 머릿속에 강렬한 인상을 남긴 사람은 위클리와 데릭, 단둘뿐이었다.

* * *

커다란 콜로세움의 가장 좋은 자리에서 경기를 관전하고 있는 오펠리아에게 어느 순간 시녀장 카사나가 다가왔다.

"황후 폐하."

카사나의 부름에 오펠리아가 힐끗 고개를 돌려서 쳐다보았다. 그러자 카사나가 깊숙이 허리를 숙이며 귓가에 대고 자그맣게 속삭였다.

"명령하신 대로 모든 준비를 끝마쳤습니다."

"그래?"

대꾸를 하는 오펠리아의 눈동자에 일순 흥미로운 빛이 감돌았다.

오펠리아는 지금까지 지켜보았던 그 어떤 시합보다 기대가 된다는 듯, 마지막으로 치러질 마상 경기를 위해 대기실로 걸어가는 데릭의 뒷모습을 쳐다보았다.

오펠리아의 눈동자가 웃음을 품고 가늘어졌다.

"지금부터야 말로 재밌겠구나."

모두가 지켜보는 경기장에서 너무 과격한 선물을 보낼 수는 없었다.

만에 하나라도 데릭에게 치사량의 독을 먹인다면, 그걸 사주한 범인이 누구인지 파헤쳐질 것은 당연한 노릇이었다.

이미 셀비 후작이 벌인 암살 사건으로 시끄러운 와중에 아무리 오펠리아라 해도 그런 일을 또 벌일 수는 없었다.

그래서 오펠리아는 절대로 꼬리가 잡히지 않을 물건을 준비했다.

확실하게 데릭을 죽일 수는 없겠지만, 원래의 목적대로 블레이즈 가문을 검술 대회에서 떨어트리기엔 충분했다.

데릭이 몸에 이상을 느끼고 기권을 하든, 아니면 고집을 부려 경기 중에 부상이나 사망을 당하든 상관없었다. 어떤 결과가 나오든 간에 결국 오펠리아의 뜻대로 이뤄지는 것이니까.

오펠리아는 대기실 안으로 완전히 사라진 데릭의 빈자리를 바라보며 나지막이 중얼거렸다.

"……과연 얼마나 날 즐겁게 해 줄지 기대가 되는구나."

오펠리아의 입가에 맺힌 미소가 더욱 짙어졌다.

* * *

이레나는 기쁜 마음으로 데릭이 있는 대기실을 향해 걸어갔다.

몇몇 하녀들이 뒤를 따르려고 했지만, 혹시라도 중요한 경기를 앞둔 데릭에게 방해가 될까 봐 모두 물리치고 혼자 이동하고 있는 중이었다.

이레나가 지금 데릭을 찾아가는 이유는 하나였다. 사전에 약속한 것처럼 데릭이 마지막 마상 경기를 치르기 전에 직접 수놓은 자수 손수건을 건네주기 위함이었다.

오늘까지 날짜를 맞추느라 그동안 밤잠도 설쳐 가면서 만든 손수건이었다.

조금이라도 데릭이 시합을 하는 데에 도움이 되었으면 좋겠다고 생각하며, 이레나는 그가 있는 대기실의 문을 두들겼다.

똑똑—

하지만 아무런 대답도 들리지 않았다.

이레나가 의아한 마음에 나지막이 데릭을 불러 보았다.

"데릭 오라버니?"

콰당탕!

그때 안에서 무언가가 크게 떨어지는 소리가 들려왔다.

깜짝 놀란 이레나가 재빨리 대기실의 문을 열고 안으로 들어갔다.

그러자 데릭이 철 갑옷을 다 입지 못한 상태로 반쯤 바닥에 쓰러져 있는 모습이 눈에 들어왔다.

"오, 오라버니!"

이레나가 다급히 데릭을 향해 가까이 다가갔다.

데릭이 애써 괜찮은 척 잔뜩 쉰 목소리로 말했다.

"이런, 비전하 오셨습니까?"

"이게 대체 어떻게 된 일이에요?"

"그게…… 갑옷 사이에 이상한 물건이 들어 있더군요."

데릭은 어두워진 눈동자로 갑옷 사이에 꽂혀 있던 가느다란 침을 들어 이레나에게 보여 주었다.

원래는 경기를 시작하기 전에 착용하는 갑옷이었는데, 오늘은 미리 준비하고 있으려고 서두른 덕분에 빨리 발견할 수 있었다.

처음엔 잠깐 따끔하다고 생각하고 말았지만, 곧이어 데릭은 침에 찔린 부위에 아무런 감각도 느껴지지 않았다.

다행히 통증이 느껴진다거나 하는 건 아니었지만 평소에 비해 움직임이 무척이나 둔해진 상태였다. 마치 뾰족한 침에 찔린 부위가 점점 마비되는 느낌이었다.

데릭이 서둘러 말했다.

"아, 걱정은 안 하셔도 됩니다. 생명에 지장이 있는 물건은 아닌 것 같으니까요. 단지 움직임이 좀 더뎌진 정돕니다."

"대체 누가 이런 짓을……!"

이레나가 분노한 표정으로 이를 악물었다. 하지만 지금의 분한 감정과 별개로 이대로 데릭을 경기장에 내보낼 수는 없었다.

가능한 검술 대회에서 페어플레이를 하는 것이 원칙이었지만, 방금 전에도 경기 중에 사망 사고가 있었던 것처럼 무슨 일이 벌어질지 몰랐다.

"오라버니. 누가 이런 치사한 방법을 쓴 건지 모르겠지만, 아무래도 지금은 이대로 기권을 하시는 게 좋겠어요."

"그건 안 됩니다."

"오라버니!"

이레나의 강한 외침에도 데릭의 표정은 한 치의 흔들림이 없었다.

오늘 데릭은 위클리와 마상 경기에서 승부를 내기로 한 상태였다. 그런데 이제 와서 기권을 한다면 마치 위클리와의 결투가 무서워서 도망을 간 것처럼 보였다.

누가 악의적으로 데릭의 갑옷을 건드렸다고 주장한다 해도, 분명 이때를 놓치지 않고 떠들어대는 사람들이 존재할 것이다.

데릭은 다른 건 몰라도 이레나의 명예를 떨어트리려고 하는 건 용납할 수 없었다. 오늘 검술 대회에서 자신의 실력을 똑똑히 증명해서 그 누구도 더 이상은 허튼소리를 하지 못하도록 만들 생각이었다.

이레나는 납득이 안 간다는 듯 입을 열었다.

"고집부리지 마세요, 오라버니. 이러다가 정말 큰일이 날 수도 있어요. 오히려 경기 시작 전에 발견한 게 다행일지 몰라요."

"걱정하지 마십시오. 제 갑옷에 이런 장치가 있다는 것은 제가 기권하기를 바란다는 뜻인데, 그들이 원하는 대로 해 줄 수는 없습니다."

"하지만……!"

이레나가 더 뭐라고 입을 열려고 했지만, 데릭은 그저 희미하게 웃으며 그녀의 손에 들린 손수건을 가져갈 뿐이었다.

그 모습을 바라보며 이레나는 직감적으로 알 수 있었다. 데릭은 절대로 자신의 고집을 꺾지 않으리라는 것을 말이다.

사실 데릭뿐만이 아니었다. 블레이즈가의 사람들이 대체적으로 저마다 고집불통인 부분이 있었다.

이레나는 힘겹게 몸을 일으키는 데릭을 쳐다보며 하는 수 없다는 듯이 나지막이 중얼거렸다.

"오라버니, 죄송해요."

"……네?"

타악!

이레나는 순식간에 데릭의 뒷목을 가격했다. 그러자 급소를 맞은 데릭이 정신을 잃고 바닥으로 쓰러졌다.

이레나는 재빨리 데릭을 부축해서 벽에 기대어 놓았다.

'자칫하면 목숨을 잃을지도 모르는 경기에 오라버니를 내보낼 수는 없어요.'

데릭이 절대로 포기하지 못하겠다면, 이레나가 억지로라도 막는 수밖에 없었다.

하지만 최종 열 명의 기사로 뽑힌 데릭이 자발적으로 기권을 하지 않는다면 문제가 되었다. 누구든 데릭의 기권 의사를 대신 밝히는 순간, 이게 어찌 된 영문인지 조사하기 위해 들이닥칠 게 뻔했다.

그렇게 되면 다시 정신을 차린 데릭은 방금 전처럼 출전하기를 희망할 것이다.

이레나는 누군가가 파 놓은 함정에 데릭을 내보낼 수 없었고, 반대로 데릭은 쉽게 경기를 기권할 마음이 없었다.

그렇다면 방법은 하나뿐이었다.

바로 이레나가 대신해서 검술 대회에 참가하는 것이다. 그렇다면 범인의 목적을 방해하는 것과 동시에 데릭 또한 안전하게 지켜 낼 수 있었으니까.

'누가 이런 짓을 꾸몄는지 모르겠지만, 똑똑히 가르쳐 주지.'

한순간 이레나의 붉은 눈동자가 서늘한 빛을 발했다.

칼라일에게 도움을 요청하는 방법도 있었지만, 그런 움직임을 보였다가 누군가 수상한 낌새를 눈치챌지도 몰랐다. 어찌 됐든 데릭을 대신해서 출전한다는 것 자체가 합법적인 일은 아니었으니까.

또한 이 일을 꾸민 범인의 목적이 데릭의 검술 대회 출전을 막는 거라면, 이레나는 보란 듯이 데릭을 대신해 우승을 따내고 싶었다.

그런 중요한 일을 다른 사람에게 맡길 수는 없었다.

마음을 정한 이레나는 재빨리 데릭이 입고 있던 철 갑옷을 벗기고 제 몸에 착용하기 시작했다.

방 안에는 사이즈 별로 갑옷 안에 입을 수 있는 가죽옷이 구비되어 있었기 때문에 이레나는 어렵지 않게 화려한 드레스를 벗고 바꿔 입을 수 있었다.

원래 입고 있던 드레스는 눈에 잘 띄지 않는 곳에 꽁꽁 숨겨 놓았다.

다행히 마상 경기는 말 위에서 치러지는 시합이라 이레나와 데릭의 신장 차이를 눈치챌 수는 없을 것이다.

경기장과 관람석의 거리 또한 안전을 위해 어느 정도 떨어져 있는 상태라 더욱 그랬다.

가까이서 봐도 철 갑옷을 입으면 체격을 분간하기 어려울 지경인데, 멀리서 구경하는 관중들이 그런 미세한 차이를 감지해 내기란 불가능에 가까웠다.

스윽, 이레나는 마지막으로 투구까지 머리에 장착했다.

투구 안에서 보이는 희미한 붉은 눈동자만이 그녀가 이레나라는 것을 가르쳐 주었다.

지금 와서 생각해 보면 데릭의 대기실까지 아무도 데리고 오지 않아서 천만다행이었다.

그렇게 경기장에 참가할 모든 준비를 마칠 때였다.

똑똑, 가벼운 노크 소리와 함께 누군가의 목소리가 들려왔다.

"데릭 경, 출전하실 차례입니다."

"……."

이레나는 아무런 대꾸조차 하지 않은 채, 그대로 대기실의 문을 열고 바깥으로 모습을 드러냈다.

상대는 이레나가 입은 데릭의 갑옷을 보고, 당연히 그녀의 정체에 대해 일말의 의심조차 하지 않았다.

"아, 마침 준비를 다 끝내셨군요. 이쪽으로 따라오십시오."

이레나는 슬쩍 고개만 끄덕이며 천천히 그 남자를 따라 사람들이 모여 있는 경기장으로 걸어 나갔다.

일부러 걸음을 늦추고 상대방과 거리를 벌린 이유는,

혹시라도 데릭과 이레나의 신장 차이를 알아챌까 봐 조심하는 것이었다.

그렇게 이레나의 모습이 완전히 사라질 때였다.

어둡게 그늘진 대기실의 복도에서 갑자기 누군가의 인영이 툭 튀어나왔다.

그자는 바로 언제나 가면처럼 웃는 얼굴을 하고 있는 바토리였다.

황태자궁에서 이레나의 친정 하인으로 잠입해 있는 바토리는 그녀가 경기 전에 데릭에게 손수건을 건네주기 위해 이곳까지 왔다는 사실을 알고 있었다.

최근에 칼라일의 암살 사건에 대한 일을 파헤치다 보니, 평소보다 더 이레나의 일거수일투족을 감시하게 되었기 때문이다.

'응? 황태자비는 어디 가고, 왜 데릭 경만 나오는 거지? 분명 아까 전에 대기실로 들어가는 모습을 봤는데…….'

고작 손수건을 건네는 일에 시간이 이렇게 오래 걸릴 이유가 없었다.

데릭은 이미 경기장으로 나갔는데 이레나가 아직까지 대기실에서 나오지 않는 게 납득이 가지 않았다.

'……이상하다.'

의아한 생각이 드는 것과 동시에 무언가 불길한 예감이 들었다.

바토리는 저도 모르게 빠른 걸음걸이로 대기실을 향해 다가갔다. 그리곤 방금 전까지 데릭이 있던 대기실의 문을 벌컥 열어젖혔다.

혹시라도 이 안에 이레나가 남아 있다면 그럴듯한 핑계를 대지 않는 한 의심을 받을지도 몰랐다. 하지만 지금은 그런 계산보다 먼저 본능적으로 몸이 움직였다.

재빨리 방 안을 살펴보던 바토리의 눈에……

구석에 정신을 잃고 쓰러져있는 데릭의 모습이 들어왔다.

전혀 생각지도 못한 장면을 확인하게 된 바토리는 한 순간 딱딱하게 굳어 버리고 말았다.

곧 정신을 차린 바토리가 방금 전 이레나가 걸어 나간 방향을 쳐다보며 나지막한 목소리로 중얼거렸다.

"그렇다면 방금 갑옷을 입고 나간 건……."

말도 안 된다는 생각이 들었지만, 한편으론 지금까지 간과하고 있었던 사실 하나가 불쑥 튀어나왔다.

황후는 칼라일을 암살하기 위해 사람들을 보냈는데, 왜 타깃인 그는 멀쩡하고 옆에 있던 이레나가 화살에 맞았을까?

지금까지 무언가 놓치고 있다는 생각이 들어서 계속 마음이 찜찜했었다.

"설마……."

바토리는 차마 말을 끝까지 잇지도 못한 채 놀라움으로 얼어버렸다. 믿기 어려운 가설 하나가 머릿속에 떠올랐기 때문이다.

바로 이레나가 어마어마한 실력을 감춘 기사일지도 모른다는 것이다.

41
지지 않아

이레나는 먼저 출전한 다른 기사들의 마상 경기를 물끄러미 관전하고 있었다.

모두 마지막까지 살아남은 실력자들답게 솜씨가 무척이나 뛰어났다.

'만만하게 생각하면 안 되겠어.'

아직 이레나는 등 뒤에 맞은 화살 상처가 완전히 회복되지 않은 상태였다. 크게 무리를 하지 않는 선이라면 괜찮았지만, 시간이 지속되다 보면 나중에는 경기를 치르는데 지장이 생길지도 몰랐다.

가능한 그런 최악의 상황은 피해야 했기에 최대한 속전속결로 경기를 끝내 버리는 것이 최선이었다.

최종적으로 치러지는 마상 경기는 일대일 토너먼트로 우승자는 올라가고, 패배자는 탈락하는 단순한 방식이었다.

인원수는 총 열 명이었기에 이레나는 최소한 서너 번의 경기에 참석해야 했다.

'일단 제일 눈에 띄는 건 바로 저 남자인데…….'

현재 경기장에서 제일 압도적인 실력을 뽐내고 있는 건 바로 위클리였다.

위클리는 마상 경기의 시작과 동시에 상대방을 조금도 쉴 틈 없이 몰아쳤다.

남들의 눈에는 어떻게 보일지 모르겠으나, 이레나는 알고 있었다.

지금 위클리는 일부러 상대방을 가지고 놀고 있었다. 이미 훨씬 전에 승부를 낼 수 있었음에도 불구하고 일부러 계속 기회를 주면서 악착같이 달려드는 상대를 조롱하고 있는 것이다.

뒤늦게 그 사실을 알아차린 상대 기사도 점점 얼굴이 어두워졌다.

'결국 기권을 하려나?'

이레나가 냉철한 눈빛으로 관람하고 있을 때였다.

경기를 치르던 기사가 더는 못 참겠다는 듯이 심판관을 향해 말했다.

"전 여기서 그만……!"

그때였다.

퍼억!

그 말이 끝나기도 전에 위클리의 날카로운 창이 상대 기사의 어깨 부분을 뚫었다.

분명 철 갑옷을 입고 있었음에도 불구하고 위클리의 힘이 어찌나 셌는지, 기사의 어깨 부근 갑옷이 찌그러지면서 피가 흘러나왔다.

"으아아악!"

기사는 고통으로 몸부림치면서 말 위에서 떨어졌다.

멀찍이서 지켜보던 심판관이 당황한 얼굴로 위클리에게 말했다.

"아니. 저분은 방금 전에 기권을 하려고 했던 것 같은데, 굳이 이렇게까지 할 필요가 있었습니까?"

위클리는 그저 어깨를 한 번 으쓱하고는 진득한 미소를 머금으며 대답했다.

"그랬나? 몰랐습니다."

전혀 미안한 기색이 느껴지지 않는 위클리의 뻔뻔한 태도에 심판관의 표정은 안 좋았지만, 그렇다고 위클리가 룰을 위반한 것은 아니었다.

그땐 상대가 기권 의사를 확실히 밝힌 것도 아니었고, 그저 그럴 것 같았다는 추측이 드는 상황일 뿐이었으니까.

심판이 탐탁지 않은 목소리로 외쳤다.

"위클리 경, 승!"

경기 중에 부상자가 발생하긴 했지만, 관람객들에게 그런 건 크게 중요치 않았다.

짝짝짝짝짝!

위클리의 승리를 축하하는 박수 소리가 끊임없이 쏟아져 나왔다.

물론 몇몇은 위클리의 잔혹한 성품에 대해 험담을 늘어놓았지만, 어쨌든 공식적으론 아무런 문제도 되지 않는 상황이었다.

첫 시합을 승리한 위클리는 기세등등하게 경기장을 나서며, 슬쩍 데릭으로 위장해 있는 이레나를 쳐다보았다. 그리곤 누런 이빨을 내보이며 씨익 미소 지었다.

그 웃음에 도발이 섞였다는 걸 이레나가 눈치채지 못할 리가 없었다.

'뭐야? 오라버니랑 사이가 안 좋은 상대였나?'

이레나는 의아함이 들었지만, 이내 철 투구 속에서 작게 실소를 머금었다.

'……재밌네.'

이런 치열한 승부를 앞뒀을 때 느껴지는 긴장감은 오랜만이었다.

왠지 그동안 숨겨 왔던 기사로서의 피가 들끓는 느낌이었다. 아쉽게도 현재 이레나의 컨디션이 화살에 맞은 상처 때문에 최상은 아니었지만, 그렇다고 해도 상관없었다.

이레나가 점점 멀어지는 위클리의 뒷모습을 눈에 담고 있을 때였다.

사회자가 크게 외쳤다.

"그럼 이번 마상 경기는 데릭 블레이즈 경과 폴 다이에드 경입니다!"

"오오오—"

데릭에게 기대를 거는 사람들도 많았기 때문에 관람석에서 들려오는 함성 소리가 컸다.

이레나는 자리에서 벌떡 일어나 원래는 데릭이 타야 할 말 위에 올라탔다.

이제는 이레나가 첫 경기를 치를 차례였다.

*　　*　　*

칼라일은 데릭에게 손수건을 건네주기 위해 떠난 이레나가 다시 관람석으로 돌아오지 않자 점점 걱정이 되고 있는 상태였다.

'대체 어딜 간 거지?'

더구나 지금 막 이레나가 가장 기대하고 있던 데릭의 경기가 시작되려는 참이었다.

칼라일이 더는 기다리지 못하고, 바깥에 있는 수하들을 부르려던 찰나였다.

차르르르륵!

콰당탕!

경기장에서 들려온 커다란 굉음 소리에 칼라일이 저도 모르게 동작을 멈추고 그쪽으로 시선을 주었다.

마상 경기가 시작되자마자 이레나는 기다란 창으로 상대방의 가슴팍을 찌르는 공격을 펼쳤고, 상대는 재빨리 말을 이용해 간격을 벌리며 그것을 피해 내려는 상황이었다.

하지만 그게 바로 이레나가 원한 것이었다.

이레나는 찌를 것처럼 들고 있던 창을 재빠르게 공중에서 회전시켜, 그 반동으로 상대방의 어깨를 후려쳤다.

콰앙!

철 갑옷과 창날이 부딪치는 소리가 어찌나 큰지, 한순간 경기장을 가득 메울 정도였다.

연이어지는 이레나의 공격으로 상대의 몸이 균형을 잃고 휘청거렸고, 이레나는 그 틈을 놓치지 않고 재차 창을 움직였다.

휘이이이익—

창을 워낙 빠르게 움직이는 통에 한순간 채찍처럼 휘어지는 것 같다는 착각이 들 정도였다.

타아앙!

그대로 창이 다시 한 번 기사의 몸통을 강타했을 때였다.

그 충격을 이기지 못한 기사는 결국 말에서 떨어지고야 말았다.

기사가 재빨리 몸을 일으켜 이 불리한 상황을 만회해 보려고 했지만, 이미 늦었다.

스윽, 이레나의 창끝이 상대의 목젖에 닿아 있었다.

결국 상대방은 제대로 손조차 써 보지 못하고 침울한 표정으로 입을 열었다.

"……항복합니다."

이토록 짧은 시간에 마상 경기의 승패가 결정된 적은 처음이었다.

무엇보다 이레나가 보여 준 무위는 무척이나 압도적이어서 모두의 뇌리에 깊게 박힐 수밖에 없었다.

한순간 찬물을 끼얹은 것처럼 조용했던 관람석에서 갑자기 우레와 같은 환호 소리가 터져 나왔다.

"와아아아아!"

짧지만 강렬했던 경기에 자리에서 벌떡 일어나 박수를 치는 사람들도 눈에 보일 정도였다.

이레나의 붉은 눈동자가 슬쩍 심판관을 향했다.

그러자 잠시 정신을 놓고 있었던 심판관이 크게 외쳤다.

"데, 데릭 블레이즈 경, 승!"

그렇게 이레나의 시합은 끝이 났음에도 불구하고 관람석에서 터져 나오는 환호는 조금도 식을 줄을 모르고 있었다.

이레나는 군더더기 없는 동작으로 상대를 겨누고 있던 창을 회수하고, 그대로 말을 탄 채로 경기장을 유유히 빠져나갔다.

그리고 칼라일도 그 광경을 똑똑히 지켜보고 있었다.

'지금까지 실력을 감췄던 건가? 이전에 치른 경기들도 좋았지만 이번엔 유독…….'

칼라일이 잠시 혼자만의 생각을 하고 있을 때였다.

막 경기장 바깥으로 사라지는 이레나의 철 투구에서 언뜻 붉은색 눈동자가 비쳤다.

자신을 향한 시선을 마주하는 순간 칼라일의 머릿속에 불길한 생각이 엄습했다.

'혹시…….'

아주 멀리 떨어져 있었기에 확신할 순 없었지만, 저 모습이 왠지 모르게 낯익었다.

칼라일은 이미 몇 번이나 이레나가 철 갑옷을 입은 채 정체를 감추고 활동하는 모습을 지켜보았다. 다른 이들이라면 이런 미세한 차이를 별로 대수롭지 않게 넘길지 모르겠으나 그는 아니었다.

이미 이레나의 실력이 누구보다 뛰어나다는 것을 알고 있었고, 그녀가 데릭의 경기를 보러 오지 않는다는 걸 이상하게 여기고 있었으니까.

더구나 방금 전에 창을 허공에서 휘두르던 솜씨.

'보통 팔 힘이 약한 타입이 주로 그런 공격을 쓰지. 그대로 맞대결을 펼치는 것보다 반동을 이용하는 게 더욱 강한 타격을 줄 수 있으니까.'

바로 이레나처럼 말이다.

이레나는 뛰어난 기사였지만 여자라서 상대적으로 남성에 비해 힘이 약할 수밖에 없었다. 그래서 본인의 신체 조건에 맞는 방식으로 공격을 펼치는 것이 당연했다.

만약 칼라일이 경기장에 나갔더라면 방금 전처럼 허공에서 창을 휘두르기보단 그대로 내리꽂으며 힘으로 압도했을 것이다.

거기까지 생각하자 점점 의심스러운 마음이 들었다.

만약 칼라일의 짐작이 사실이라면 데릭에게 무슨 문제가 생겼을 가능성이 컸다.

벌떡, 칼라일은 지체 없이 자리에서 일어났다.

방금 전 경기를 치른 게 이레나라면 기특한 마음이 드는 것도 사실이다. 하지만 그와 동시에 걱정스러운 건 어쩔 수 없었다. 현재 이레나의 부상이 다 낫지 않은 상태라는 걸 알기 때문이다.

'……부인은 정말이지, 한시라도 눈을 뗄 수가 없게 만드는군.'

* * *

최종 시합인 마상 경기는 검술 대회의 꽃이었다.

그전에 치러진 세 개의 경기도 모두 즐거웠지만, 마지막 남은 열 명의 기사가 벌이는 승부만큼 폭발적인 인기를 얻지는 못했다.

어느새 관람석에서는 제각각 자신의 응원하는 기사의 이름을 부르며 크게 환호하고 있었다.

"데릭 경, 이쪽을 봐 줘요!"

"조엘, 힘내요!"

"위클리 경, 이기세요!"

애초부터 검술 대회에서 가장 크게 주목받던 기사는 위클리, 조엘, 데릭이었다.

이제 그 세 명이 모두 살아남아 마상 경기를 치르게 되었으니, 그중에 누가 가장 강한지 밝혀내야만 하는 시간이었다.

사회자가 크게 외쳤다.

"이번 시합은 유력한 우승 후보로 뽑힌 두 분이 겨루게 됩니다. 바로 조엘 경과 위클리 경입니다!"

운명의 장난처럼 최종 열 명의 기사들이 모두 한 차례씩 경기를 치르고, 우승자 다섯 명만 남게 되자 개중에 위클리와 조엘이 만나는 대진표가 짜진 것이었다.

관객석에서는 결승전이나 다름없다며 기대를 하고 있었다.

이레나의 입장에서도 유력한 두 우승 후보와 모두 맞붙는 것보다, 그중에 이긴 자와 겨루는 게 더 편했기에 상대적으로 좋은 일이었다.

이레나가 느긋하게 대기석에 앉아서 경기가 시작되기를 기다리고 있을 때였다.

우연히 그 앞을 지나가게 된 위클리가 힐끗 이레나를 쳐다보며 말했다.

"용케도 여기까지 왔네. 혹시 내가 황태자비의 오라비라서 우승 후보에 거론된다고 했던 말이 자극이라도 된 건가?"

"……?"

이레나는 지금 위클리가 하는 말을 듣고, 이전의 상황들을 대충 유추해 볼 수가 있었다.

'혹시 오라버니가 이런 소리 때문에 더욱 출전을 포기하지 않았던 걸까?'

감춰졌던 진실을 알게 된 이레나의 얼굴이 철 투구 안에서 딱딱하게 굳어져 갈 때였다.

위클리가 나지막이 말을 이었다.

"꼴에 용기는 가상하다만 조금만 기다려. 내가 조엘이라는 놈을 먼저 쓰러뜨리고 나서 널 짓뭉개 줄 테니."

그렇게 위클리는 조롱이 담긴 말을 남기고, 다시 경기장을 향해 발걸음을 옮겼다.

그때였다.

지금까지 입을 굳게 다물고 있던 이레나가 처음으로 목소리를 냈다.

"……누가 뭉개질지는 두고 보면 알겠지. 나와 겨루고 싶다면 지지 마."

이레나는 최대한 목소리를 깔았지만 그럼에도 데릭과 미세한 차이가 날 수밖에 없었다.

하지만 위클리는 전혀 눈치채지 못한 채 호탕하게 웃었다.

"그거, 아까도 나한테 했던 말 아닌가?"

이레나는 몰랐지만, 데릭도 위클리에게 비슷한 말을 했었다.

—떨어지지 마라. 내 손으로 직접 끝장을 내줄 테니.

위클리는 그때 데릭이 한 말을 떠올리며 다시 한 번 피식 웃었다.

"그냥 황태자비한테 울면서 날 혼내 달라고 부탁해 봐. 그게 날 이기는 것보다 훨씬 빠를 테니까. 하하하."

그 말을 끝으로 위클리는 다시 경기장을 향해 나아갔다.

아마 지금 위클리는 데릭의 투구를 쓰고 있는 사람이 이레나 본인이라는 걸 죽어도 모를 것이다.

그렇게 위클리의 뒷모습이 점점 멀어져 갈 때였다.

이레나가 철 투구 안에서 무시무시한 표정을 지은 채 흐릿하게 입꼬리를 올렸다.

"그래. 어쩌면 지금은 그게…… 빠르겠네."

그렇게 모두의 기대 속에 위클리와 조엘의 경기가 시작되었다.

이레나는 전보다 더 냉정한 시각으로 이번 시합을 바라보았다. 원래부터 검술 대회의 우승을 노리고 있었지만, 위클리의 말을 듣고 더더욱 이겨야겠다는 투지가 불타올랐기 때문이다.

쐐애애애액!

위클리의 창이 날카롭게 조엘에게 쏘아졌다.

하지만 조엘 역시도 어렵지 않게 그의 창날을 피해 내며 재차 반격을 가했다.

분명 누가 봐도 훌륭한 경기였지만, 이레나는 뭔가 찜찜한 마음을 지우지 못했다.

'두 사람의 실력은 비등비등해.'

객관적으로 평가했을 때 조엘과 위클리 둘 다 뛰어난 기사라는 건 부정할 수 없는 사실이었다.

그런데 위클리는 최선을 다해 경기에 임하고 있는 느낌이라면, 조엘은 상대적으로 강한 공격은 퍼붓지 않는 것 같았다. 마치 애초부터 위클리에게 이길 생각이 조금도 없는 것처럼 말이다.

'설마…… 파벨루크는 이런 대회에서까지 힘을 감추고 싶은 건가?'

이레나의 시선이 자연스럽게 황실 사람들이 앉아 있는 최고층 VIP석으로 향했다.

거기엔 창백한 얼굴로 끝까지 자리를 지키고 있는 설리반과 묘한 웃음을 짓고 있는 오펠리아가 함께 앉아 있는 모습이 보였다.

그리고 둘의 일정한 거리 뒤에는 파벨루크가 무표정한 얼굴로 경기장을 내려다보고 있었다.

지금까지는 생각해 본 적이 없어서 몰랐다. 하지만 조금만 머리를 굴려도 쉽게 알 수 있는 사실이었다.

'루넨 공국에서 온 조엘 경이 우승을 하게 된다면, 안 그래도 파벨루크를 견제하고 계신 아버님이 더욱 불안해 하시겠지.'

자그마한 루넨 공국에 루퍼드 제국보다 더 뛰어난 기

사가 있다는 소리니, 당연히 황제인 설리반의 입장에서는 기분이 좋을 리가 없었다.

그렇다면 파벨루크는 처음부터 검술 대회의 구색만 맞춰 주고, 일부러 우승을 하지 않으려는 심산인지도 몰랐다.

"……하."

거기까지 생각이 들자 이레나는 저도 모르게 작게 실소를 짓고 말았다.

역시나 영리한 남자였다. 파벨루크는.

위클리와 조엘의 마상 경기는 이레나의 예상대로 흘러가기 시작했다.

쉬이이이익!

위클리의 창이 조엘을 향해 빠르게 찔러 들어갔다.

지금까지 조엘의 실력을 보았을 때 충분히 피할 수 있는 공격이었다.

하지만 이 정도는 당해도 크게 치명상을 입지 않을 거라 판단했는지, 조엘은 피하지 않고 그대로 위클리의 창에 맞았다.

콰아아앙!

갑옷이 뚫리는 커다란 굉음이 울려 퍼졌다.

조엘은 입가로 울컥 피를 흘리면서도 가장 먼저 고개를 들어 VIP석에 있는 파벨루크를 힐끔 쳐다보았다.

파벨루크 또한 그를 향해 미세하게 고개를 끄덕였다. 마치 잘했다는 것처럼 말이다.

이레나는 남몰래 사인을 주고받는 그들의 모습을 확인하곤, 더는 꼴 보기 싫다는 듯이 눈을 돌렸다.

“와아아아아!”

“역시 위클리 경이 최고다!”

아무것도 모르는 관중석에서는 엄청난 환호성이 터져 나왔다.

조엘이 너무 허무하지 않게끔 일부러 경기를 조절했기에 평범한 사람들의 눈에는 흥미진진하게 보일 수밖에 없었다. 아마 웬만한 기사들조차 눈치채지 못했을 것이다.

현 황실 사정과 파벨루크가 감추고 있는 야망을 전부 꿰뚫고 있는 이레나만이 지금 이 검술 대회의 결과가 조작되었다는 걸 알아차릴 수 있었다.

‘그렇다면 데릭 오라버니의 갑옷을 건드린 건…… 황후 측일 가능성이 크겠구나.’

누가 봐도 이번 검술 대회의 강력한 우승 후보는 위클리, 조엘, 데릭이었다.

그런데 조엘은 애초부터 우승을 할 계획이 없었다면, 자연스럽게 위클리를 지지하고 있는 아니타 가문에서 손을 썼을 확률이 높았다.

이레나는 번뜩이는 눈동자로 다시 한 번 즐겁게 경기를 관전하고 있는 황후 오펠리아를 올려다보았다.

'지난번에 열린 검술 대회도 아니타 가문이 우승을 했었지.'

아니타 가문은 루퍼드 제국의 뛰어난 장군들을 셀 수도 없이 배출해 낸 훌륭한 기사 가문으로 명성이 자자했다.

하지만 지금 아니타 가문을 이끄는 수장인 체자레는 그만한 능력을 가지고 있지 못한 상황이었다. 그리고 오펠리아의 아들인 2황자 레드필드 또한 마찬가지다.

어쩌면 그래서 오펠리아는 검술 대회의 우승으로 아니타 가문의 건재함을 과시하려고 하는 건지도 몰랐다.

그렇다면 더더욱…….

이레나가 입꼬리를 올리며 흐릿하게 웃었다.

'내가 방해를 해 줘야겠네.'

검술 대회를 지켜보면 볼수록 이레나가 우승을 거머쥐어야 할 이유가 차고도 넘쳤다.

얼마 전 칼라일에게 암살자들을 보낸 범인으로 가장 의심이 되는 것도 바로 오펠리아였다. 그만큼 이레나는 그녀에게 갚아 줘야 할 빚이 많았다.

이번 기회에 그동안 묵혀 놨던 빚을 청산하는 것도 나쁘지 않으리라.

*　*　*

검술 대회의 최종 경기인 마상 시합은 계속해서 진행되었다.

이레나도 몇 차례의 시합을 더 치렀고, 그 덕분에 등 뒤에서 느껴지는 상처 부위의 통증이 심해진 상태였다.

이레나가 허공에서 슬쩍 어깨를 한 번 돌려보며 미간을 찡그렸다.

'……오래 시간을 끌면 안 되겠네.'

다행히 이제 남은 경기는 딱 하나뿐이었다.

원수는 외나무다리에서 만난다는 말처럼 검술 대회 최종 결승전에 이레나와 위클리가 맞붙게 되었다.

처음에 계획했던 대로 최대한 속전속결로 끝내는 수밖에 없었다.

그때 이레나가 앉아 있는 대기석을 향해 누군가 다가오는 발자국 소리가 들렸다.

이레나가 무심코 고개를 돌려보니, 그 장본인은 다름 아닌 쿤이었다.

'카샤 경이 왜 여기에……?'

이해할 수 없는 상황에 의문이 들었지만, 그보다 먼저 쿤이 빠른 걸음걸이로 다가와 이레나에게 말을 건넸다.

"데릭 경이십니까?"

이레나는 대답 대신 살짝 고개만 끄덕거렸다. 다른 사람도 위험했지만 평소 이레나의 목소리를 잘 아는 쿤이라면 더더욱 정체를 들킬 위험이 있었기 때문이다.

쿤이 나지막한 목소리로 말했다.

"장군, 아니. 황태자 전하께서 뵙자고 청하십니다. 마지막 경기 전에 잠깐 시간을 내주실 수 있겠습니까?"

생각지 못한 쿤의 제안에 이레나는 깜짝 놀랄 수밖에 없었다.

'혹시 카릴이 내 정체를 눈치챈 건가?'

왠지 칼라일이라면 그럴지도 모르겠다는 생각이 들었다. 하지만 상관없었다. 굳이 그에게까지 비밀로 감추고 싶은 건 아니었으니까.

어쩌다 보니 부득이하게 데릭을 대신해서 출전하게 된 것이지, 칼라일을 속이거나 피해야 할 이유는 어디에도 없었다.

이레나는 말없이 자리에서 벌떡 일어나는 것으로 자신의 의견을 표현했다.

쿤은 한 마디도 하지 않는 이레나를 약간 의아하게 바라보았지만, 이내 타인에게 관심을 갖지 않는 성격답게 제 할 말을 꺼낼 뿐이었다.

"이쪽으로 따라오십시오."

그렇게 이레나는 천천히 쿤을 따라 콜로세움 안에 처

음 보는 장소로 향했다.

그리 멀리 떨어지지 않은 위치였음에도 불구하고 경기가 치러지고 있는 공간과 완전히 다른 고급스러운 분위기가 풍기는 곳이었다.

달칵, 목적지에 도착한 쿤이 먼저 방문을 열고 들어갔다.

이레나는 뒤편에서 방 안의 풍경을 보고 내심 놀란 상태였다. 수많은 경기들이 치러지는 콜로세움 안에 이렇게나 호화로운 방이 존재한다는 사실을 처음 알았기 때문이다.

방 안에서 물끄러미 창밖을 내려다보고 있던 칼라일이 이레나가 도착한 것을 알아차리고 고개를 돌렸다.

시선이 허공에서 마주치자 이레나는 묘하게 칼라일의 표정이 굳어 있다는 걸 알아차릴 수 있었다. 짐작대로 그는 이미 이레나의 정체를 눈치채고 있는 것 같았다.

칼라일이 짧게 말했다.

"그만 나가 봐."

"네, 장군."

쿤은 가타부타 말없이 깊숙하게 허리를 숙이곤, 곧바로 방에서 나갔다.

자연스럽게 이 넓은 방 안에는 이레나와 칼라일 단둘만 남아 있게 되었다.

칼라일이 못마땅하다는 듯 미간을 찡그린 채로 입을 열었다.

"시간이 얼마 없으니 어서 갑옷부터 벗어 봐. 등에 난 상처를 확인해야겠어."

예상은 했지만 이런 말을 꺼내는 칼라일을 보고 있자니, 이레나는 내심 신기할 수밖에 없었다.

"저인 줄 어떻게 알았어요?"

"그런 질문은 내가 그대를 알아보지 못했을 때나 하도록 해. 내가 부인을 어떻게 몰라볼 수가 있겠어. 안 그래?"

너무나도 당연하다는 듯이 흘러나오는 칼라일의 대답에 이레나는 저도 모르게 희미한 웃음을 머금고 말았다.

칼라일이 성큼 다가와서는 이레나의 얼굴을 가리고 있는 투구를 벗겼다. 그러자 화장기가 지워진 청초한 맨얼굴이 드러났다. 하지만 그럼에도 여전히 아름다운 모습이었다.

이레나는 왠지 이러고 있으니 처음 철 갑옷을 입고 칼라일을 구해 줬던 시간으로 돌아간 느낌이 들었다.

잠시 과거를 추억하던 이레나가 나지막한 목소리로 말했다.

"미리 말하지만, 전 마지막 남은 결승전을 치러야 해요."

"알아. 나도 말해 두지만 대기실에 쓰러져 있던 그대의 오라비는 이미 아무도 모르게 응급 처치를 해 놓은 상태이니 걱정할 필요 없어."

"정말요? 아무런 이상은 없는 거죠?"

"그래. 잠시 몸이 마비가 되었을 뿐이야. 시간이 흐르면 다시 원래대로 돌아온다더군."

그 말을 듣자 이레나의 표정이 눈에 띄게 밝아졌다.

안 그래도 알 수 없는 독에 중독된 데릭의 상태가 계속 걱정되었다. 그런데 경기가 끝나기 전까지는 이레나가 데릭의 행세를 해야 했기에 아무한테도 보여 줄 수가 없어서 마음을 졸이고 있었다.

다행히 칼라일이 먼저 알아채고 처치를 해 주었다니 한결 마음이 놓였다.

칼라일이 재차 입을 열었다.

"내가 그대를 대신해서 다른 사람을 경기에 출전시키고 싶다고 하면…… 분명 싫다고 거절하겠지?"

"네. 아무래도 오라버니를 대신하는 자리이고, 또 블레이즈가를 대표하는 일이니 다른 사람의 손에 맡기고 싶지 않아요."

"……그럴 줄 알았어."

칼라일은 내키지 않는다는 표정을 지었지만, 그래도 더 이상 반대하는 말을 꺼내지는 않았다. 그저 이레나가 입고 있던 갑옷을 손쉽게 벗을 수 있게 도와줄 뿐이었다.

이레나가 의아한 표정으로 물었다.

"그런데 갑자기 상처 부위는 왜……."

"상처가 얼마나 벌어졌는지 보고, 경기가 끝날 때까지 최대한 버틸 수 있게 진통제를 발라 줄 거야. 그러면 지금보단 편안해지겠지."

"아……."

이레나는 그제야 상처 부위부터 보여 달라고 요구한 칼라일의 말을 이해할 수 있었다.

이레나가 순순히 상반신에 걸치고 있던 갑옷을 벗고, 몸을 뒤로 돌려서 등에 난 상처를 칼라일에게 보여 주었다.

그러자 정면에서 울긋불긋한 상처를 확인하게 된 칼라일의 얼굴이 와락 찌푸려졌다.

"부인이 의도한 건 아니겠지만…… 요즘 들어 내 인내심의 한계를 자주 시험당하는 느낌이야."

칼라일은 그 말과 동시에 자신이 더 아픈 표정을 지으며, 이레나의 상처 부위에 가지고 온 약들을 바르기 시작했다.

그의 손끝이 미미하게 떨리는 게 느껴졌기에 이레나는 약에 닿은 부위가 고통스러워도 신음 소리조차 낼 수가 없었다. 왠지 그러면 칼라일의 마음이 더 아플 것 같았기 때문이다.

서둘러 치료를 끝낸 칼라일이 다시 이레나의 상처에

붕대를 감아 주며 말했다.

"분명히 경고하는데, 위클리라는 놈이 부인의 몸에 털끝 하나만 상처를 입혀도 경기장에 뛰어 들어가서 머리통을 깨 버릴 생각이야."

"카, 카릴……."

실제로 그런 일이 벌어진다면 경기장이 발칵 뒤집히고 말 것이다.

아마도 농담일 거라고 생각하지만, 왠지 칼라일의 말은 농담같이 들리지 않는 힘이 있었다.

"그러니 다치지 말고, 내게 돌아와."

칼라일이 손이 조심스럽게 이레나의 상처를 어루만지는 것이 느껴졌다.

이레나는 몸을 돌려서 복잡한 표정을 짓고 있는 칼라일을 똑바로 쳐다보았다.

굳이 말로 표현하지 않아도 칼라일이 있는 힘껏 참고 있다는 게 느껴졌다. 그는 분명 이레나를 위험한 경기장에 내보내기가 싫은 거다.

하지만 이레나의 의견을 존중하기 위해, 칼라일은 최대한 본인의 감정을 억누르고 있었다.

이레나는 그런 칼라일이 무척이나 사랑스러워 죽을 것 같았다.

"저를 믿어 줘서 고마워요. 당신의 말대로 더 이상 다치지 않게 몸조심할게요."

"……검술 대회를 보면서 장난처럼 나눴던 대화가 정말로 현실이 될 줄은 몰랐군."

그 말에 이레나도 처음에 검술 대회를 관전하며 둘이서 나눴던 대화를 떠올렸다.

—부인이 지금처럼 응원해 준다니, 나중에 기회가 되면 나도 대회에 한 번 참가해야겠군.

—당신을 위해서라면…… 저도 참가할 수 있어요.

이레나와 칼라일은 서로를 위해 참가할 수 있다는 의사를 밝혔지만, 그런 날이 이렇게 빨리 올 줄은 꿈에도 몰랐었다.

이레나가 희미하게 웃으면서 칼라일을 바라보았다. 그는 못마땅할지 몰라도 이레나는 그에게서 받은 신뢰가 무척이나 기분 좋았다.

그러다가 문득 떠오른 생각에 이레나가 다급히 입을 열었다.

"참, 카릴 혹시……."

"……?"

"손수건 있어요?"

*　　*　　*

검술 대회의 마지막 결승전이니만큼 경기장 안에는 뜨거운 응원들이 쏟아져 나왔다.

이레나는 경기에 출전하기에 앞서, 방금 전 칼라일에게서 받은 손수건을 자신이 사용할 창 끝부분에 힘껏 묶었다.

원래는 데릭이 사용할 수 있도록 이레나의 손수건을 건넬 생각이었지만, 어쩌다 보니 실상은 칼라일의 손수건을 쓰게 되었다.

물론 다른 사람들은 이게 이레나의 손수건이라고 믿을 것이다. 하지만 당사자인 이레나는 진실이 무엇인지 알고 있었으니 상관없었다.

'카릴의 명예를 위해서라…….'

결투장에서 누군가의 손수건을 건다는 건, 그 사람의 명예를 위해서 싸우겠다는 뜻이기도 했다.

이레나는 창끝에 휘날리고 있는 손수건을 보면서 피식 웃었다.

분명 남녀의 입장이 바뀐 건 사실이었다. 보통은 남자인 기사가 결투를 하고, 여성인 레이디가 손수건을 건넸으니까.

하지만 그런 것쯤 바뀌어도 아무런 문제가 되지 않았

다. 중요한 것은, 이레나가 칼라일을 위해 결투한다는 것이다. 그리고 이레나는 그런 싸움에서 절대로 질 생각이 없었다.

"자, 이제 결승전을 시작하겠습니다! 선수 입장해 주십시오!"

바깥에서 들려오는 사회자의 커다란 목소리에 이레나는 기다란 창을 쥔 상태로 뚜벅뚜벅, 경기장을 향해 나아갔다.

정면에서 비추는 햇빛 덕분에 이레나의 그림자가 길게 늘어졌다.

그 뒷모습이 마치 한 폭의 그림처럼 느껴졌다.

"지금 이 경기에서 이긴 사람이 이번 검술 대회의 최종 우승자가 됩니다. 과연 승리의 여신은 누구에게 미소를 지어 줄까요?"

마지막 시합이라 그런지 이전보다 사회자의 말이 길어졌다.

그뿐만 아니었다. 관람석에 앉아 있던 제국민들이 하나같이 자리에서 일어나 본인이 응원하는 기사의 이름을 목청껏 소리치고 있었다.

"데릭! 데릭! 데릭!"

"위클리! 위클리!"

그 어느 때보다 경기장은 뜨거워져 있었다.

오랜만에 강한 상대와 정면 승부를 앞두고 있자니, 이레나도 잠들어 있던 본능이 서서히 깨어나고 있는 느낌이 들었다.

전투를 할 때 공격과 방어의 짧은 선택의 결과에 따라 까딱 잘못하면 목숨을 잃을 수 있었다.

그렇게 생사를 건 승부를 몇 번 겪다 보면, 어느샌가부터 그게 마치 마약처럼 작용이 될 때가 있었다.

긴장감이 최고조에 달하는 그 시점.

그것은 한편으로 그 어떤 것보다 짜릿한 쾌감이었다.

하지만 들끓어 오르는 뜨거운 감정과 달리, 이레나는 침착한 눈빛으로 맞은편에 위풍당당하게 서 있는 위클리를 쳐다보았다.

위클리는 남성 중에서도 체격이 좋은 편이었기에 이렇게 똑바로 마주 서자, 가녀린 이레나와의 체급 차이가 상당했다.

'카릴이 준비해 준 진통제 덕분에 몸 상태가 한결 수월해진 건 사실이지만, 여전히 시간을 오래 끌면 내가 불리해.'

정면으로 위클리와 힘을 겨루게 되면 당연히 상대적으로 근력이 약한 이레나의 체력 소모가 더 빠를 수밖에 없었다.

그러니 이레나는 자신이 잘하는 싸움 방식으로 이 경기를 이끌어 나가야만 했다.

"선수들은 이제 말에 올라타 주십시오."

사회자의 말에 따라 이레나는 데릭을 위해 준비된 말에 몸을 실었다. 그러다 힐끗 고개를 돌려보니, 뒤편에서 칼라일이 무시무시한 눈빛으로 이쪽을 바라보고 있는 게 느껴졌다.

그는 정말로 이레나가 다칠 것 같은 상황에 놓이면 당장이라도 경기장 안으로 뛰어 들어올지도 모른다는 생각이 들었다.

물론 데릭을 대신하는 자리였기에 정체를 감추려면 그런 일이 벌어져선 안 된다.

하지만 무심코 그런 상상을 하게 되자, 이레나는 저도 모르게 철 투구 안에서 따스한 미소를 머금고 말았다.

'……지지 않아.'

지금도, 그리고 앞으로도……

칼라일을 위한 싸움에서 이레나는 지지 않을 것이다.

휘익, 이레나가 말 위에서 창을 크게 한 번 휘둘렀다.

그 덕에 창끝에 묶여 있던 칼라일의 손수건이 바람에 한차례 휘날리더니, 정확히 그가 서 있는 방향을 가리키게 되었다.

일부러 이레나가 의도한 것이었고, 그것을 칼라일도 곧바로 알아차렸다.

굳이 말로 전하지 않아도 느껴질 수밖에 없었다.

이건 이레나가 자신을 믿고 기다리고 있으라는 의미가 담긴 행동이었다.

칼라일이 이내 어쩔 수 없다는 듯, 미간을 찌푸리면서도 입꼬리를 올려 웃었다.

아주 짧은 찰나의 순간, 이레나와 칼라일의 눈동자가 허공에서 마주치며 서로의 감정을 공유하고 있을 때였다.

모든 준비가 끝나자 사회자의 말이 이어졌다.

"신호하는 순간, 마지막 결투를 시작하겠습니다."

쿵쿵쿵쿵.

긴장감을 고조시키는 북소리가 울려 퍼지기 시작했다. 마치 경기장 안 모든 사람들의 심장 소리처럼 느껴질 정도로 큰 울림이었다.

이레나는 눈앞에 있는 위클리를 똑바로 쳐다보았다.

위클리의 자신만만한 눈동자가 깊게 눌러쓴 철 투구 사이로 보였다.

삐익—!

그렇게 신호가 떨어지자 위클리와 이레나가 동시에 말을 타고 달렸다.

타다다다다닥.

거칠게 울려 퍼지는 말발굽 소리와 함께, 두 사람의 창이 허공에서 마주쳤다.

차앙! 창!

눈 깜짝할 새에 서로 수십 번의 공격과 방어를 주고받았다.

구경을 하는 사람으로 하여금 절로 숨소리조차 죽이게 만드는 명승부였다.

위클리의 창이 매섭게 이레나의 옆구리를 노리고 날아들었다.

카아아앙!

하지만 이레나 또한 그것을 알아차리고 재빨리 창을 돌려 쳐 냈다.

절체절명의 공격들이 순식간에 지나갔다.

이레나는 붉은 눈동자를 날카롭게 빛내며, 마주하고 있는 위클리를 주시했다.

말을 탄 시합이 아니었다면 이레나의 날렵한 몸놀림을 이용해 자유자재로 피하고, 예상치 못한 각도에서 공격을 펼쳤을 것이다.

하지만 마상 경기 자체가 말 위에서 치러지는 시합이었기에, 말에 탑승하고 있는 두 다리를 자유롭게 움직이기는 힘들었다. 그래서 상대적으로 이레나의 민첩한 몸놀림에 제약이 따를 수밖에 없었다.

무조건 불리하다는 건 아니었지만, 이레나의 장점 하나를 죽이고 가는 느낌이었다.

'뭐, 덕분에 데릭 오라버니와의 신장 차이를 감출 수 있었으니 불평할 수만은 없지.'

데릭과 이레나의 키 차이를 감추기에는 마상 경기만 한 시합이 없었다. 그러니 단점만 있다고 볼 수는 없었다.

'문제는 마상 시합이라 어쩔 수 없이 힘으로 부딪치게 되는 순간이 존재한다는 건데…….'

그런 상황이 많이 찾아올수록 이레나에게는 좋지 않았다. 단순히 힘과 힘으로 맞붙게 되면 이레나가 위클리를 이길 수 없었기 때문이다.

더구나 창끼리 부딪쳐 몸에 충격이 가해질수록 등 뒤의 상처에서 통증이 느껴지기 시작했다.

아무리 진통제를 맞았다곤 하나 무리를 하면 할수록 장기전은 힘들었다.

'……주어진 시간이 그리 많지 않으니, 최대한 빨리 승부를 봐야겠어.'

이레나가 위클리의 빈틈을 탐색하며 재빠르게 창을 움직일 때였다.

위클리가 그녀에게만 들릴 정도로 작게 말을 건넸다.

"생각보다 제법이네. 하지만 나를 상대로 이기려면 백 년은 이르지."

위클리의 도발에도 이레나는 평정심을 잃지 않았다.

어쩌면 일부러 이레나를 흥분시키려는 수작인지도 몰랐다.

이레나가 나지막이 대꾸했다.

“나한테 패배했을 때는, 과연 그 입에서 무슨 말이 나올지 기대할게.”

“건방진!”

콰앙, 위클리가 방금 전보다 더 강한 힘으로 이레나의 창을 내리눌렀다.

이레나는 그것을 최대한 버티다가 이내 창을 비틀어 공격을 옆으로 흘렸다.

이쯤 되면 위클리도 눈치를 챌 수밖에 없었다.

이레나가 거센 공격을 가할 때는 창을 크게 한 번 휘둘러 반동을 이용했고, 위클리가 정면 승부를 걸면 그것을 맞상대하지 않은 채 회피했다.

‘분명 경기 중에 부상을 당했거나, 아니면 나한테 힘으로 안 되는 게 틀림없어.’

위클리는 평소에도 자신의 장점인 강한 힘으로 경기를 주도하는 편이었다. 그러다 보니 상대의 패턴이 뻔했다.

물론 개중에서 이레나처럼 능동적으로 공격을 피해 내는 사람은 없었지만, 직감적으로 그녀가 무엇을 가장 두려워하고 있는지 알아차릴 수 있었다.

‘그렇다면 더더욱 힘으로 상대해 주지.’

위클리가 자신에 찬 표정으로 이레나를 향해 더욱 거칠게 공격을 가하기 시작했다.

처음에는 두 사람 다 본인의 스타일대로 공격을 펼쳤다면, 지금은 상대의 약점을 간파해 그것을 파고들려 하고 있었다.

콰가강!

위클리가 창에 실는 힘이 묵직해진 만큼 부딪쳤을 때 나는 소리도 육중했다.

그의 거센 힘을 견디지 못하고 이레나의 가녀린 몸이 살짝 휘청거렸다.

그것을 본 위클리는 승리가 눈앞에 있다는 것이 느껴졌다.

'이상하게 저놈의 체구가 좀…… 작아진 것 같네.'

하지만 그런 소소한 것에 일일이 신경 쓰지 않았다. 지금 무엇보다 중요한 건 검술 대회를 우승하는 일이었으니까.

오펠리아는 데릭에게 마비 침을 보냈다는 것에 대한 어떠한 언급도 하지 않았지만, 경기 전에 위클리를 찾아와 이런 말을 남겼다.

—가능하면 경기장에서 데릭 경을 죽이거라.

위클리는 오펠리아의 명령대로 따를 생각이었다.

'애초부터 마음에 들지 않았는데 잘됐지.'

위클리가 비열한 웃음을 지으며, 창을 크게 위로 치켜들었다가 아래로 순식간에 내리꽂았다.

이레나가 이 공격을 막아 내려면 창을 부딪치는 수밖에 없었다. 그럼 위클리는 그대로 힘으로 밀어붙여 이레나의 목을 뚫어 버릴 계획이었다.

"마지막이닷!"

위클리의 강한 외침과 함께, 그의 창이 맹렬하게 이레나를 향해 쏘아졌다.

그때였다.

거짓말처럼 이레나의 몸이 가뿐하게 말 위로 날아올랐다. 그녀가 순식간에 말의 몸통을 박차고 허공에서 공중제비를 하는 모습은 마치 날렵한 고양이를 떠올리게 했다.

덕분에 최후의 일격이라고 생각한 위클리의 창은 아무도 없는 공간을 가르고 지나갔다.

창에 강한 힘을 실은 만큼 위클리의 동작이 커질 수밖에 없었는데, 그것을 이렇게 말도 안 되게 피해 버리자 한순간 허점투성이가 되었다.

'아, 아뿔싸!'

위클리가 당황한 눈동자로 이레나를 향해 재빨리 고개를 돌렸다.

하지만 이미 늦었다.

이레나가 말 안장에 두 발을 짚고 착지한 상태로, 손에 들고 있던 창을 강하게 찔러 넣었다.

쿠우우웅!

이레나의 창이 정확히 위클리의 몸통을 강타했다.

그 순간의 강한 힘을 견뎌 내지 못하고 위클리의 거대한 체구가 말 위에서 굴러떨어졌다.

콰당탕탕—

그렇게 한차례 바닥을 구르고 먼지투성이가 된 위클리가 믿을 수 없다는 눈빛으로 이레나를 올려다보았다.

이레나는 위에서 그를 내려다보며, 창끝으로 그를 조준하고 있었다. 조금만 허튼짓을 해도 숨통을 끊어버릴 수 있도록 말이다.

위클리가 떨리는 목소리로 말했다.

"나, 나한테 힘으로 밀리는 게 아니었나?"

분명 경기 중에 이레나는 몇 번이나 위클리가 걸어오는 정면승부를 피했다. 그리고 아까는 충격으로 몸까지 흔들릴 지경이었다.

그런데 지금 이레나의 반격은 마치 위클리가 이렇게 공격하길 기다렸다는 것처럼 절묘하게 맞아떨어졌다.

무엇보다 방금 전 이레나의 창에 실린 파워는 위클리에게 뒤지지 않을 정도로 강력했다.

도대체 어떻게…….

경악으로 물든 위클리의 눈동자를 바라보며, 이레나가 무미건조한 목소리로 대답했다.

"일부러 보여 준 빈틈이었는데 잘 속네."

이레나가 위클리의 힘을 두려워한 건 사실이다. 가능하면 그와 맞대결하지 않고 최대한 빨리 승부를 내려고 했다.

하지만 그렇다고 이레나가 처음부터 위클리의 창을 감당할 수 없었던 건 아니었다. 그건 장기전으로 갔을 때의 이야기였으니까.

이건 이레나가 판 함정이었다. 자만한 위클리에게 조금만 허점을 보여 주면 이레나를 만만하게 여기고 공격할 게 뻔했으니까.

이레나가 철 투구 속에서 입꼬리를 올리며 나지막이 말했다.

"너야말로 날 상대하려면 백 년은 일러."

위클리가 분한 표정으로 어금니를 으드득 깨무는 소리가 생생히 들렸다.

승패가 완전히 결정 나자, 커다란 콜로세움에 있던 모든 관람객이 전부 기립했다.

"와아아아아아!"

"데릭! 데릭! 데릭! 데릭!"

데릭의 이름이 이 커다란 콜로세움을 가득 메웠다.

오늘부터 데릭 블레이즈라는 존재가 검술 대회의 우승자로 루퍼드 제국에 유명 인사가 될 거란 건 자명한 사실이었다.

사회자가 흥분한 목소리로 소리쳤다.

"이번 검술 대회의 최종 우승자는, 바로 데릭 블레이즈 경입니다!"

수많은 사람들의 환호와 박수 소리가 들려왔다. 하지만 경기가 끝나자마자 이레나의 두 눈동자가 향한 곳은 바로 칼라일이었다.

칼라일이 미간을 찡그린 채로 만족스러운 미소를 짓고 있었다.

이레나가 힐끔 자신의 창끝에 묶여 있는 그의 손수건을 한 번 바라보곤, 다시 칼라일을 향해 철 투구 안에서 해맑게 웃었다.

그렇게 이레나가 막 칼라일이 있는 곳을 향해 뛰어가려는 찰나였다.

"아들아!"

익숙한 목소리가 관객석에서 들려왔다. 문득 고개를 돌려보니 거기에는 알포드와 미라벨이 상기된 표정으로 이레나를 바라보고 있었다.

혹시 경기에 방해가 될까 봐 찾아오진 않았지만, 누구

보다 이 경기를 가슴 졸이며 보고 있던 사람들은 바로 블레이즈가의 가족들이었다.

알포드가 감동스러운 얼굴로 재차 입을 열었다.

"장하다, 내 아들."

원래대로라면 이레나는 가족들이 있는 곳을 향해 달려가야 했지만, 지금은 어쩔 줄 모른 채 주춤거릴 수밖에 없었다. 다른 사람도 아닌 알포드와 미라벨이라면 분명 철 투구 속의 인물이 데릭이 아니라는 것을 눈치챌 것이다.

그리고 처음 들어보는 알포드의 칭찬에 이레나는 저도 모르게 딱딱하게 굳어 버리고 말았다.

이건 이레나를 향한 말이 아니었다. 당연히 그녀를 데릭이라고 생각하고 내뱉은 말이었으니까.

그런데 가슴이 쿵쿵쿵, 거리면서 세차게 뛰기 시작했다.

이레나는 단 한 번이라도 좋으니 알포드에게 인정받고 싶었다. 지금처럼 잘했다고 칭찬을 듣는 게 소원이었다.

'……아버지.'

우두커니 서 있는 이레나를 가족들이 점점 의아하게 바라보고 있을 때였다.

뒤편에서 저벅저벅, 걸음 소리와 함께 칼라일이 다가왔다. 그리곤 어정쩡하게 창을 들고 있는 이레나의 손을 낚아채며, 다른 사람들 보란 듯이 큰 소리로 외쳤다.

"오늘의 우승을 축하하네. 데릭 경."

"전하……."

"어서 들어가서 축배를 들지."

칼라일은 이레나의 어깨를 끌어안고 자연스럽게 경기장 바깥으로 인도했다.

황태자인 칼라일이 직접 나서 축하해 주는 훈훈한 모습에 관객들과 블레이즈가의 가족들 표정이 한층 더 기쁨으로 물들었다.

이레나는 곤란한 상황을 구해 준 칼라일을 향해 나지막이 속삭였다.

"……고마워요."

칼라일이 못 말리겠다는 듯이 이레나를 바라보다가 이내 픽 하고 웃었다.

"수고했어."

거기서 끝이 아니었다. 그의 목소리가 끊이지 않고 이어졌다.

"하지만 다음부턴 절대 이런 경기에 나갈 생각은 하지 마."

칼라일이 아무에게도 보이지 않게끔 슬쩍 자신의 오른팔을 보여 주었다. 그러자 거기에는 울긋불긋 돋아나려는 그의 검은색 비늘들이 보였다.

이레나의 붉은 눈동자에 놀라움이 스쳤다.

칼라일은 방금 전까지 싸늘하게 경기를 바라보던 시선을 이제야 부드럽게 누그러트리며 이레나를 향해 말했다.

"하마터면 검술 대회고 나발이고 다 뒤집어 버릴 뻔했거든."

잠시 얼어 있던 이레나는 이내 작게 웃음을 터뜨릴 수밖에 없었다.

그가 뒤에서 얼마나 이레나를 걱정하고 있었는지 눈에 선했다. 방금 전 칼라일의 마음이 그대로 전해져 오는 것 같았다.

이레나가 철 투구 안에서 말갛게 웃으며 말했다.

"큰일이네요. 당신의 애간장을 녹이는 게 이렇게 행복하다니."

* * *

황실 사람들이 앉아 있던 콜로세움의 VIP석은 분위기가 극명하게 나뉘었다.

설리반은 황제파 가문인 블레이즈가에서 검술 대회의 우승자가 나오자 기뻐서 어쩔 줄 몰라 했고, 반대로 오펠리아의 표정은 차마 감출 수 없을 정도로 딱딱하게 굳어 있었다.

오펠리아의 곁에 있던 시녀장 카사나도 생각지도 못한 결과에 잔뜩 당황한 모습이었다.

지금이야 사람들의 시선을 의식해서 오펠리아는 침착함을 유지하려고 노력하고 있었지만, 보나 마나 황후궁으로 돌아가는 순간부터 분노를 터뜨릴 게 뻔했다.

그 모습들을 파벨루크가 팔짱을 낀 채로 유심히 지켜보고 있었다. 현재 설리반과 오펠리아의 기분 상태뿐만이 아니었다. 방금 전 검술 대회의 경기들도 상당히 흥미를 끄는 요소가 많았다.

특히 데릭의 실력은 파벨루크의 상상을 초월하는 수준이었다.

'황태자비의 오라비라…….'

파벨루크가 곰곰이 생각에 잠기고 있을 때였다.

그의 뒤편으로 수하 한 명이 소리 없이 다가왔다.

"각하."

그 말에 파벨루크가 슬쩍 눈길을 주자, 수하가 귓가에 대고 나지막이 속삭였다.

"바토리한테서 연락이 왔습니다. 긴급히 보고 드려야 할 게 있다고 합니다."

"……그래?"

이런 식으로 바토리에게 정해지지 않은 날짜에 연락을 받은 적은 처음이었다.

일순 파벨루크의 얼굴에 궁금증이 어렸다.

사람들의 뜨거운 관심 속에서 검술 대회가 끝이 났다.

파벨루크는 콜로세움에서 나오자마자 바토리의 요청대로 비밀리에 단둘만이 만날 수 있는 자리를 마련한 상태였다.

그리고 바토리의 보고를 들은 파벨루크는 그답지 않게 놀라고 말았다.

"네 말대로라면 오늘 데릭 경으로 출전한 게…… 사실은 황태자비였다고?"

"네, 그렇습니다. 믿기 어려우시겠지만 데릭 경이 대기실에 쓰러져 있는 모습을 제가 똑똑히 확인했고, 그 방안에 같이 있었던 건 황태자비뿐이었으니 확실합니다."

"……하."

파벨루크는 낮게 웃음을 터뜨리고 말았다. 하지만 웃는 얼굴과 달리, 그의 눈동자에는 차가운 이채가 어렸다가 이내 사라졌다.

"그렇다면 이번 암살 사건에서 황태자비가 다친 이유도 칼라일을 지키다가 그랬을 공산이 크다는 소리구나."

"맞습니다. 각하."

분명 쉽게 믿기지 않는 이야기였다.

제아무리 블레이즈 가문이 황실의 제 4 기사단장을 대

대로 맡아 왔다지만, 여성인 이레나를 이처럼 뛰어난 기사로 훈련시킬 순 없었다.

이레나가 검술을 배웠다는 이야기도 듣지 못했지만, 이렇게 훌륭한 검술 실력을 지닌 딸내미를 감췄다는 것도 말이 되질 않는다.

그런데 이래저래 말이 안 된다고 생각이 들면서도, 한편으론 지금까지 수수께끼로 남아 있던 것들이 풀리는 느낌이었다.

잠시 혼자 상념에 빠져 있던 파벨루크가 나지막이 중얼거렸다.

"……혹시 몰라 칼라일이 여의주에 빈 소원을 알아보려 했을 뿐인데, 생각지 못한 수확을 얻게 되었구나."

그것도 예상했던 것보다 훨씬 더 큰 정보였다.

이레나의 검술 실력이 여의주와 무슨 연관인지 정확히 알 수는 없었지만, 그녀에게 반지가 있다는 걸 확인하고 바토리를 붙여 두길 잘했다는 생각이 들었다.

만약 이러한 사실을 몰랐다면, 정작 중요한 순간에 치명적인 실수를 했을지도 모른다.

적군의 비밀을 안다는 건 그만큼이나 중요한 일이었다.

파벨루크가 만족스러운 표정으로 고개를 끄덕이며 말했다.

"수고했다. 너에게 이 일을 맡기길 참으로 잘했다는 생각이 드는구나."

"감사합니다. 각하."

"네가 이 일을 눈치챘다는 사실은 아무도 모른단 말이지?"

"네."

"더 잘됐구나."

파벨루크의 입가에 진득한 미소가 맺혔다.

지금까지 칼라일의 수하들을 조사한 내용을 대폭 수정해서 이레나를 가장 위험인물로 두어야 했지만, 그러한 고생은 이 사실을 몰랐을 때에 비하면 아무것도 아니었다.

바토리가 조심스럽게 입을 열었다.

"황후 측에도 이 이야기를 흘릴까요?"

"그럴 필요 없다."

단박에 흘러나오는 파벨루크의 대답에 바토리가 약간 의아한 시선을 보냈다.

그러자 파벨루크가 묘한 미소를 머금은 채로 말을 이었다.

"어차피 나는 황후나 칼라일 둘 중 하나가 사라지기를 기다려야 한다. 루퍼드 제국은 이러나저러나 황권이 강한 나라야. 내가 두 개의 세력을 한꺼번에 상대할 수 없으니…… 둘이 치고받고 싸우다 약해진 걸 잡아먹으면 된다."

"그 말씀은……."

"지금은 황후의 손을 잡고 있지만, 승자가 칼라일이어도 상관이 없다는 소리다."

사실 이레나가 기억하는 저번 생에는 칼라일이 먼저 죽었기에, 오펠리아와 파벨루크의 구도가 마련된 것이었다.

애초부터 파벨루크는 오펠리아가 죽고, 칼라일과 단둘만 남아도 상관없었다.

중요한 건 그 둘이 손을 잡고 파벨루크를 공격하지만 않으면 된다는 것이었으니까.

바토리가 깍듯하게 허리를 수그리며 대답했다.

"네. 무슨 말씀이신지 충분히 이해했습니다."

"이 비밀은 오로지 우리만 알고 있어야 한다. 혹시라도 마지막 승자가 칼라일이 되었을 때, 유용하게 써먹어야겠구나."

반대로 오펠리아가 승자가 된다고 해도 상관없었다. 그렇다면 이레나에 관한 정보가 없는 황후 측은 더 큰 손실을 입었을 테니까.

누구든지 더 많은 상처를 입고 승리자가 된다면, 그건 중간에서 어부지리를 원하는 파벨루크에게 더없이 좋은 일이었다.

파벨루크가 기꺼운 표정으로 말했다.

"원하는 것을 말해라. 네게 포상을 내리마."

"각하께서 그리 말씀하신다면…… 한 가지 청이 있습

니다."

파벨루크가 그게 무엇이냐는 눈빛으로 쳐다보자, 바토리가 재빨리 고개를 수그리며 큰 목소리로 외쳤다.

"나중에 각하께서 황위에 오르시면 소인을 장군으로 만들어 주십시오!"

귀족 출신이 아닌 바토리가 루퍼드 제국의 장군이 된다는 것은 천지가 개벽하지 않는 한 이뤄질 수 없는 일이었다.

하지만 파벨루크가 반역으로 황제가 된다는 건, 말대로 하늘이 뒤바뀌는 엄청난 일이었다.

지금의 귀족들이 대거 숙청당하고, 새로운 인물들이 권력을 잡아나갈 것이다.

바토리는 그 기회를 놓치고 싶지 않았다.

생각지도 못한 소원에 파벨루크는 잠시 고민했지만, 이내 흔쾌하게 고개를 끄덕이며 호탕하게 웃음을 터뜨렸다.

"그리하마. 너도 알겠지만 난 욕심 많은 놈을 싫어하지 않아."

"감사……."

바토리가 기쁜 표정으로 감사의 말을 전하기도 전이었다.

파벨루크의 목소리가 거기서 끊이지 않고 계속해서 흘러나왔다.

"그렇지만 제 주제를 모르는 놈은 싫어하지. 네가 그만한 공을 세운다면 장군이 아니라 그보다 더한 자리도 주겠다."

"……!"

한순간 바토리의 표정이 경직됐다.

파벨루크의 말은 한마디로 그만한 공을 더 세우라는 뜻이었다. 물론 확실한 약속은 아니었지만 바토리는 그 말에 가능성을 보았다.

재빠르게 파벨루크의 말을 이해한 바토리가 제자리에서 털썩 무릎을 꿇으며 크게 소리쳤다.

"절대로 폐하를 실망시키는 일은 없을 것입니다."

그의 입에서 흘러나온 '폐하'라는 소리에 파벨루크의 눈가가 부드럽게 휘어졌다.

파벨루크가 천천히 자신의 수염을 쓰다듬으며 나지막이 말했다.

"기대하마. 당장은 지금처럼 황태자비의 일거수일투족을 감시해서 내게 보고하거라."

"네. 충성을 다하겠습니다."

42

마음의 결정

검술 대회의 막이 내리자, 이레나는 데릭의 갑옷을 벗고 재빨리 원래의 드레스로 갈아입었다.

이후 이레나가 곧장 향한 곳은 바로 데릭이 누워 있는 장소였다.

칼라일이 비밀리에 이동시켜 준 덕분에 다행히 이레나는 아무에게도 들키지 않은 채, 데릭이 있는 곳까지 안전하게 올 수 있었다.

그렇게 이레나가 도착한 지 얼마 되지 않았을 때였다.

침대에 누워있던 데릭이 희미하게 정신을 차리기 시작했다.

"……으음."

데릭의 움직임에 이레나가 가까이 다가가 걱정스러운 표정으로 물었다.

"오라버니, 괜찮으세요?"

눈을 뜬 데릭이 이레나를 확인하고 순간 의아하다는 듯이 물었다.

"비전하? 아, 검술 대회는……!"

마지막 마상 경기의 출전을 앞두고 자신이 정신을 잃었다는 걸 기억해 낸 데릭이 다급하게 자리에서 몸을 일으켰다.

이레나가 재빨리 그의 어깨를 잡으며 나지막이 말했다.

"검술 대회는 걱정하지 마세요."

"제가 대체 얼마나 잠들어 있었던 겁니까? 어서 출전 준비를 해야……."

"이미 대회는 끝났어요."

"……네?"

"그리고 이번 검술 대회의 우승자는…… 바로 데릭 오라버니예요."

방금 정신을 차린 데릭은 도무지 이해가 안 된다는 표정으로 이레나를 쳐다보았다.

이레나는 자신을 혼란스럽게 바라보는 데릭을 향해 준비했던 말을 내뱉었다.

“제가 수하를 시켜서…… 오라버니를 대신해 출전하도록 만들었어요.”

“비, 비전하.”

데릭이 그답지 않게 떨리는 목소리로 이레나를 불렀다. 그리곤 믿을 수 없다는 듯 표정을 잔뜩 일그러뜨린 채 입을 열었다.

“어떻게 그런…… 생각을 하셨습니까? 누가 알게 된다면 어쩌시려고요. 저를 위장해 다른 사람을 출전시킨 것은 검술 대회의 룰을 위반하는 행동입니다.”

이레나는 데릭의 말투에서 자신을 책망하고 있다는 것을 느낄 수 있었다.

데릭은 고지식한 성격이었다. 이런 편법으로 우승을 한 것을 달갑게 생각하지 않을 게 뻔했다.

아마 그는 죽더라도 경기장에서 숨을 거둬야 한다고 여길 것이다. 데릭은 뼛속까지 공명정대한 그런 남자였으니까.

하지만 이레나는 달랐다.

고작 그런 규율에 얽매여 데릭을 잃어버릴 수는 없었다.

데릭이 위험천만한 검술 대회를 포기 못 한다면, 이레나가 억지로라도 그의 출전을 가로막을 수밖에 없었다.

“누구보다 제게 든든한 아군이 되어 주시겠다고 하셨잖아요.”

"……."

"앞으로 저를 위해 싸우실 거라고, 오라버니가 분명 저한테 그리 말씀하셨잖아요. 그런데 고작 검술 대회 때문에 오라버니의 목숨을 위험하게 하겠다는 건가요?"

"……비전하."

"살아 주세요. 살아서…… 제 옆에 있어 주세요."

저번 생에서도 데릭은 이레나를 위해서 목숨을 걸었었다.

그가 블레이즈 성에 침투한 침입자들에게 시간을 끌어 준 덕분에 이레나는 도망칠 수 있었고, 살아남을 수 있었다.

그래서 이레나는 아주 오랜 세월 데릭을 원망하기도 했었다. 자신 혼자서만 살아남게 만들었으니까.

물론 데릭은 그런 정의로운 죽음을 원하는 건지도 모르겠다. 하지만 이레나는 두 번 다시 그런 일을 허용할 수 없었다.

설령 이것이 이레나의 이기심이라 해도 어쩔 수 없다. 그 어떠한 이유라고 해도 다신 눈앞에서 가족들을 잃어버릴 수 없었으니까.

"이게 오라버니가 원한 결말이 아닐지도 몰라요. 오라버니의 입장에선 이런 우승이 탐탁지 않으시겠지요. 하지만 그래도…… 그래도 저를 혼자 내버려 두지 마세요."

"……."

"저는 명예로운 죽음 따위 원하지 않아요. 악착같이 살아서 제게 힘이 되어 주세요."

잠자코 이레나의 이야기를 듣고 있던 데릭이 어렵사리 입을 열었다.

"……죄송합니다. 비전하."

그 말에 이레나의 가슴이 철렁하고 내려앉았다. 마치 이레나의 뜻대로 해 줄 수 없다는 사죄의 말로 들렸기 때문이다.

하지만 데릭의 말은 거기서 끊이지 않고 계속해서 흘러나왔다.

"제가 비전하를 지켜 드리겠다고 선언을 했음에도 불구하고, 바보같이 올바른 길만 생각하고 있었습니다."

데릭도 알고 있었다. 권력이라는 건 동전의 양면처럼 분명 어두운 부분이 존재했다.

누군가를 모략하고, 헐뜯고, 하물며 살해까지 할 수 있는 게 바로 정치라는 것이다.

그리고 그런 궁중 암투의 중심에 서 있는 게 바로 이레나였다.

언젠가 이레나를 위해서라면 더러운 짓이라 해도 망설이지 않겠다고 다짐해놓고, 데릭은 무의식중에 그것을 잊고 있었다.

그저 당장 눈앞에 있는 검술 대회의 우승으로 건방진 위클리를 누르고, 블레이즈 가문의 위명을 높일 생각만 했다.

혹시라도 데릭이 잘못되면 이레나 혼자만 남게 될 걸 모르고 말이다.

알포드는 블레이즈 가문보단 황실을 더 위하는 사람이었고, 미라벨은 아직 너무 어려서 기댈 수가 없었다. 그래서 현재 이레나에게 힘을 실어 줄 수 있는 사람은 오직 데릭뿐이었다.

그 사실을 잠시라도 망각했다는 사실에 데릭은 스스로를 자책했다.

"제가 비전하께 어려운 결정을 내리도록 만들었군요."

"오라버니……."

이레나의 붉은 눈동자가 감정에 복받쳐 일렁거렸다.

그 보석같이 아름다운 눈동자를 바라보며 데릭이 그제야 희미하게 웃었다.

"제힘으로 우승이란 영광을 얻지는 못했지만, 비전하께서 받아들이라고 하시면 소신 기꺼이 따르겠습니다."

이레나는 그 말에 목이 메어서 어떠한 대답도 하지 못했다. 그저 일렁거리는 눈동자로 가만히 데릭을 바라보고 있을 뿐이었다.

"비전하의 말씀대로 끝까지 살아서 지켜 드리겠습니

다. 험난한 가시밭길에 조금이라도 제게 기대실 수 있도록."

이레나는 괜스레 코끝이 찡해졌다. 자신의 마음을 뒤늦게라도 헤아려 준 데릭에게 진심으로 고마웠다.

분명 데릭의 성격상 받아들이기 힘든 일이었을 텐데도 오로지 이레나를 위해서 양보하고 이해해 준 것이다.

이레나는 왠지 눈시울이 뜨거워졌지만 오히려 해맑게 웃었다.

"……고마워요, 오라버니."

데릭은 기력을 되찾고 다시 콜로세움의 경기장으로 돌아갔다. 아직까지 그를 기다리고 있는 알포드가 있었기 때문이다.

이레나는 멀찍이서 알포드와 데릭이 만나는 모습을 바라보다가, 이내 몸을 돌려 자신이 타고 갈 마차가 있는 곳을 향해 걸어갔다.

검술 대회에서 자칫 잘못하면 데릭이 위험에 빠질 수도 있었는데, 그래도 사전에 알아채고 막을 수 있었던 게 천만다행이었다.

"……윽."

길을 걷던 이레나가 잠시 걸음을 멈췄다. 검술 대회로 인해 무리를 했더니 등 뒤의 상처에서 통증이 느껴졌다.

대회가 끝나자마자 데릭에게 달려가야 했기 때문에 혹시라도 칼라일이 걱정할까 봐 지금껏 고통을 숨기고 있었다.

'돌아가면 의사부터 불러서 상처를 확인해 봐야겠네.'

만약 상처가 덧나면 칼라일이 무척이나 걱정할 것이 뻔했다. 가능한 그런 일이 벌어지지 않도록 사전에 관리를 해야 했다.

그렇게 이레나가 서둘러 걸음을 옮기고 있을 때였다.

"비전하."

자신을 부르는 목소리에 고개를 돌려보니, 이곳으로 가까이 다가오고 있는 쿤의 모습이 눈에 들어왔다.

얼마 전 쿤이 블레이즈 저택에서 나와 황궁으로 복귀했다는 사실을 이레나 또한 보고를 받아서 알고 있었다. 그리고 검술 대회에서 데릭으로 위장하고 있었을 때 이미 한 번 마주친 적이 있어서 더욱 위화감이 없었다.

쿤이 허리를 굽히며 인사했다.

"오랜만에 뵙습니다. 제 복귀 소식은 들으셨겠지만 돌아와서 직접 인사드리는 건 처음이군요."

"그러네요. 그동안 블레이즈 저택에서 별다른 일은 없었죠?"

이레나의 물음에 쿤이 잠시 멈칫하더니, 이내 아무렇지 않은 표정으로 대답했다.

"……네."

"아, 전하는 어디에 계신가요? 먼저 궁으로 돌아가신다고 했는데."

"안 그래도 그것 때문에 드릴 말씀이 있어서 찾아왔습니다. 전하께서 지금……."

이레나와 쿤이 함께 걸으며 도란도란 이야기를 나누고 있을 때였다.

끼이익—

갑자기 이레나가 탑승해야 할 마차의 문이 열리는 소리가 들려왔다.

이레나는 자신보다 먼저 다른 사람이 마차에 앉아 있다는 사실이 의아하게 느껴질 수밖에 없었다.

무심코 마차로 시선을 돌려보니, 거기에는 믿을 수 없다는 표정으로 이쪽을 바라보고 있는 미라벨의 모습이 보였다.

아마도 이레나를 만나러 여기서 기다리고 있었던 모양이었다.

이레나가 먼저 반가운 표정으로 입을 열었다.

"미라벨!"

하지만 미라벨의 진녹색 눈동자에는 난생 처음 느껴보는 배신과 충격으로 뒤엉켜 있었다.

"어떻게 둘이…… 같이 있어?"

미라벨이 블레이즈가의 정보력을 총동원해도 흔적조차 찾을 수 없었던 쿤이 이레나의 곁에 있다는 게 믿기지 않았다.

불현듯 과거에 그가 이레나의 친정 하인으로 황궁에 들어가고 싶다고 했던 말이 떠올랐다.

혹시 처음부터 두 사람 사이에는 미라벨이 모르는 뭔가가 존재했던 걸까?

그러고 보니 쿤과 처음 마주쳤던 장소도 이레나의 호텔 방 안이었다. 그때 갑작스럽게 찾아온 고통으로 힘겹게 이레나를 찾아가다가 쿤과 만나게 된 것이었으니까.

미라벨의 마음속에 피어오른 의심은 점점 확신으로 변해 가고 있었다.

"설마 나한테서 쿤을 떨어트린 게, 이레나 언니였어?"

"그게 무슨……."

이레나는 도무지 영문을 모르겠다는 표정으로 미라벨을 쳐다보았다. 그러다가 문득 주변에 황궁의 사람들이 있다는 걸 알아차렸다.

갑자기 분위기가 심상치 않게 변하자 이쪽을 불안하게 쳐다보는 유모와 하녀들, 그리고 이레나를 호위하는 기사들과 마부까지 말이다.

이레나가 그들을 둘러보며 진중한 목소리로 말했다.

"미라벨과 조용히 이야기를 하고 싶으니 모두 물러가

세요.”

그 명령에 주변에 있던 모두가 공손하게 고개를 숙이며 대답했다.

“네, 비전하.”

그들은 순식간에 미라벨과 이레나, 그리고 쿤만 남겨 둔 채 일정한 반경 너머로 멀어져 갔다. 따로 언질을 하진 않았지만 다른 이들도 함부로 접근하지 못하도록 이 근방을 통제하고 있을 게 분명했다.

그제야 이레나가 한결 편안해진 표정으로 미라벨을 바라보았다.

“미라벨, 대체 무슨 이야기인지 모르겠으니 자세히 말해 봐.”

“언니야말로 내 질문에 먼저 대답해 봐. 쿤을…… 나보다 먼저 알고 있었어?”

미라벨의 표정은 여전히 딱딱하게 굳어 있었다. 이레나는 이렇게까지 화를 내는 미라벨은 처음 봐서 당황할 수밖에 없었다.

실제로 이레나는 블레이즈가에 잠입한 쿤을 모른 척했지만, 미라벨보다 먼저 알고 있었던 게 사실이다. 쿤은 초창기에 칼라일이 이레나에게 붙여 준 사람이었으니까.

하지만 미라벨에게는 계약 결혼에 대한 이야기나, 저번 생에서부터 이어져 온 많은 일들을 전부 다 설명할 수가 없어서 지금까지 비밀로 감춰 왔다.

이레나가 잠시 대답을 하지 못하고 있을 때였다.

가만히 지켜보고 있던 쿤이 복잡한 표정으로 입을 열었다.

“작은 아가씨, 그런 게 아닙니다. 비전하가 저를 블레이즈 저택에서 빼내신 게 아니라 제가 원해서 나온 것입니다.”

평상시 타인에 대한 관심이라곤 요만큼도 없던 쿤이 갑자기 그답지 않게 이레나의 편을 들고 나서자, 미라벨의 눈동자가 더욱 크게 흔들렸다.

다른 건 몰라도 이레나와 쿤 사이에 무언가가 있다는 건 분명했다.

“난 쿤한테 물어본 게 아니에요. 언니, 사실대로 말해 줘.”

지금 미라벨의 눈앞에는 세상에서 가장 소중한 언니와 처음으로 사랑이란 게 뭔지 알게 해 준 남자가 서 있었다.

그런 두 사람이 작정하고 미라벨을 속였다는 사실에 엄청난 배신감이 느껴졌다.

이레나는 왜 이런 상황이 만들어진 건지 전혀 알지 못했지만, 미라벨이 이렇게까지 질문한다면 솔직하게 대답해 주는 수밖에 없었다.

"네 말이 맞아. 난 처음부터 카샤 경을 알고 있었어."

그 말에 미라벨의 진녹색 눈동자가 더욱 어둡게 가라앉았다.

"왜 날 속였어?"

"그게 전하께서……."

"내가 쿤을 좋아해서?"

"……뭐?"

이레나는 설명을 하려다가 저도 모르게 말을 멈추고 말았다.

그동안 미라벨이 쿤을 각별하게 여기는 것 같다고 생각을 하긴 했지만, 설마 그를 좋아하고 있을 줄이야 꿈에도 생각하지 못한 사실이었다.

"네가 카샤 경을 좋아한다고?"

"그래. 아무것도 모르는 날 속이는 게 재밌었어? 언니는 항상 그랬어. 정작 중요한 건 나한테 말해 주지 않아. 황태자 전하와 사귀는 것도 결혼할 생각이 아니었다면 끝까지 비밀로 감췄겠지!"

미라벨은 그동안 이레나가 자신에게만 비밀로 하는 게 무척이나 섭섭했었다.

꼭 칼라일과의 연애뿐만이 아니었다. 엘렌의 일부터 시작해서 모두가 아는 것을 항상 미라벨만 가장 뒤늦게 알게 되었으니까.

그것도 늘 다른 사람의 입을 통해서 말이다.

언제나 미라벨은 누구보다 먼저 이레나에게 자신의 속마음을 이야기했는데, 이레나는 단 한 번도 그런 적이 없었다.

지금까지 참아 왔던 섭섭함이 이번 일을 계기로 폭발하고 만 것이다.

하지만 지금 이레나의 귓가에는 아무런 말도 들리지 않았다.

"네가…… 카샤 경을……."

이레나의 붉은 눈동자가 순간 날카롭게 옆자리에 서 있던 쿤에게 향했다.

여태까지 쿤은 이러한 사실에 대해서 단 한 마디조차 언급한 적이 없었다.

"그 말은 네가 카샤 경과 나 모르게 연애를 하고 있었다는 거야?"

이레나의 질문에 쿤이 착잡한 표정으로 고개를 흔들었다.

"……아닙니다. 비전하."

"아니라고요?"

이레나는 아무리 잘난 남성을 데리고 와도 미라벨의 짝이라고 생각한다면, 저도 모르게 부족하다고 느낄 것 같다는 상상을 종종 하곤 했었다.

그만큼 미라벨은 이레나가 목숨처럼 아끼는 여동생이었다. 너무나 소중해서 누구에게도 주고 싶지 않을 만큼 말이다.

그러니 당연히 쿤과 미라벨이 만나는 것이 탐탁지 않았다.

하지만 그보다 더 마음에 들지 않는 건…….

미라벨은 당장이라도 무너질 것 같은 표정을 짓고 있는 반면, 쿤은 씁쓸하긴 하지만 아무렇지 않다는 것이었다.

"설마…… 미라벨, 너 혼자서 짝사랑한 거야?"

말과 동시에 이레나의 붉은 눈동자가 충격으로 크게 떠졌다. 그리고 방금 전보다 훨씬 더 매서운 시선으로 쿤을 쳐다보았다.

순간 머리끝까지 뜨거운 불길이 치솟는 것 같았다.

화가 났다. 지금까지 미라벨이 혼자서 해 왔을 마음고생이.

미라벨은 눈에 넣어도 아프지 않을 여동생이었다. 너무나도 사랑스러워 미라벨을 위해서라면 못 해 줄 게 없다고 생각할 정도로 소중하고 또 소중한 그런 존재였다.

그런데 정작 미라벨이 마음을 준 상대에게 외면을 당했다는 사실이 미치도록 속상했다.

이레나가 말했다.

"미라벨, 너 바보야? 왜 너한테 마음을 주지 않는 상대를 좋아해."

"……흐윽."

미라벨의 사슴 같은 눈망울에서 참지 못한 눈물이 떨어져 내리기 시작했다.

그 모습에 이레나의 가슴이 더욱 답답해졌다.

"대체 네가 뭐가 부족해서 이렇게 바보 같이 울고 있냐고!"

이레나도 모르게 감정이 격해져서 소리를 지르고 말았다.

미라벨이 원망 어린 눈빛으로 이레나를 쳐다보며 대답했다.

"언니는 나한테 그런 말 할 자격 없어."

"미라벨……!"

미라벨은 그 말을 마지막으로 이레나와 쿤을 내버려 둔 채 어딘가로 달려갔다.

그렇게 울면서 뛰어가는 미라벨의 뒷모습을 보고 있자니, 이레나의 가슴이 천 갈래 만 갈래 찢어지는 것 같았다.

순간 감정이 복받쳐서일까. 검술 대회로 인해 무리한 등 뒤의 상처에서 극심한 통증이 느껴졌다.

"……으."

이레나가 가슴을 부여잡으며 고통스러워하자, 쿤이 옆

에서 나지막한 목소리로 물었다.

"괜찮…… 으십니까?"

"제가 괜찮을 리가 있어요? 어떻게……."

어떻게 미라벨을 사랑하지 않을 수가 있냐고 물을 뻔했다. 스스로도 바보 같은 질문이라는 걸 잘 알면서, 너무나도 속이 상해 쿤에게 원망의 말을 쏟아 내고 싶었다.

하지만 사람의 마음이라는 게 본인이 원하는 대로 흘러가지 않는다는 걸 이레나 역시 잘 알고 있었다.

미라벨이 쿤을 좋아한 것도, 또한 쿤이 미라벨을 외면하는 것도 이레나가 중간에서 개입할 수 있는 문제가 아니었다. 더구나 오늘 이 자리에서 미라벨을 울린 것은 다름 아닌 이레나였다.

언제나 자신보다 더 소중하다고 여겼던 미라벨의 눈에서 결국 눈물을 흘리게 만들었다.

"아윽……."

이레나가 가슴을 움켜쥐며 방금 전보다 더욱 몸을 웅크렸다.

칼로 난도질을 당하는 것보다 훨씬 더 고통스럽게 느껴졌다. 이것이 정말로 몸의 상처 때문인지, 아니면 쓰라린 마음 때문인지 모를 일이었다.

그 모습을 옆에서 지켜보고 있던 쿤이 도저히 안 되겠다는 듯 입을 열었다.

"여기서 기다리십시오. 사람을 부르겠습니다."

"됐……."

"그리고 제가 작은 아가씨도 다시 모셔오겠습니다."

거절을 내뱉으려는 이레나의 말을 자르며, 쿤이 나지막이 말을 이었다.

쿤의 잿빛 눈동자가 슬쩍 미라벨이 사라진 방향으로 향했다.

"그동안 차마 말씀드리지 못했던 부분들도 제가 직접 작은 아가씨께 다 설명해 드리겠습니다."

"저 때문에 이러는 거라면……."

"아니요. 제가 하고 싶어서 말씀드리는 겁니다."

쿤은 조금 전까지 미라벨이 있던 자리를 바라보다가 이내 이레나를 향해 시선을 돌렸다. 왠지 방금 전보다 눈빛이 한층 더 깊어진 느낌이었다.

"제 손으로 마무리 지을 수 있도록 허락해 주십시오."

"……."

그 말에 이레나는 결국 어쩔 수 없이 고개를 끄덕였다.

* * *

몸 상태가 좋지 않은 이레나는 곧장 마차를 타고 황태자궁으로 돌아왔다.

상처 부위가 덧난 것 같다며 진료를 본 의사들이 걱정했지만, 어두운 분위기를 풍기는 이레나에게 제대로 주의 사항도 말하지 못한 채 모두 물러가야 했다.

그렇게 이레나는 아무도 접근하지 못하게 하곤 혼자서 침실에 틀어박혔다.

뒤늦게 그 소식을 접한 칼라일은 만사를 제쳐 두고 이레나가 있는 곳으로 향했다.

침실로 들어가는 입구에 유모와 하녀들이 전전긍긍한 모습으로 서 있는 게 가장 먼저 칼라일의 눈에 들어왔다.

그가 낮은 목소리로 물었다.

"대체 어떻게 된 거지?"

칼라일의 질문에 유모가 걱정스러운 표정으로 침실 방향을 바라보며 대답했다.

"비전하께서 통 말씀을 하지 않으시니 저희도 모르겠습니다. 다만 검술 대회가 끝난 후 미라벨 아가씨를 만나셨는데, 그때 안 좋은 일이 있으셨던 것 같습니다."

"알겠다. 모두 물러가라."

칼라일의 말 한마디에 불안한 표정으로 몰려 있던 고용인들이 모두 공손하게 허리를 숙이며 대답했다.

"네, 황태자 전하."

그렇게 칼라일은 모두를 물린 채, 혼자서 이레나가 있는 침실 안으로 들어갔다.

끼이익, 침실의 문을 열자 불빛 하나 켜 놓지 않은 어두운 방 안이 눈에 들어왔다.

이레나가 이런 적은 처음이라 칼라일도 무척이나 걱정이 된 상태였다.

"부인……."

칼라일이 뭐라고 제대로 말을 하기도 전이었다. 희미하게 들려오는 이레나의 흐느낌 소리에 칼라일은 저도 모르게 걸음을 멈춘 채 굳어 버리고 말았다.

침대 위에는 이레나가 머리끝까지 이불을 뒤집어쓰고 누워 있는 게 보였다.

칼라일은 당황해서 잠시 멈췄던 발걸음을 다시 움직이며 이레나를 향해 다가갔다.

"여기서 뭐 하는 거야."

그가 조심스럽게 이불을 들춰내자 눈물로 범벅이 된 이레나의 얼굴이 바깥으로 드러났다.

이레나는 얼마나 울고 있었던 건지 눈가가 붉게 뭉그러져 있었다.

"이레나……."

칼라일이 차마 말을 끝까지 잇지도 못한 채, 하염없이 볼을 타고 떨어지는 이레나의 눈물방울을 바라보았다.

이레나는 입술을 꾹 깨물며 울음을 참고 있었지만, 그동안 참아 왔던 눈물을 터뜨리기라도 한 듯 쉽게 울음을 멈추지 못했다.

"……카릴, 흑."

미라벨이라는 존재가 얼마나 이레나에게 특별한지 차마 말로 표현할 수조차 없었다.

저번 생에서 이레나는 아주 긴 시간 동안 미라벨을 그리워했었다. 얼마나 보고 싶었는지 뼈에 사무칠 지경이었다.

꼭 저번 생뿐만이 아니었다. 미라벨은 아버지인 알포드가 섭섭하게 할 때도, 데릭 오라버니의 무뚝뚝함에 쓸쓸해 할 때도 언제나 이레나의 편이 되어 주었다.

그렇게 오랫동안 이레나를 버티게 해 준 유일한 버팀목이었는데, 정작 자신은 미라벨을 지탱해 주지 못한 느낌이었다.

어쩌면 이레나가 필요했을지도 모르는 순간에 같이 있어 주지도 못했을뿐더러, 결국 제 손으로 소중한 미라벨을 울리고야 말았다.

"그동안 제가 너무 이기적이었어요. 미라벨의 마음도 못 알아차리고……."

칼라일은 이레나의 얼굴을 양손으로 쥐고, 하염없이 흘러나오는 눈물을 검지로 슥 닦아 주었다.

"그대가 이기적이라고? 희생적이란 말을 잘못 표현한 거겠지."

“아니에요. 전 미라벨이 무얼 원하는지 아무것도 몰랐어요. 그저 지키고 싶다는 생각만 했지, 정작 미라벨의 마음을 보듬어 주지 못했어요.”

“부인…….”

“미라벨은 언제나 제 마음을 위로해 줬는데, 저는 저도 모르게 강요를 했던 것 같아요. 마음 한편에 동생이 옳은 길만 걸어가길 바랐어요. 아버지의 그런 모습을 숨 막히게 생각하면서도…… 저도 똑같은 행동을 하고 있었던 게 아닐까요?”

미라벨이 그간 혼자 쿤을 짝사랑해 왔다면 마음이 많이 아팠을 텐데, 이레나는 그녀를 감싸 주기보단 다그치고 말았다.

칼라일은 쉽게 울음을 그치지 못하는 이레나를 빤히 바라보다 이내 가볍게 끌어안았다. 그리곤 손바닥으로 어설프지만 등을 토닥토닥 두드려 주었다.

“무슨 일인지 몰라도 자책하지 마. 부인이 얼마나 처제를 아끼는지는 누구라도 알 수밖에 없어.”

“당신의 눈에만 그렇게 포장된 것일 수도 있어요.”

“뭐, 그럴지도 모르지. 내 눈엔 오직 그대밖에 보이지 않으니까.”

칼라일은 딱히 부정하지 않았다. 말대로 이레나가 어떤 짓을 한대도 그의 눈엔 사랑스럽기 그지없을 테니까.

"카릴……."

"그대가 가족들을 끔찍하게 아끼고 있다는 걸 알고 있어. 무언가 부족하다는 생각이 들었다면 지금이라도 고치면 돼. 지금 머릿속에 드는 생각들만 솔직하게 전해도 많은 것이 바뀔지도 모르지."

칼라일의 말이 구구절절 옳았다.

이레나가 눈물을 흘린다고 달라지는 일은 없었다. 지금까지 한 자신의 태도가 후회된다면 다신 그러지 않도록 행동하는 게 가장 중요했다.

이레나가 칼라일의 품에 안긴 채로 나지막이 말했다.

"미안해요. 못난 모습 보여서……."

"못나긴, 이럴 때 안기라고 내 품이 있는 거야."

그 말에 이레나는 자신의 온몸을 잠식하고 있던 슬픔이 조금 걷히는 느낌이 들었다. 그만큼 지금 칼라일의 존재가 이레나에게 커다란 위로가 되었다.

"……고마워요."

다시 미라벨을 만나면, 저번보다 솔직하게 이야기를 나눠야겠다는 생각이 들었다.

그렇게 시간이 조금 흐르자, 이레나의 눈물도 서서히 흐르지 않게 되었다.

칼라일은 한결 진정이 된 이레나를 바라보면서 나지막이 말했다.

"그대는 욕심쟁이야."

"……네?"

"나는 부인 하나만 있으면 되는데, 그대는 나 이외의 다른 사람을 위해서도 이렇게 우니까."

"그건…… 부정할 수 없네요. 가족들은 제게 무엇보다 소중하니까요."

칼라일의 얼굴에 한순간 씁쓸한 미소가 지어졌다.

"……그대의 마음 안에 나만 들어가고 싶지만 어쩔 수 없지."

그 말에 아직도 얼굴에 눈물 자국이 남아 있는 이레나가 흐린 미소를 지으며 대꾸했다.

"질투했어요?"

"아주 많이…… 하지만 괜찮아."

칼라일의 커다란 손이 스윽, 이레나의 머리를 쓰다듬었다. 마치 방금 전 등을 토닥이던 손길처럼 무척이나 자상했다.

"모든 걸 포기하는 사랑을 할 필요는 없어. 그대는 나 하나만 가지면, 나머진 내가 전부 다 이뤄 줄 테니까. 블레이즈 가문을 지키고 싶다면 그렇게 해 주고, 처제와 화해를 하고 싶다면 도와주지."

"……카릴."

생각지도 못한 칼라일의 고백에 이레나의 붉은 눈동자가 일렁거렸다.

"난 그대가 처음이거든. 누군가를 행복하게 해 주고 싶다는 생각이 든 게."

머리카락을 매만지던 칼라일의 손이 조심스럽게 내려와 이레나의 뺨을 감쌌다.

"그대도 알겠지만 난 굉장히 독점욕이 강한 놈이야. 하지만 부인을 위해 최선을 다해서 내 시커먼 본능을 억누르고 있지. 그러니……."

칼라일의 긴 손가락이 눈물 자국이 선명한 이레나의 뺨을 천천히 훑었다.

"……너무 많이 울지는 마."

이레나는 가만히 칼라일을 올려다보았다. 그가 자신에게 갖는 진득한 소유욕이 느껴지면서도 동시에 그가 얼마나 자신을 원하는지 알 것만 같았다.

사실 막무가내로 자신의 애정을 갈구하는 칼라일도 귀여웠지만, 지금의 칼라일은 한층 더 성숙한 사랑을 하고 있는 느낌이었다.

그것은 오롯이 이레나를 위한 변화였다.

칼라일이 자신의 행복을 위해 생각하고 행동한다는 것이 기특했다. 마치 세상에서 가장 든든한 아군을 얻은 느낌이었다.

이레나는 결국 눈물 자국이 남아 있는 얼굴로 흐린 미소를 지었다.

"걱정 말아요. 당신의 곁에서 많이 울 일은 없을 것 같으니까."

* * *

"여, 여긴……."

미라벨이 희미하게 정신을 차렸다. 그러자 갑자기 머리에서 두통이 느껴졌다.

자신은 이레나와 쿤을 두고 정신없이 콜로세움을 뛰쳐나왔다. 아무도 보고 싶지 않아서 무턱대고 달리다 보니 어느새 인적이 드문 뒷골목까지 걸어왔다는 걸 깨닫게 되었다.

하지만 눈치챘을 땐 이미 늦었다.

뒤에서 어떤 남자들이 거리를 좁히며 다가오더니, 미라벨이 입고 있던 드레스와 보석들을 탐욕스럽게 바라보기 시작했다.

—딱 봐도 돈이 될 것 같지?

—클클클, 그러게 말이야. 오늘 검술 대회가 열린다고 해서 기대했는데 역시나 횡재했네.

이상한 분위기를 느낀 미라벨이 주춤주춤 뒷걸음질을

치다가, 이내 반대쪽으로 재빨리 도주하려고 했을 때였다.

몇 걸음도 채 멀어지기 전에, 순식간에 거리를 좁힌 그들이 이상한 향이 느껴지는 손수건으로 미라벨의 코와 입을 막았다.

그렇게 어딘가 알싸한 향기를 맡으며 미라벨은 그대로 정신을 잃고 말았다.

거기까지 또렷이 기억이 난 미라벨의 진녹색 눈동자가 크게 떠졌다.

"이럴 수가……."

미라벨이 서둘러 몸을 움직이려 했지만, 양손이 뒤로 묶여있는 것이 느껴졌다.

상상하고 싶진 않았지만 자신의 직감이 맞는다면…….

지금 자신은 납치를 당한 상태였다.

* * *

쿤은 이레나를 황태자궁으로 돌려보내고, 곧바로 미라벨이 사라진 곳으로 뒤쫓아 갔다. 하지만 그 어디에도 미라벨의 모습이 보이지 않자 처음엔 블레이즈 저택으로 돌아간 건가 하는 생각이 들었다.

그런데 블레이즈 저택에 심어 둔 수하에게 미라벨이

돌아오지 않았다는 보고를 받고 난 뒤, 쿤은 무언가 일이 잘못되었음을 직감했다.

타타타탁!

쿤의 빠른 발걸음이 마지막으로 미라벨이 발견된 뒷골목으로 향했다.

수하들을 풀어 조사해 본 결과, 여기서 목격된 정황이 드러났다. 하지만 이 이후의 행적에 대해선 전혀 확인이 되지 않는 상태였다.

쿤은 뒷골목 바닥에 떨어진 장식용 구슬들을 보며 낮게 욕지거리를 내뱉었다.

"……빌어먹을."

그의 기억이 맞는다면 이것은 오늘 미라벨이 입고 있던 드레스에서 뜯겨져 나간 구슬이 틀림없었다.

지금 쿤은 그답지 않게 냉철한 이성이 하나도 남아 있지 않은 상태였다. 어찌 된 이유인지 미라벨이 잘못되었을지도 모른다는 생각이 들었을 때부터 쿤은 제대로 된 사고를 할 수가 없었다.

그때 쿤의 뒤를 따라온 수하 한 명이 도착했다. 워낙 빠른 쿤의 속도 때문에 뒤쫓아 온 수하는 숨이 턱 끝까지 차오른 상태였다.

"헉, 허억. 아무리 찾아도 블레이즈 영애의 행방을 알 수가 없는데 어떻게 할까요?"

"우선 장군과 비전하께 이 사실을 알리고, 작은 아가씨의 납치 소식을 블레이즈 저택에도 알리는 게 좋을지 여쭙거라."

"네, 알겠습니다."

그 말만 남기고 쿤은 곧장 어딘가를 향해 걸음을 옮겼다.

뒤편에 서 있던 수하가 의아한 표정으로 물었다.

"어디 가십니까?"

"난 먼저 작은 아가씨의 행적을 찾아 움직이겠다."

"조금만 기다리시면 정보가 더 들어올 것입니다. 혼자 이동하시기엔 아직 어디에 계신지 단서도 잡히지 않았는데……."

"기다릴 시간 없어. 이 골목을 배회하던 놈들을 하나씩 조사해 보면 뭔가 나오겠지."

"그러기엔 숫자가 너무 많지 않습니까? 가뜩이나 오늘 검술 대회 때문에 얼마나 많은 인파가 몰렸는데요."

콜로세움으로 행차한 귀족들을 노리는 불량배의 숫자도 덩달아 많아진 상태였다.

상위 귀족들이야 호위가 철저했기에 아무런 피해를 입지 않았겠지만, 운이 나쁜 하급 귀족들은 금품을 빼앗겼을지도 모르는 일이었다.

개중에는 무척이나 질이 나쁜 조직들도 존재했다.

나이 어린 귀족 자제들을 납치해 몸값을 요구한다거나, 다른 왕국으로 끌고 가 비싼 값에 팔아 버리기도 했다.

중요한 건, 그렇게 끌려가면 되찾기가 쉽지만은 않다는 것이다. 다시 찾았을 때 상태가 어떨지도 알 수 없었고 말이다.

그 사실을 잘 아는 쿤은 더욱 초조했다. 한시라도 빨리 미라벨의 안전한 모습을 확인해야 마음이 놓일 것 같았다.

쿤이 빠른 걸음으로 나아가며 나지막이 읊조렸다.

"작은 아가씨의 행적이 발견될 때까지 한 놈씩 잡아 족치면…… 뭐라도 흔적이 잡히겠지."

사실 쿤은 미라벨을 위해 아무도 모르게 움직였던 적이 있었다.

황태자궁에서 미라벨은 상처 입은 쿤을 구해 주기 위해 입고 있던 드레스를 과감히 벗었었다. 그래서 나중에 쿤이 그녀의 벗은 몸을 본 황후궁의 병사들을 하나하나 찾아내서 그에 합당한 복수를 해 주었다.

그때는 그저 자신을 구해 준 것에 대한 보답을 한다고 생각했다.

하지만 지금은…….

단순히 주군인 칼라일의 처제라고 핑계를 대기엔 쿤의

마음이 너무나도 시커멓게 타들어 갔다. 혹시라도 미라벨이 잘못됐을까 봐 심장이 조이는 느낌이다.

안 그래도 쿤은 블레이즈 저택에 미라벨을 두고 나온 순간부터 이유를 알 수 없는 통증에 시달리고 있었다.

그리고 지금이 그 통증의 절정이었다. 가슴속에서 피가 철철 흐르는 것처럼 욱신거리는 고통이 느껴졌다.

'무사하셔야 합니다. 무사하지 않으시면…….'

순간 쿤의 잿빛 눈동자에 진득한 어둠이 깃들었다.

그렇게 눈 깜짝할 새에 사라지는 쿤을 바라보며, 수하는 저도 모르게 멍하니 입을 벌리고 말았다.

이토록 뛰어난 쿤의 실력도 놀라웠지만, 지금처럼 그가 침착하지 않은 모습을 본 건 처음이었다.

"……이러다 다 죽이시는 거 아닌지 모르겠네."

평상시 쿤은 임무가 떨어지면 손에 사정을 두지 않았지만, 함부로 사람의 목숨을 취하는 타입은 아니었다.

하지만 지금의 쿤에겐 누구라도 잘못 걸리면 뼈도 못 추릴 것 같았다.

수하는 고개를 절레절레 흔들며 쓸데없는 잡생각을 떨쳤다. 그리곤 재빨리 칼라일과 이레나에게 보고하기 위해 발걸음을 움직였다.

어찌 됐든 한시라도 빨리 미라벨을 찾아야만 하는 상황이었다.

쿤과는 별개로 그 역시도 서둘러 다른 사람들에게 이 사실을 알려야지만 대대적인 조사가 이뤄질 수 있었다.

* * *

미라벨은 무릎에 고개를 파묻은 채, 잔뜩 웅크리고 앉아 있었다.

희미한 불빛에 의지해 주변을 둘러보았지만 여기가 어디인지 도통 알 수 없었다. 어딘가의 지하 창고 같다는 사실만 짐작할 뿐이었다.

어둡고 퀴퀴한 냄새가 나는 이곳에는 커다란 동물을 가둬 놓는 것처럼 생긴 창살이 달린 우리가 있었는데, 미라벨은 거기에 양손까지 묶인 채 갇혀 있는 상태였다.

그렇기에 지금 미라벨이 할 수 있는 일이라곤, 바깥에서 간간이 들려오는 남성들의 목소리에 집중하는 것밖에 없었다.

방금 전까지 어렴풋이 들려온 대화 내용으로 유추해 보자면, 그들은 미라벨의 몸값을 블레이즈 저택에 요구하려는 모양이었다.

"……하아."

스스로가 너무 바보 같았다.

일이 이렇게까지 최악으로 치닫자, 뒤늦게 자책감이

밀려왔다.

'이레나 언니가 나한테 쿤과의 사이를 감췄다면, 분명 그만한 이유가 있을 텐데…….'

미라벨은 순간 너무 섭섭해서 이레나에게 모진 말을 내뱉었지만, 마음을 가라앉히고 다시 생각해 보니 이유도 없이 자신에게 숨겼을 리가 없었다.

이레나는 언제나 미라벨을 최우선으로 생각했다.

가끔 이레나가 솔직하게 털어놓지 않는 게 서운했지만, 사실 그마저도 자신이 걱정할까 봐 그런 거라는 것을 잘 알고 있었다.

그런데도 화를 내고 말았다.

'사실 내가 제일 화가 나는 건…… 바로 나 자신인데 말이야.'

미라벨은 어렸을 때부터 몸이 약해서 의도치 않게 주변 사람들의 걱정과 관심을 한 몸에 받아 왔다. 하지만 그 이면에는 항상 미라벨을 향한 깊은 동정이 담겨 있었다.

—작은 아가씨는 참 불쌍해. 한창 뛰어놀 나이인데 방에서만 갑갑하게 지내시잖아.

—그 얘기 들었어? 작은 아가씨는 스무 살까지밖에 살지 못할지도 모른대.

자신을 염려해 주는 것은 고마웠지만, 한편으로는 그러한 시선들이 너무 갑갑했다.

미라벨이 아무리 괜찮다고 스스로 되뇌어 봐도, 주변에서 그녀를 바라보는 불쌍하고 가여운 시선에서 절대 벗어날 수 없었다.

언제 쓰러질지 모르는 미라벨은 항상 다른 사람들의 보호를 받아야 했다. 그걸 다른 말로 표현하자면 누군가에게 끊임없이 감시를 받아야 한다는 뜻이었다.

그중에서도 특히 아버지의 과한 걱정을 받을 때면 마음이 너무 불편했다.

—이레나, 언제나 미라벨을 잘 챙기거라. 동생이니 네가 잘 돌봐 주어야 한다.

언제나 아버지가 입버릇처럼 하시던 말씀이었다.

미라벨은 태어날 때부터 자신의 의사와 상관없이 늘 이레나에게 무거운 짐이 되었다.

하지만 이레나는 그런 미라벨을 미워하기는커녕 오히려 진심을 다해 지켜 주려고 애를 썼다.

그 고마운 마음에 보답하고 싶었는데, 미라벨이 아무것도 모르던 어린 시절에는 몇 번인가 철없이 이레나를 조른 적이 있었다.

—나도 밖에 나가서 놀고 싶어! 응? 진짜 잠깐만 놀다가 들어올게.

한 번이라도 또래의 아이들처럼 정원에서 마음껏 뛰어놀고 싶은 욕심이 있었다.

하지만 미라벨이 고집을 부리면 밤에는 어김없이 고열이 찾아왔고, 이레나는 아버지에게 큰 꾸지람을 듣게 되었다.

—아버지, 언니가 그런 게 아니에요. 제가 나가고 싶다고 졸랐어요. 제발, 이레나 언니를 나무라지 마세요.

미라벨이 중간에서 아무리 말려도 소용없었다. 그러다 보니 언제부턴가 자연스럽게 투정을 부리지 않게 되었다.

어쩌면 자신이 있어야 할 위치를 깨닫게 된 건지도 모르겠다.

미라벨은 항상 웃어야 했다. 그래야 사람들에게 걱정을 끼치지 않았고, 자신을 불쌍하게 바라보는 시선에서 조금이라도 벗어날 수 있었으니까.

그래서 누가 시키지 않아도 억지로 더 밝은 척 스스로를 꾸몄다.

귀족 영애이면서 파티에 나가지 못해도, 블레이즈 저택에서 한 발자국 벗어나기가 어려워도 괜찮은 척 웃었다.

어차피 나아질 수 없는 상황에서 더 이상의 동정을 받고 싶지 않았으니까.

이것만이 자신을 포함, 가족들을 원만하게 지킬 수 있는 길이라 믿었다.

그런 미라벨을 가엽게 바라보지 않은 것은 쿤이 처음이었다.

—……아가씨, 세상은 누구나 혼자입니다.

고통에 몸부림치고 있는 자신을 향해 쿤은 처음으로 이런 말을 해 주었다.

언제나 미라벨이 아파하면 사람들은 더욱 과장되게 위로를 하고, 허황될 정도로 좋은 이야기들만 늘어놓았다.

쿤의 말은 어떻게 보면 차가울지 모르겠지만, 남들과 다르게 허물없이 미라벨을 대해 준 건 그가 처음이자 마지막이었다.

그래서였을까.

이상하게 쿤에 대한 기억은 오래도록 가슴에 남아 있었다.

그렇기에 더욱 착각했던 건지도 모르겠다. 쿤에게는 자신이 필요하다고 말이다.

미라벨의 눈에 비친 그는 신분이 낮은 하인이었고, 과거에 위험한 일을 한 적이 있는 위태로운 남자였다. 그러니 더더욱 자신이 그를 보호해 줘야 한다고 생각했다.

그가 내켜 하지 않는 걸 알았지만, 미라벨은 자신만의 방식으로 그에게 맛있는 음식을 권유하는 등 호의를 베풀었다.

'쿤이 내가 챙겨 주지 않아도…… 쿤은 아무렇지 않았던 거야. 정말로.'

어느 순간부터는 쿤이 너무 좋아서 멈출 수가 없었다.

그가 아무리 거리를 두려 해도 미라벨은 계속해서 그를 보살펴 줘야 한다고 생각했었다.

그래서 블레이즈 저택에서 나간 쿤을 끝까지 쫓았던 것이다. 혹시라도 그가 위험한 일에 빠졌으면 도와주고 싶었으니까.

그런 자신의 행동이 쿤의 발목을 붙잡은 건 아닐지 신경이 쓰였다.

'난 바보같이 아무것도 몰랐어. 그리고 지금도…… 아무것도 할 수 없지.'

스스로의 무력감에 신물이 날 정도였다.

지금까지 자신만 몰랐을 뿐, 아직도 어렸을 때와 마찬

가지로 욕심을 부리며 주변에 폐를 끼치고 있었다.

그동안 미라벨이 선의로 베푼 모든 게 쿤에게 짐이었을지도 모른다는 걸 깨닫자 주체하지 못할 정도로 가슴이 아팠다.

정말 미친 듯이 좋아하는데 해 줄 수 있는 게 하나도 없었다.

언젠가 쿤에게 들었던 말대로 자신은 철없이 투정만 부리고 있었던 건지도 모른다.

거기까지 생각이 들자 왠지 눈시울이 뜨거워졌다.

'나 자신한테 너무 화가 나. 그런데 가장 속상한 건…… 시간을 다시 되돌린다고 해도 나한테는 다른 선택지가 없다는 거야.'

쿤은 애초부터 미라벨에게 관심이 없었다. 미라벨이 매달리지 않았으면 시작조차 하지 못했을 관계라는 뜻이다.

좋은데, 너무 좋아서 죽을 것 같은데 그럼 어떻게 해야 했을까?

방해가 될지도 모르니 거리를 둬야 했나?

하지만 그러기엔 쿤이 너무 보고 싶고, 조금이라도 가까이 닿고 싶었다.

매일 밤 어떤 핑계를 대고 쿤과 같이 있을까, 그런 고민만 하고 있을 정도였다.

불현듯 머릿속에 이레나의 말이 떠올랐다.

—미라벨, 너 혼자서 짝사랑한 거야? 너 바보야? 왜 너한테 마음을 주지 않는 상대를 좋아해.

맞는 소리였다. 미라벨은 자신에게 티끌만큼의 관심도 없는 쿤에게 혼자서 바보처럼 온 마음을 다 주고 말았다.

미라벨은 입술을 꾹 깨물며 쏟아지려는 눈물을 삼켰다.

'……이젠 내가 필요 없겠지.'

쿤은 더 이상 미라벨의 보살핌이 필요한 하인이 아니었고, 그녀가 없어도 충분히 제 앞가림을 하며 잘 살 수 있는 남자였다.

미라벨이 관심을 갖고 도와주지 않아도 그는 정말로 괜찮다는 소리다.

'그런데 그게…… 싫다.'

사실은 차라리 쿤이 무기력한 존재였으면 좋겠다. 그래서 그에게 필요한 존재가 되고 싶었다.

그가 곤경에 처했을 때 짜잔 하고 나타나서 구해 줄 수 있는 위치라면…….

그런 것으로라도 쿤을 붙잡을 수 있기를 바라는, 한심할 정도로 애절한 마음이 존재했다.

하지만 이젠 그마저도 아무런 소용없었다. 더 이상 쿤을 붙잡아 둘 명분이 사라진 것이다.

미라벨의 꽉 감은 눈에서 차마 억누르지 못한 눈물이 한 방울 흘러내렸다.

'그럼 난 어떻게 해야 하지? 도저히 모르겠어. 이 터질 듯한 감정을 참아야만 하는 걸까…….'

엎친 데 덮친 격으로 지금은 괴한들에게 납치를 당해 앞으로 어떻게 될지 알 수조차 없는 상황이었다.

후회, 두려움, 자책, 불안…….

수많은 생각들이 뒤엉켜 복잡했지만, 이런 순간에조차 가장 커다란 감정은 하나였다.

'……보고 싶어.'

이게 마지막이라면 한 번만 더, 차가운 쿤의 얼굴이라도 좋으니 눈동자에 담고 싶었다.

미라벨은 어느샌가 자존심도 세우지 못할 정도로 맹목적으로 쿤에게 빠지고 말았다.

귀족이란 직위, 부유한 재산.

미라벨이 가지고 있는 것들을 다 버려도 좋았다.

쿤 하나만 가질 수 있다면 그 어떠한 고난도 견뎌 낼 수 있었다.

그런데 안타깝게도 그런 간절한 마음은 미라벨, 혼자에게만 있는 것이었다.

미라벨은 무릎을 끌어안고서 하염없이 쏟아지는 눈물을 감췄다.

극한의 상황에 놓이자 지금까지 몰랐던 자신의 마음이 더욱 잘 들여다보였다. 그동안 놓치고 있었던 부분들까지도 말이다.

"……쿤."

미라벨이 나지막이 중얼거릴 때였다.

갑자기 철창 바깥에서 누군가의 처절한 비명 소리가 들려왔다.

"으아아악!"

"사, 살려 주세요!"

곧이어 사람들의 살이 베이고, 뼈가 꺾이는 섬뜩한 소리들이 연달아 이어졌다.

미라벨은 갑자기 급변하는 상황에 깜짝 놀라서 눈을 동그랗게 뜬 채로 굳게 잠긴 입구를 바라보았다.

'대체 무슨 일이 벌어진 거지?'

어느새 미라벨이 있는 곳에까지 느껴질 정도로 선명한 피비린내가 진동하기 시작했다.

그에 따라 사람들의 비명 소리와 병장기가 부딪치는 쇳소리도 점점 가까워졌다.

쿵쿵쿵쿵쿵, 미라벨의 가슴이 두려움으로 인해 빠르게 박동하고 있을 때였다.

콰앙!

커다란 굉음과 함께 미라벨이 갇혀 있던 지하 창고의 문이 거칠게 열렸다.

역광으로 인해 한순간 상대의 얼굴이 보이지 않았지만, 미라벨은 그가 누구인지 알아차릴 수 있었다.

블루블랙의 머리카락에 창백하리만치 하얀 피부, 바로 쿤이었다.

"쿤, 어떻게……."

미라벨의 눈동자가 믿을 수 없다는 듯이 커졌다.

마지막으로 한 번만 더 보면 좋겠다고 생각했는데, 정말로 쿤이 미라벨의 눈앞에 나타난 것이다.

그런데 지금 쿤의 모습은 여태까지 미라벨이 보았던 것과 많이 달랐다.

그의 손에 들린 검에선 검붉은 피가 뚝뚝 떨어져 내렸고, 그가 입고 있는 의복에도 누군지 모를 사람들의 피로 흠뻑 젖어 있었다.

마치 지옥에서 막 올라온 악귀 같은 모습이었다.

생각지도 못한 장면을 목격하고 딱딱하게 굳어 있는 미라벨을 향해, 쿤이 일정한 속도로 뚜벅뚜벅 다가왔다.

그가 핏방울이 튄 얼굴로 미라벨을 바라보며 나지막이 입을 열었다.

"궁금하시다면 말씀해 드리겠습니다."

쿤이 가까워질수록 피비린내가 더욱 강하게 풍겨 왔다.

미라벨은 이런 쿤의 모습이 어색했지만, 그는 마치 제 몸에 맞는 옷을 입은 사람처럼 이 상황이 익숙해 보였다.

"주특기는 암살과 잠입으로 지금까지 셀 수도 없을 정도로 많은 이들의 목숨을 빼앗았습니다."

"쿤……."

"정식으로 인사드리겠습니다. 칼라일 전하의 휘하에 소속된 쿤 카샤라고 합니다."

철컹, 쿤이 피에 젖은 손으로 미라벨이 갇혀 있는 우리의 철창을 부쉈다.

그가 쓸쓸한 잿빛 눈동자로 미라벨을 쳐다보며 말을 이었다.

"이게 바로…… 제가 작은 아가씨께 감추고 있던 모습입니다."

미라벨은 순간 너무 놀라서 저도 모르게 입을 벌렸다. 쿤이 이레나와 연관되어 있다는 사실만 알았지, 그의 정확한 소속과 업무를 직접적으로 들은 건 지금이 처음이었다.

그동안 어렴풋이 짐작만 하고 있었던 쿤의 위험한 일을 지금에서야 정확히 확인하게 된 것이다.

'칼라일 전하라면…… 형부 밑에서 이런 일을 계속해 왔다는 거야?'

쿤에게서 풍기는 피비린내가 무엇을 의미하고 있는지 눈치채지 못할 정도로 미라벨이 어리숙하지만은 않았다.

쿤은 자신의 특기가 암살이라고 말했다.

암살자와 정식 기사의 차이는 극명하게 갈렸다. 기사는 공명정대한 전투에서 살인을 저지른다면, 암살자는 말 그대로 언제 어디서나 명령을 받으면 타깃을 해치우는 것이다.

일반적으로 기사가 검술이 더 뛰어나기도 했지만, 암살자는 상대적으로 출생이 불분명할뿐더러 워낙 살인을 많이 하는 직업이라 비천하게 여기는 경우가 많았다.

미라벨의 진녹색 눈동자가 점차 이성을 되찾았다. 그리곤 쿤의 피 묻은 의복을 물끄러미 바라보다가 물었다.

"다치진…… 않았나요?"

그 말에 쿤의 움직임이 일시적으로 멈칫했지만, 곧이어 아무렇지 않은 척 다시 미라벨을 향해 가까이 다가왔다. 그리곤 그녀의 양손을 결박하고 있던 줄까지 끊어 주었다.

"……네. 작은 아가씨야말로 무사하셔서 다행입니다."

짧은 순간이지만 두 사람이 가까이 접촉하게 되자, 미라벨의 눈에 쿤이 흘리고 있는 땀이 들어왔다.

왠지 그가 이곳으로 얼마나 다급하게 달려왔는지 보여주는 단편적인 부분 같았다.

혹시 자신을 걱정한 걸까 하는 생각이 들었지만, 이내 그럴 확률이 높지 않다는 것을 인정했다.

칼라일의 처제라서, 혹은 이레나의 여동생이라서 여기까지 와준 것일 거다.

물론 그렇다 하더라도 다른 누구도 아닌 쿤이 직접 이곳까지 와 주어서, 미라벨은 그 자체만으로도 기쁠 뿐이었다.

쿤이 서둘러 미라벨의 작은 손을 붙잡고, 철창으로 바깥으로 인도해 주었다.

구속에서 완전히 풀려난 미라벨은 그제야 쿤과 나란히 서서 얼굴을 마주 볼 수 있었다.

"……구해 줘서 고마워요."

"감사 인사는 나중에 장군과 비전하께 하십시오. 사병을 전부 풀어서 작은 아가씨를 찾도록 지시하셨으니까요."

쿤은 자신이 한 고생에 대해선 쏙 빼놓고 말을 했다.

미라벨이 납치된 장소를 결정적으로 찾아낸 것도, 정보를 확인하자마자 여기까지 단신으로 뚫고 들어온 것도 바로 그 자신이었으면서 말이다.

아무것도 모르는 미라벨은 그저 자신의 예상이 틀리지 않았다는 걸 깨달으며, 자그맣게 고개를 끄덕거렸다.

"그럴게요. 그래도…… 여기까지 직접 와 줘서 고마워요."

“저는 그저 상부의 지시를 따랐을 뿐입니다.”

딱딱한 쿤의 대답에 미라벨은 머뭇거리면서도 다시 입을 열었다.

“……그렇겠죠. 블레이즈 저택에 일한 것도 그런 이유 때문인가요?”

“네, 맞습니다. 비전하께는 작은 아가씨와의 일을 일절 보고 드리지 않아서 전혀 모르고 계셨습니다.”

“……네.”

“혹시라도 오해하지 마시라고 말씀드리는 겁니다. 만약에라도 저 때문에 두 분의 사이가 멀어지는 것은 원치 않으니까요.”

“알겠어요. 쿤이 언니에게 그런 말을 보고하는 것도 어려웠을 거라고 생각해요. 저도 홧김에 이레나 언니한테 내뱉은 말을 혼자서 후회하고 있었어요.”

쿤이 내심 안도하는 표정을 지으며 나지막이 물었다.

“그럼 더 궁금하신 사항은 없으십니까?”

“……있다면 뭐든 대답해 줄 건가요?”

“제가 할 수 있는 거라면요. 미리 말씀드리지만 기밀에 관한 질문은 답변드리기가 곤란합니다.”

“제가 궁금한 건 그런 게 아니에요. 그런 건…… 사실 아무래도 상관없어요.”

쿤이 약간 의아한 시선으로 미라벨을 바라보았다.

말 그대로 미라벨이 진정으로 궁금한 건, 단 한 가지였다.

"제 고백에 쿤은 신분 차이를 언급했었죠. 그렇다면 지금은…… 저에게 어떤 대답을 해 주실 건가요?"

쿤이 백작 영애인 미라벨과 어울리는 직위라고 말하긴 힘들었지만, 이전의 하인만큼 신분이 낮은 것은 아니었다.

입장이 바뀌었으니 혹시 미라벨이 한 고백에 대한 대답도 달라지는 게 아닐까 궁금했다.

하지만 쿤의 대답은 여전히 차가웠다.

"……이 모습을 보고도 제가 왜 작은 아가씨에게 어울리지 않는 남자인지 모르시겠습니까?"

그의 말은 대답이라기보단 질문에 가까웠지만, 거기엔 많은 의미가 담겨 있어서 쿤의 의사를 전달하기에 충분했다.

고작 하인에서 암살자로 신분 상승한 게 무엇이 다른지 묻고 있는 것이다.

그리고 그것은 미라벨의 마지막 희망을 앗아 가는 답변이었다.

미라벨의 고개가 절로 바닥을 향해 수그러졌다. 똑같은 남자에게 몇 번을 차이는 건지 이젠 셀 수도 없을 지경이었다.

쿤은 잠시 그 모습을 바라보다가 가라앉은 목소리로 말을 이었다.

"여기서 잠시 기다리시면 곧 사람들이 올 겁니다. 그리고 블레이즈 저택에서는 아직 작은 아가씨의 납치 사실을 모르고 있으니 참고하십시오. 비전하께서 걱정을 많이 하셔서 바로 황궁으로 모시도록 명을 내려 놓겠습니다. 그럼 이만—"

쿤은 냉정하게도 그 말을 끝으로 몸을 돌렸다.

미라벨은 그의 뒷모습을 보자마자 직감적으로 알 수 있었다. 어쩌면 이게 쿤과의 마지막 만남이 될지도 모른다고.

그녀에겐 더 이상 쿤을 뒤쫓을 명분이 없었다.

꾸욱, 미라벨의 작은 손이 다급하게 쿤의 옷소매를 붙잡았다.

다행히 그는 미라벨의 손길을 뿌리치지 않고, 그대로 멈춰 서 주었다.

그 사실이 너무 안심이 되어서……

그리고 이제 다신 쿤을 못 볼지도 모른다는 게 너무 가슴이 아파서……

미라벨은 저도 모르게 눈물을 뚝뚝 흘리고 있었다.

하지만 이런 모습을 쿤에게 보여 주고 싶지 않아서 미라벨은 고개를 숙인 채 제발 울음을 멈추기를 기도했다.

그러나 미라벨의 마음과 달리 지금은 그저 울음소리를 내지 않는 게 최선이었다. 도저히 눈에서 흐르는 눈물을 멈출 수가 없었다.

쿤도 미라벨의 숙인 턱 아래로 끊임없이 눈물이 떨어지는 걸 보고, 저도 모르게 딱딱하게 경직이 된 상태였다.

"……작은 아가씨."

"미안해요. 저는 아직도 잘 모르겠어요. 쿤이 하인이라고 생각했을 때도 이해하지 못했고, 지금도 마찬가지예요. 저는 어째서 우리가 안 되는 건지 잘 모르겠어요."

미라벨에게 중요한 건 그의 마음이었다. 그런데 쿤은 자꾸만 애초부터 두 사람이 이뤄질 수 없는 사이처럼 이야기를 했다.

마치 쿤의 감정이 어떻든, 이미 끝이 정해져 있는 것처럼 말이다.

하지만 미라벨은 쿤만 자신을 원한다면 모든 것을 포기할 각오가 되어 있었다. 문제는 그 마음이 미라벨에게만 있어선 안 된다는 것이다.

"하지만 이거 하나는 분명히 알겠어요. 우리의 관계는 내가 손을 놓는 순간, 간단히 끊어져 버릴 거라는 거요."

"……."

"내가 용기를 내 열 발자국을 다가가도 쿤이 뒤로 물러

서기만 하면…… 우리의 사이는 아무런 진전도 없다는 거 말이에요."

사랑이란 건 혼자만 하는 것이 아니었다. 미라벨이 설령 쿤의 몫까지 혼자서 좋아한다고 하더라도, 결국 그가 받아 주지 않으면 그저 민폐에 지나지 않는다는 걸 깨달았다.

"그동안 쿤에게 내 모습이 어떻게 보였는지 모르겠지만…… 진심이에요. 저는 당신이 어떤 사람이라 해도 좋아요."

미라벨이 슬그머니 숙이고 있던 고개를 들었다. 그리곤 마지막일지도 모르는 쿤의 얼굴을 똑바로 쳐다보았다.

쿤의 잿빛 눈동자도 덩달아 미미하게 떨리고 있는 게 보였다.

"저는 쿤이 블레이즈가의 별 볼 일 없는 하인이어도 좋았고……."

처음부터 많은 것을 바란 게 아니었다. 그냥 그이기에 좋았다.

아무 이유도 없었다. 그냥 쿤이니까.

"당신의 손에 피가 마르지 않는 암살자라고 해도 좋아요……."

사랑에 빠진 이 감정을 어떻게 말로 표현해야 할지 모

르겠다.

온 마음을 다해 쿤이 좋았다. 정말로 너무너무 좋았다.

"……아니, 그보다 더한 존재라고 해도 상관 안 해요. 설령 당신이 노예라고 해도 제 마음은 변하지 않아요."

사실 그동안 모른 척했을 뿐이지, 블레이즈 저택에서 쿤이 샤워하는 모습을 본 고용인들이 미라벨에게 알려 주었다. 그의 어깻죽지에 노예의 낙인이 찍혀 있다고 말이다.

어쩌면 그가 노예일지도 모른다는 사실은 진작부터 알고 있었다. 미라벨은 그 모든 걸 다 알고서도 쿤이 좋았다. 그를 향해 달려가는 감정을 멈출 수 없었다.

거기까지 들은 쿤의 잿빛 눈동자에 놀라움이 스쳤다.

"알고…… 계셨습니까?"

"저한텐 조금도 중요하지 않은 문제였어요. 그러니 한 번만 더 물을게요. 제 손을…… 잡아 주시면 안 될까요?"

"……작은 아가씨."

"만약 저한테 조금이라도 마음이 있다면 이번에는 쿤이 용기를 내어 주세요. 부탁이에요."

쿤은 자신이 정말로 미라벨에게 무척이나 과분한 사랑을 받고 있다는 사실을 다시 한 번 깨달았다. 누군가에게 이토록 순수한 애정을 받게 될 줄은 꿈에도 상상해 본 적이 없었다.

지금까지는 미라벨의 마음을 애써 가볍게 생각하고 넘겼던 게 사실이다.

하지만 처음으로 그런 생각이 들었다. 미라벨은 모든 걸 다 버린다고 해도, 진심으로 쿤을 원하고 있는지도 모른다고.

두근.

미라벨의 안전을 확인하기 전까지 쿤을 괴롭혔던 가슴의 통증은 더 이상 느껴지지 않았다.

오히려 이 순간 빠르게 뛰는 심장이 말하고 있었다. 지금 미라벨이 한 말이 사실은 너무나도 기쁘다고 말이다.

하지만…… 미라벨의 손을 잡기가 겁이 났다.

쿤의 잿빛 눈동자가 흐릿하게 변하며 오래된 과거의 기억 하나를 떠올렸다.

—이 더러운 놈이 감히 어딜 만져! 조금 잘해 줬더니 제 주제도 모르고 기어올라?

어렸을 때 쿤을 온갖 방법으로 괴롭혔던 아가씨도, 미라벨과 같은 귀족이었다.

쿤은 무의식적으로 끊임없이 언젠가 미라벨도 마음이 변해서 자신을 버릴 거라는 상상을 하고 있었다. 나중에 버림받아도 괜찮도록 미리 상상하며 상처를 받는 것이다.

그가 의도한 감정이 아니었다. 그저 오래된 마음의 상처가 더는 다치고 싶지 않다며, 스스로를 방어하는 것이었다.

'……작은 아가씨는 그러지 않아.'

하지만 쿤의 그런 생각에 어린 시절 노예 95번이 마음 속에서 반문했다.

『**정말로 그렇게 생각해?**』

아니라고, 아무리 미라벨은 다르다고 외쳐 봐도 결국 마지막에는 의문이 남는다.

『**노예인 주제에 정말로 사랑받을 수 있을 거라고 믿는 거야?**』

미라벨은 귀족이었다.

그녀가 나중에 쿤을 선택한 걸 눈물 흘리며 후회해도 쿤은 아무것도 해 줄 수 없었다.

그렇게 되면 미라벨은 더 이상 해맑게 웃지 않고, 사랑을 속삭이던 입술로 원망의 말을 내뱉게 될 것이다.

만약 쿤이 그 모든 걸 감내하더라도…….

햇살같이 따스했던 미라벨이 변하는 것만은 막을 수 없을 게 분명했다.

그럴 바엔 미라벨 본인에게 어울리는 귀족 남성을 만나서 지금처럼 밝고 행복하게 살아가는 게 더 어울릴 거란 생각이 들었다.

쿤처럼 더럽고 비천한 놈과는 근본부터 다른 귀하디귀한 아가씨였으니까.

꽈악, 쿤은 저도 모르게 주먹을 꽉 쥐었다.

미라벨은 용기를 내 달라고 하지만, 그것은 용기가 아니라 추악한 욕심이라고 느껴졌다.

'……작은 아가씨와 함께하는 세상은 분명 꿈꾸는 것처럼 아름답겠죠.'

하지만 쿤은 그 길을 걸을 수 없었다.

그는 겁쟁이였으니까.

쿤이 초조한 표정으로 자신의 말을 기다리고 있는 미라벨에게 나지막이 대답했다.

"……죄송합니다."

그 말 한마디에 많은 것들이 담겨 있었다.

미라벨의 진녹색 눈동자에서 참지 못한 눈물이 주르륵 흘러내렸다. 하지만 그녀는 끝까지 입술을 꾹 깨문 채 흐느끼지 않았다.

그런 그녀를 위로하기 위해 쿤이 다시 한 번 입을 열었다.

"저 같은 놈은 금방 잊으실 겁니다. 나중엔 기억조차 안 나시겠죠."

그 말에 미라벨이 최대한 울음을 억누른 목소리로 대꾸했다.

"저는 이 마음을 어떻게 끝내야 할지 모르겠는데, 쿤은 마치 그에 대한 답을 알고 있는 것 같이 말하네요."

"시간이란 게…… 그런 거니까요."

"쿤의 말처럼 된다면 좋겠네요. 그런데 전 아닐 것 같아요. 그러니까…… 이 감정이 다 사그라질 때까지 기다릴게요."

생각지도 못한 미라벨의 대답에 쿤은 멈칫하고야 말았다.

"혹시라도 나중에 내 손을 잡을 용기가 난다면…… 언제라도 좋아요. 당신을 기다리고 있을 저에게 다시 돌아와 주세요."

쿤은 직감적으로 알았다. 이제 미라벨이 더 이상 자신을 쫓지 않으리란 걸.

미라벨의 말대로 쿤이 용기를 내지 않으면……

두 사람은 여기서 끝이었다.

스르륵, 미라벨의 작은 손이 쿤의 옷깃을 붙잡고 있던 걸 놓아주었다.

그녀가 손등으로 눈물을 훔치곤 당당히 고개를 들어서 쿤을 똑바로 쳐다보았다.

"이젠 놓아줄게요. 끝까지 돌아오지 않는다고 해도 원망하지 않아요. 어느 곳에서든……."

미라벨이 눈물범벅이 된 얼굴로 흐릿하게 웃었다.

울음을 참느라 찡그린 얼굴에 지어진 미소가 그의 눈엔 여전히 아름다웠다.

"……쿤이 진심으로 행복하길 빌어요."

* * *

미라벨은 곧이어 마차를 타고 이레나가 기다리고 있는 황태자궁으로 향했다.

최대한 의연한 척 행동했지만 눈가에 남아 있는 눈물자국 때문에 몇몇 사람들이 의아하게 바라보는 시선이 느껴졌다.

아무 일도 없었다는 보고와 달리 미라벨이 납치되어서 몹쓸 짓을 당했다고 소문이 날지도 몰랐다.

하지만 지금은 그런 것까지 감출 수가 없었다. 소리 내어 울지 않는 것, 그것이 미라벨이 할 수 있는 최선이었다.

그렇게 어느덧 마차가 멈추고 친절한 마부가 문을 열어주면서 말했다.

"도착했습니다. 아가씨."

"고마워요."

미라벨이 마차에서 내리자마자 그녀가 도착한다는 소식을 들었는지, 이곳으로 뛰어오고 있는 이레나의 모습이 보였다.

짧은 시간 동안 수척해진 이레나의 얼굴만 보아도 그동안 미라벨을 얼마나 걱정하고 있었는지 눈에 선할 정도였다.

겉모습만 봐서는 납치당한 사람이 미라벨이 아니라, 이레나라고 해도 믿을 지경이었다.

"미라벨……!"

이레나의 다급한 외침을 듣자, 미라벨은 왜인지 애써 눌러놓았던 눈물이 흘러내리기 시작했다.

순식간에 바로 앞까지 다가온 이레나가 잔뜩 당황한 표정으로 말을 이었다.

"괜찮아? 다친 덴 없어? 왜 우는 거야. 무슨 일……."

"흐윽, 언니."

미라벨은 간신히 막아 놨던 둑이 터지듯 끊임없이 눈물이 쏟아졌다.

다짜고짜 이레나를 와락 끌어안은 그녀가 참았던 울음을 터뜨렸다.

"언니, 미안해애."

"괜찮아. 나도 미안해, 미라벨."

"으아앙—"

미라벨은 이레나의 얼굴을 보자 완전히 무장해제되고 말았다.

아무리 잘라 내려고 노력해도 잘리지 않을 것 같은 마음이었다.

서툴렀기에 더 가슴 아픈…….

첫사랑이었다.

〈다음 권에서 계속〉